U0092287

從陸臺港到世界華文文學

古遠清 著

自序　兩岸文壇的「三通」

對《從陸臺港到世界華文文學》這個書名，也許有朋友會持異議：世界華文文學雖然有一些成分和臺灣文學接近，如臺灣赴美作家白先勇、葉維廉、於梨華等人的作品和海外華文文學有交叉之處，可把香港文學和臺灣文學放在一起就不合適，因為「臺灣文學和香港文學的距離一直很遠，彼此陌生，彼此瞧不起。」（註一）在筆者看來，臺灣文學與香港文學其性質比大陸文學更接近：兩者一直在淡化乃至沒有約束創作自由的文藝政策，出版商業化和自由度均比大陸高，另還有余光中、葉維廉、蔣芸這些臺灣作家加盟香港文學。至於說大陸文學和臺灣文學是「各自獨立」（註二）的存在，其實這獨立係相對而言。不管臺灣文學如何具有獨立性，它與大陸文學仍有共同的對話空間。如果臺灣文學不能與大陸文學對話，或大陸文學不能與臺灣文學交流，那這近三十年來的兩岸文人互登作品，互出文集，互評作品，互通詩藝，互相來訪，互相競爭，那就成了竹籃打水一場空了。兩岸文壇的「三通」，是大家共同期待的。比如大陸學者首次為臺灣新詩寫史，儘管有諸多失誤，但不可否認，其開臺灣詩史研究之先河的意義，是有目共睹的。正是在這個背景下，《文訊》雜誌社才會動員眾多詩人、詩評家參加「臺灣現代詩史研討會」。此次會議所結下的碩果《臺灣現代詩史

論》[註三]，正「代表著本土研究勢力（對大陸學者）的反撲」。[註四]

有位朋友認為，作家的文章一定是他本人過往歷史的積澱和結晶，其成功經驗在深藏不露或秘不示人的出書秘訣裏。我不是「深藏不露」之人，那就從實招來我兩次與「秀威」相遇，進而相識、相知的經過吧。鑒於第一本書《古遠清文藝爭鳴集》的出版我已在別的地方談到過，現在再補充如下：那時我因拙著《臺灣當代新詩史》與臺北幾位詩評家發生論爭，並在臺北出版的《傳記文學》以及香港《文匯報》接連刊載了幾篇近兩萬字的長文，正愁著沒有機會結集出版，恰逢上海文藝出版社在滬上主辦世界華文微型小說國際研討會，碰到一位多年的老友答應幫我「做媒」。在他牽線搭橋下，想不到我這本書以及《古遠清文藝爭鳴集》很快和「秀威」成交「嫁」出了去。中間雖然有波折（原稿近四十萬字，現壓縮了一半），但在他人看來仍是得來全不費功夫啊。通常是從容不迫地出書，寫作是不疾不徐的節奏，這裏自有一份縝密心思在其中，而現在不能再「不疾不徐」了。機緣重要啊，在這個兩岸文壇「三通」已實現但出書比駱駝穿過針眼還難的時代！

兩岸文壇的「三通」，不僅充分體現在筆者和臺灣詩壇的爭鳴上，還體現在筆者與彼岸出版界的互動上。我已在海內外出版過二十多本專著，這十年來幾乎在寶島每年出一本，且從不是自費出書，有人認為這是因為我知名度高的緣故，有人則認為我神通廣大，其實這一切都是錯誤的猜測。哪怕到了這把年紀，我從不隱瞞自己出書的「歷險記」。長期以來，我一直在和大陸眾多出版社或打「游擊戰」，或打「遭遇戰」，均因大陸出版體制的限制容不下我研究的敏感題材。而在境外，出版高度自由化，從沒有報「專題審批」的程式，更不亂刪亂改作者的文章，這就是臺灣出版自由之可貴。

《從陸臺港到世界華文文學》係我新世紀以來研究陸臺港及海外華文文學的結晶。從《北大中文系的簡史》到柳忠秧的《嶺南歌》，從澳洲心水到泰國的夢凌，從臺灣的林明理到香港的林幸謙，林林總總，寫了海內外有代表性的作家有多位。但我沒滿足於個案研究，還有〈二十一世紀世界華文文學研究的前沿理論問題〉、〈學院作家現象與二十世紀臺灣文學〉這樣的宏觀論述。所有這一切，均得力於世界華文作家的耕耘，及文壇友人的催促和媒體的支持，我的文章才能源源不斷生產出來。我衷心希望明年有個好收成。

二〇一一年一〇月

注：

（註一）（註二）楊照：《文學的原像》，臺北，聯合文學出版社，二〇〇〇年，第二六頁。

（註三）《文訊》雜誌主編：《臺灣現代詩史論》，臺北，文訊雜誌社，一九九六年。

（註四）林于弘：《臺灣新詩分類學》，臺北，鷹漢文化公司，二〇〇四年，第五八頁。

目次

第二章　臺灣文學

第三章　香港文學

第四章　世華文學

第一章

大陸文學

第一節　六十年來的大陸當代文論

敘述中國當代文論的發展，從理論層面上說應包括臺港澳文論在內。限於篇幅，本文主要談大陸的六十年。

這六十年是大陸社會發生翻天覆地變化的年代，其最重要的事件是國統區被一九四九年十月成立新政權所解構，一九五〇年代開始的文學創作及其理論批評便成了解放區文化的延伸和發展，這就難怪在文論界唱主角的是來自解放區的周揚及圍繞在他身邊的林默涵等人。他們的論著帶著主流意識形態的批判色彩，多半是文藝政策的圖解。雖然這期間也出現過秦兆陽《現實主義——廣闊的道路》（註一）、錢谷融《論「文學是人學」》（註二）這樣與主調不和諧的佳作，但由於革命文論與認識文論聯手稱霸，這類作品的生長難於找到陽春季節。

影響陽春季節來臨的第一個因素是與政治聯繫緊密。革命文論家們開展文藝大批判運動時，在文學與政治之間劃等號，把本來是文學問題說成是政治立場問題，這便導致了偏狹的政治觀念混同於文學理論批評的狀況，使左傾教條主義有了充分表演的機會，以至逼得文學史不斷改寫。第二個因素是深受蘇俄文學的影響。一九四九年後，蘇俄文學理論占主導地位突出表現在以別林斯基、車爾尼雪夫斯基和杜勃羅留波夫為代表的俄國民主主義美學在中國的傳播和普及上。第三個因素是獨尊社會學評論方法。

姚文元的評論文章則集十七年左傾之大成。他不當作家知音而熱衷於當文藝哨兵、憲兵，發展到文革便和江青合流成為文化激進派。激進派追求純粹的世界，容不得一點灰塵和雜質。在意識形態方面，要求輿論一律，不允許有半點不同的聲音。在文藝創作方法上，他們要求「樣板化」：風格統一、手法一致，不許有個性的追求和創造。在文藝理論方面，只允許一元、一維，容不得異端的聲音存在。這時連在「十七年」認可的認識文論都站不住腳，只剩下「梁效」、「羅思鼎」、「石一歌」這些大批判組一家獨鳴。

從來沒有直線前進過的中國當代文論，如果用一個公式來概括，大體在大批判——調整——否定——反思的搖擺中前進。如果說，不停地折騰是當代文學理論批評最重要的教訓，那不停地平反則是當代文學理論批評最重要的經驗之一。這是說的平反對象，有為「胡風集團」受牽連的，反右鬥爭中挨整的，反右傾機會主義鬥爭中被放逐的，在「反修防修」運動中受到炮擊的，更多的是在文革時被打成黑幫的「黑線人物」。這幾種類型的評論家，經過平反後均面臨著新的選擇，其中最值得重視的是文革後出現了一批人到中年才進入最佳寫作狀態的評論家，如小說評論界的閻綱，詩歌評論界的謝冕，散文評論界的林非，戲劇評論界的譚霈生。到了一九八〇年代後期，老一輩評論家已淡出，而那些新時期才登上文壇的評論家，則同嶄新的文學觀念或與創作保持緊密的聯繫，表現出強勁的勢頭，如文學理論界的劉再復、魯樞元，當代文學史研究家洪子誠，小說評論界的雷達、曾鎮南和散文評論界的范培松。而更年輕的一代則以他們充分變革意識的評論給人耳目一新之感，如北京的黃子平、上海的陳思和與王曉明。

一九七六年十月至一九七八年所開展的撥亂反正，帶有向後看而不是用超越的步伐邁向未來的性質。一九七九年至一九八三年從「反正」到「反思」：文學理論批評不僅恢復了原狀，而且開始了歷史性的蛻變。對馬克思主義文藝理論的研究，改變了過去捍衛有餘、發展不足的拘謹局面，如對馬克思主義文藝理論體系、恩格斯現實主義問題展開了熱烈的討論，對馬克思主義文藝思想發展史進行了富有開創性的研究，還明確地提出了建設有中國特色的馬克思主義文藝學問題。研究領域也比從前有所擴大。一九八四年到一九八九年是全方位向世界開放時期。這一開放，比「五四」時期的開放顯得更為充分和徹底。不僅西歐兩百年中的歷史，在這一時期很快地反覆了一遍，而且社會主義國家的、現代資本主義國家的，還有亞、非、拉地區的各種文學思潮、流派、理論，具體說來，從科維到尼采、從韋勒克到佛馬克、從凱西爾到蘇珊•朗格、從伊格爾頓到傑姆遜、從哈貝馬斯到加德默爾、從羅蘭•巴特到福科……輪番登臺或同時登場，一次又一次刷新文壇的視界。從政治論→認識論→審美論→主體論→本體論……不斷地過渡，不斷地翻新。這種翻新，雖然不少是出諸時尚心理的逆反，有不少未能很好地消化，對西方現代文論作出改造，但從總體上說來，比起「五四」時期的兼收並蓄有所前進。它立足於建設和發展有中國特色的文學，有著比過去明確的目標。無論在基本觀念、哲學基礎、思維方式、價值取向、學術命題、研究範式、治學方法、學術視野方面，都獲得了長足的進步和深入的發展。（註五）

新時期第二個十年的文學批評比起頭十年來，學院派批評家與專業批評家合謀營造的「貞觀之治」的盛景已不復存在，但它捨棄了一九八〇年代那種對多元文化的盲目樂觀態度，而對現代批評在人文意義上作出了有價值的探討。作為「思想家淡出，學問家凸現」——魯迅、胡適、陳獨秀退居二線，王國維、陳寅恪、吳宓被捧上天的一九九〇年代，批評家們不再像過去那樣焦慮，企圖在更寬闊的文化背景上尋求建立有東方特色的話語體系。以文藝學而論，它已從一九八〇年代的「年輕氣盛」轉到一九九〇年代的「老成持重」；由「多元爭勝」轉向到「多元對話」；不是像有些人所說的「從神氣活現走向神氣黯然」，而是如杜書瀛所說的「進入了『哲學沉思』；不是像有人所說『失去了言說能力』，而是變換了『言說方式』」（註六）。新的言說方式是主體論、表現論、發生論，後來又有修辭論、生產論、網路論文學觀。無論是認識論、主體論、系統論、生命本體論文學觀，還是前不久出現的文學是社會意識形態形式的文學觀以及不作形而上表述的文學觀，均說明新世紀文論和世紀末相比有一個新的社會環境與人文氛圍。社會比過去開放與民主，資訊比過去豐富和發達，文化研究在不斷突破過去單一的研究範式，還有不少民間出版物面世。所有這些，為文學觀念的多元發展和混聲合唱提供了有利條件。

不管如何混聲合唱，新世紀文論均貫穿著開放性、包容性、建設性，多數文論家都樂於把文學理論的現代性作為研究方向。儘管何為現代性注家蜂起，它到底是否專指「不斷走向科學、進步的一種理論精神、啟蒙精神」（註七）還是有其他內容。在討論時，一派強調中國文論應與世界接軌，甚至認為文論的現代化就是向西方文論看齊。這種文論家把「中國元素」與「封建保守」劃等號，把「中國經驗」貼上「民族主義」標籤。另一派則強調縱的繼承和隨之而來的中國文化身份，堅持「文化輸出」，反對橫的移植。還有些論者認為在金融海嘯的形勢下，新世紀的文論再不能盲目崇拜西方潮流，應堅持傳統文論相容西方文論，提倡本土文論與外國文論合流。文學理論到底應如何現代化，中國文化的「輸出」有哪幾種維度，以及中國現代文論祖師爺是否為王國維，王國維在解讀《紅樓夢》時所用的現代性標準適不適合今天，這是一個有待深入研究的課題。

改革開放三十年來的文論發展，當然不能描繪成從「人物性格組合論」到「文學主體性論」，到「向內轉論」，再到「文學審美特徵論」這樣單一的線索，也不能把以現代化為龍頭發展文論，和以馬列文論為指導對立起來。馬列文論不能只堅持而不發展，發展的結果是尋找馬列文論的當代形態，並使之現代化而不是古典化。既然不是古典化，就必須強調原創性，強調科學發展觀，而不能饑不擇食複製「他者」文論，走馬燈似的改換話語系統。在古代文論現代轉型方面，不少論者正是這樣做的。這方面主要表現在建構中國古代文論系統，探討什麼是中國文學精神，以及中國詩學或詩性文化的內涵，如何用敘事學、闡釋學的理論去做現代觀照。（註八）這種觀照打破古今界限，融會中西學問，從而使司空圖、劉勰的命題經過現代轉換而煥發出新的生命力。

在西方世界，有一小批來自中國臺灣和大陸的學者，他們吸取了歐洲漢學的精華，用「新批評」解讀文本上很下功夫，在顛覆既往結論的「問題意識」突出，再加上對「新理論」理解得快，因而不斷以新成果吸引「創新的狗追得我們連撒尿的功夫也沒有」的中國學者，以至出現了盲目頂禮膜拜的現象。其實，在西方世界的學術話語中，無論是夏志清，還是後來的李歐梵、王德威，他們有貢獻也有局限，這局限來自他們懷著倨傲的心態俯察中國社會和中國現代當代文學。在一些文章中，他們用純粹的西方治學模式和方法去批判中國文化，其理解的偏頗是顯而易見的。中國學者完全沒有必要亦步亦趨他們的研究路向，失卻自己的立場和視角。

新世紀是個傳媒獨秀的時代。不僅是報紙，而且電視、電影、廣播、網路、手機，均一窩蜂地搶佔文學批評的地盤。鑒於傳媒時代的物質生產與精神存在方式跟過去有重大的差異，故傳媒時代的批評——無論是文學獎的組織與作品「研好會」的策劃，還是文學新人的炒作與暢銷書的包裝，抑或文學現象和文學事件不斷「演出」，均解構了嚴肅厚重的學院路線，代之而起的是世俗化、新聞化、市場化。作為「資訊速食化」的傳媒批評，破壞了傳統文論的遊戲規則：歷史意識稀薄，藝術分析欠缺，理論深度嚴重不足。當然，理論深度不等於在文末必須附上長長的注釋，也有少數傳媒批評寫得有分量，能在有限的篇幅中講清一個重要理論問題，但這方面的文章不多。傳媒所包裝的畢竟是學術超女或超男，他們容不得 個朱光潛，甚至也容不下一個錢鍾書。在浮躁的空氣下，科研課題、高級別獎勵、高級別刊物發表有無和科研經費多寡，成為各高校和科研機構評定職稱的基本依據，成為科研水平高低的評判尺規。在這種價值失衡，一九八〇年代的激情、自我、衝動及叛逆的能量不再來而學術明星卻成批製造的機制下，人們對以往奉為圭臬的文學定義產生了懷疑，「何謂文學」再次成為爭論的焦點，「文學性」這一形式主義概念在傳媒誤導下也變得曖昧和歧義重重了。

總觀中國當代文論，經過迷惘、失語、整合、再生後，其生態和結構產生了深刻變化。特別是近三十年來，論壇的新潮派與傳統派存在著矛盾，審美派與主體派兩種話語對抗仍在進行，現代與傳統、全球化與本土化、西方漢學與中國本土文學研究、文化批評與文學批評、傳媒批評與學院批評、現代和後現代等各種話題不斷展開，宏觀與細部的研究在不斷深入，遺憾的是「鞏固國防」即熱衷論爭者多，安下心來「抓生產」寫有分量專著者少。轉型期無疑劇烈，方法觀念也算繁茂，但文學研究的空間相對說來還不夠闊大，文論專著的個人特色不夠突出，總之是調整期的陣痛仍然存在，具有中國特色文論的建設仍任重道遠，離出現登高一呼應者雲集的文論大師的時代仍十分遙遠。然而，既然時代已邁進新世紀門檻，且走過了第一個十年，因而這時的文論再回到周揚時代或革命文論與認識文論聯手稱霸的時代是鐵定不可能的了。

註：

（註一）《文藝月報》一九五七年第五期。

（註二）《人民文學》一九五六年第九期。

（註三）《中國青年》一九五九年第二期。

（註四）《文藝報》一九五九年第七期。

（註五）參看杜書瀛：〈新時期文藝學反思錄〉，《文學評論》一九九八年第五期。

（註六）杜書瀛：〈新時期文藝學反思錄〉，《文學評論》一九九八年第五期。

（註七）錢中文：〈文學理論現代性問題〉，《文學評論》一九九九年第二期。

（註八）錢中文：〈文學理論三十年〉，《文藝爭鳴》，二〇〇七年第三期。

第二節　《「文革」魯迅研究史》引論

「文革」魯迅研究在袁良駿的《當代魯迅研究史》、杜一白的《魯迅研究史稿》、王富仁的《中國魯迅研究的歷史與現狀》及張夢陽的《中國魯迅學通史》論著中有所提及，但寫得過於簡略。目前寫得最詳盡的是葛濤的《魯迅文化史》，但有不少重要的遺漏，且未能從文學制度切入，因而有必要用新的研究方法單獨撰史，以總結魯迅研究的經驗教訓，進一步開展魯迅研究工作。

一、領袖指示與「文革」魯迅研究

領袖指示是十七年時期的重要文學現象，「文革」中將這一傳統發揮到極端。毛澤東「文革」初期給江青的信中說自己的心與魯迅相通，後來發出「讀點魯迅」的指示。一九七五年十月，毛澤東又在周海嬰的信上作出魯迅著作出版與魯迅研究工作開展的重要批示。這些批示，帶有規範性、歷史性和強烈的政黨色彩，它反映了國家政權對魯迅研究的基本願望和要求，是國家和執政黨意見在魯迅研究中的集中體現。

「中央文革小組」成員雖然不是「領袖」，但陳伯達、姚文元的意識形態總管身份，使其在一九六六年十月發表的〈紀念魯迅革命到底〉、〈在紀念魯迅大會上的閉幕詞〉成為指導「文革」

魯迅評述的綱領：不但決定了這時期評述、研究魯迅的性質、目的和手段，而且還規定了研究者的身份，學習魯迅的功能和把魯迅納入「文革」話語體系的手段，其中一個重要手段是以魯迅名義整肅不同意見者。這時期發生的所謂魯迅手稿被戚本禹「盜」走的事件，是利用魯迅的崇高威望打擊別人，同時是江青清除異己的一種托詞。張春橋關於「注釋不要搞成專案」的意見，為其「狄克」的真面目開脫，書生意氣十足的吳中杰成了「整中央首長黑材料」的受害者。

臺港地區的魯迅研究不在毛澤東的控制範圍內。在臺灣戒嚴時期，魯迅著作長期被封殺，即使出現他的名字，有時也被改作「盧信」，周樹人則變成「鄒述仁」。值得重視的是三十年代老作家胡秋原，他不但在「文革」初期寫過〈關於一九三二年文藝自由論辯〉的長文談當年論戰的經過及結果（註一），還在「文革」後期發表批駁《紅旗》雜誌借學魯迅雜文為名污衊其為托派的文章（註二）。香港的情況則更複雜，如左翼文人張向天的《魯迅舊詩箋注重訂本》（註三），多次把姚文元的話當作經典徵引，在箋注時極力附會大陸的極左思潮。右翼文人胡菊人發表《魯迅在三十年代的一段生活》（註四），打著反對神化魯迅的幌子，用偽證來否定魯迅的完整人格和愛國立場，胡說魯迅對抗日民眾的呼聲充耳不聞，對民眾解放戰爭持冷嘲熱諷的態度，並由此引發張向天與其激烈的論戰，竹內實還在日本發表《中國的三十年代與魯迅》，對胡菊人的觀點提出了善意的批評。老托派一丁《魯迅：其人，其事，及其時代》（註五），竟「發現」魯迅贊同托派觀點，和托派一樣反共。撰寫《「文革」魯迅研究史》，一定要把臺港地區的複雜研究狀況納入視線之內，並將其與大陸作比較。

二、學者身份與「文革」魯迅研究

魯迅研究工作者，有的是作家，有的是教授，有的是職業革命家，有的是出版商人，有的是專業評論工作者。隨著政治形勢的變化，魯迅研究者的身份也在逐漸發生質變。特別是「文革」發生時，由最高權力機構發出學習魯迅的指示以及所帶來的魯研工作者的快速流動，促使研究者與時俱進，為主流話語「學習魯迅，革命到底」提供新的理論依據。

「文革」的開展不斷吸引著那些背有「原罪」的知識份子去「鬥私批修」，去參與批判「四條漢子」、批判「國防文學」口號，去編寫《魯迅批孔作品選讀》、《魯迅關於〈水滸〉的論述》、《讀點魯迅》一類的政治讀物。他們的評論、研究工作融化在「文藝黑線」的清掃和「走資派」的批鬥中，他們的思想和研究成果成了「反復辟、反倒退」的一部分。在這個意義上，「文革」的極左思潮與那些《繼承魯迅的反孔鬥爭傳統》(註八)的作者、「魯迅兵團」的紅衛兵是完全一體化的。

這時期魯迅研究者的角色轉換最突出者有：魯迅的家屬許廣平成了控訴（周揚）者，魯迅的胞弟周建人成了魯迅「鍥而不捨，戰鬥不息」精神的傳播者。魯迅研究者姚文元成了「奴隸總管」，原來的「奴隸總管」周揚成了階下囚，魯迅的親密戰友馮雪峰成了「罪人」，高校青年教師成了魯迅精神的權威詮釋者，一大批工農兵學員成了宣傳魯迅革命精神的主力軍。也有頂住逆流，不轉換角色的像李何林這樣有骨氣的學者。《魯迅作品注解異議》作者薛綏之更是屬不怕政治壓力，保持自己獨立人格，開展純學術研究的「白專派」。

研究者的社會角色是研究者社會地位高低的一種標誌。一旦被選進「無產階級司令部」的機構從事魯迅宣傳工作，便身價倍增。這時的魯迅研究者，有不同的類型：一是服務型，按照領袖或準領袖的論述去闡釋魯迅「痛打落水狗」的硬骨頭精神，讓魯迅為「文革」的深入開展服務。在「文革」中，與「服務型」沾上邊的資深魯迅研究專家，有王士菁、李桑牧、張向天、林志浩、李希凡、陳鳴樹等，資歷稍淺的有袁良駿、倪墨炎等人。二是功利型，不追求收入的增加（當時也無稿酬），只追求精神境界與姚文元同步，以提高自己的身價，或藉此洗脫自己出身不好與「教育黑線」、「文藝黑線」有密切關係的罪名，變對象為動力，爭取擠進權力機構「專案組」或「寫作組」。三是「白專」型，在「黑雲壓城」的情況下不低頭，堅持原有的學術觀點，繼續深化以往的研究，拿出最新的成果證明自己的存在價值。

三、組織機構與「文革」魯迅研究

解放後，魯迅研究從個人的分散行為走向組織化，尤其是到了「文革」期間，這種組織化還和軍事化相結合，對整個文教界發揮著強大的支配力量和規範作用。

在「十七年」時期，組織化主要通過文化教育機構體現。任何魯迅研究者，都不能脫離所在單位這個大集體。在魯迅生平事蹟考證方面，雖有較大的個人思考空間，但像論述魯迅世界觀的轉變問題上，主流話語常常對研究者的獨立思考起著制約作用。在「文革」期間，組織化和體制化乃至軍事化是使魯迅研究符合極左路線的必要條件，甚至成為研究者不犯「方向路線錯誤」的護身符。

他們寧願犧牲自己的學術觀點去迎合「文革」的政治需要，以做一個毛式的魯迅精神的宣傳者、捍衛者為榮。

「文革」期間魯迅研究制度化最重要的是各單位成立的大批判組或曰寫作組——尤其是魯迅專業戶「石一歌」寫作組，受權力意志支配，採用的是集體性話語匿名形式。其中許多成員資歷名望極淺，由於有權力作支撐，幾乎一夜之間就成了執掌全國魯迅研究導向的大人物。他們頃刻間霸佔了全國各重要媒體的版面，進而成為傳達中央精神的輿論策源地。這是一個很值得研究的「文革」現象。研究這一現象應包括研究寫作組筆名的寓意，如「石望江」（陳孝全、吳歡章、余秋雨、孫光萱四人同望黃浦江之意。此寫作組係「石一歌」的前身）、「石一歌」（十一個人的諧音）。

批判組外，「文革」後期各高校紛紛成立了魯迅著作注釋小組，對二十多本魯迅著作作了重要注解，比一九五八年版的《魯迅全集》更為充實。一九七六年魯迅博物館新成立的魯迅研究室，開始了《魯迅年譜》的編寫工作，並編輯和出版了《魯迅研究資料》、《魯迅研究動態》雜誌。《魯迅書信集》上、下卷也在同年與讀者見面。

另還有「文革」末期成立的上海、廣東、武漢、紹興等地的魯迅研究小組，其中廣東小組一直在堅持，成績最為顯著。

四、魯迅著作出版與「文革」魯迅研究

從中華人民共和國成立開始，魯迅著作的出版實行「國家壟斷」，連帶的魯迅資料收集和研究

也國有化。也就是說，魯迅著作的出版和資料研究全都納入黨和國家意識形態的軌道，納入到國家主導的計畫體制之內。典型的例子是由「四人幫」授意、署名「石一歌」（余秋雨統稿）的《魯迅傳（上）》。（註七）與之相反的是一九七六年八月人民文學出版社出版的《魯迅書信集》，由於沒有提及毛澤東對魯迅「三個家」的崇高評價，沒有點最大的「走資派」劉少奇及「文藝黑線總頭目」周揚的名，沒有說明為什麼會把魯迅給「階級敵人」的信都收進去，因而受到有關方面的嚴厲批評，只好收回再修訂後重印。值得一提的是，「文革」後期魯迅研究復甦時，最早出版研究魯迅著作的是天津人民出版社和陝西人民出版社。

和主流出版相異的是民間出版。儘管這民間出版也無法超時代，也打上了「左」的烙印，但畢竟與「梁效」、「聞軍」、「羅思鼎」、「石一歌」寫作組有所不同。民間出版突出者有一九七四年由西北大學學報編輯部編的《魯迅研究年刊》，另有王世家主持的黑龍江愛輝縣教師進修學校在「文革」末期出版的《讀點魯迅叢刊》，薛綏之主持的《魯迅作品教學手冊》。

在一九四九年後，文學出版從來都是一種行政行為，它規範著出版的流程，制約著出版的思想導向。無論是出版數量還是出版的內容，都不是為了迎合市場以盈利為最終目的，而是為了宣傳黨的方針政策。在「文革」期間，真正有學術價值的魯研著作很難問世，而配合形勢、歪曲魯迅精神的書則很容易印刷出版。人民出版社和中共武漢市委宣傳部一起內部印行的馮天瑜「專著」《魯迅教育思想研究》，便是一例。

在這一特殊時期，除繼續禁止耿庸等「胡風分子」、「右派」馮雪峰等人的著作流通外，還新添了嚴禁周揚等人有關魯迅論著的傳播。

五、魯迅讀者與「文革」魯迅研究

魯迅作品的愛好者、閱讀者，也是規範魯迅研究的一隻無形的巨手。「文革」魯迅研究所體現的政治導向不僅直接控制著出版和發表，而且也借助於對讀者的控制達到把魯迅塑造成造反者、批孔先鋒戰士的目的。在一個高度組織化乃至軍事化的社會中，執政黨對所有讀者的控制權的根源，就是它要求人們對領袖「三忠於四無限」。魯迅著作作為一項閱讀、傳播的文化事業，在執政黨看來關係到能否學習魯迅，將「文革」進行到底的頭等大事。還因為魯迅在「文革」期間被塑造成無產階級專政下繼續革命的英雄，故紅衛兵——魯迅精神的極端崇拜者曾給中共中央寫信，要求追認魯迅為中共黨員，並說魯迅如還在世，一定是「中央文革小組」組長至少是成員。而郭沫若這位高級讀者則唱和說：《答徐懋庸並關於抗日統一戰線問題》可視為魯迅的入黨申請書，而毛澤東肯定魯迅是「共產主義者」，「這也可以認為魯迅的申請書已經得到了黨的批准。」

在「文革」期間，魯迅著作最廣泛的讀者是紅衛兵加工農兵。他們把自己的所謂「學習心得」編成《魯迅語錄》、《魯迅詩歌注釋》重複出版。另有似黃河缺口湧去的「工農兵學員」配合形勢所寫的學習魯迅批「四條漢子」、批判蘇聯修正主義、批林彪尊孔、批投降派宋江、批「死不改悔的走資派」的文章。

「文革」是魯迅研究史上極為特殊的時期。這一時期魯迅被進一步神化為「聖人」、「超人」，成了各種政治運動乃至宣傳計劃生育的工具。「四人幫」及其御用寫作組只突出魯迅「橫眉冷對千夫指」一面，將其打扮成紅衛兵造反的楷模，成為毛澤東的忠實紅小兵。這是對魯迅最嚴重的歪曲，對魯迅精神的極大損害。但有負面也有正面：魯迅著作得到了空前的普及，《魯迅全集》的重新注釋糾正了過去的不少訛誤；「讀點魯迅」運動培養了一批新秀，像陳漱渝、高信這些有影響的魯迅研究專家，均脫穎於這一時期；在史料建設和發掘尤其是《慶祝滬寧克復的那一邊》等佚文及佚信的發現，是彌足珍貴的收穫。

註：

（註一）臺北，《中華雜誌》一九六九年一月。

（註二）胡秋原：〈關於《紅旗》之誹謗答史明亮先生等〉，臺北，《中華雜誌》一九七二年八月。

（註三）香港，典雅美術公司，一九七三年。

（註四）香港，《明報》一九七二年十二月十三日至一九七三年一月二十七日，共二十三篇。

（註五）香港，巴黎第七大學東亞出版中心，一九七八年九月。此書主幹部分寫於一九七五年。

（註六）作者王爾齡。呼和浩特，內蒙古人民出版社，一九七四年。

（註七）該書由上海人民出版社一九七六年出版。關於余秋雨統稿一事，見中共上海市委駐寫作組工作組：《清查報告》第七十期，一九七八年八月二十五日。

第三節　「三突出」的構造過程及其理論特徵

「三突出」的內涵是什麼？在八〇年代後期，臺灣《文訊》雜誌主辦的「當前大陸文學研討會」上，在場的臺灣學者均回答不出來，只好請從大陸遷台的作家無名氏作裁決。他脫口而出說：「三突出」就是「突出政治，突出階級性，突出黨性」（註一）。在大陸「文革」期間，無名氏被剝奪了參加政治運動的權利，要他這個與世隔絕的「專政對象」來回答，當然只好打零分。可臺灣官方竟把這樣錯誤的回答當成權威見解印在研討會論文集上，這就難免貽笑大方。現在有不少大陸的青年文學研究者，對此也不甚了了，這就更不應該了。

「三突出」這一術語，是《文匯報》為紀念「樣板戲」誕生一周年，約請上海文化系統革籌會主任兼上海兩齣「樣板戲」的實際總管于會泳寫的文章中首次出現的：

> 江青同志反覆強調，一定要讓用毛澤東思想武裝起來的無產階級英雄形象佔領京劇舞臺，使京劇舞臺成為宣傳毛澤東思想的陣地。她說，在共產黨領導下的社會主義祖國舞臺上占重要地位的不是工農兵，不是這些歷史的真正創造者，不是這些國家真正的主人翁，那是不能設想的事。她指出：要在我們戲曲舞臺上塑造出革命英雄形象來，這是重要的任務。……
>
> 我們根據江青同志的指示的精神，歸納為「三個突出」作為塑造人物的重要原則，即：在所有

人物中突出正面人物；在正面人物中突出英雄人物；在主要英雄人物中突出最重要的即中心人物。江青同志的上述指示精神，是創作社會主義文藝的極其重要的經驗，也是以毛澤東思想為武器，對文學藝術創作規律的科學總結。（註二）

于會泳原是上海音樂學院民族音樂理論教師，後來由於緊跟江青，官升文化部部長。「文革」前，他在《文匯報》上寫過分析《紅燈記》、《沙家濱》音樂特色的文章。應該承認，他確有較強的理論分析能力。拿「文革」初期來說：周揚們的理論被「破」掉了，可新的藝術規範理論還未「立」起來。于會泳對「樣板戲」創作經驗的歸納，適應了哪個年代的特殊政治需要，把江青經常對「樣板戲」、「樣板團」（註三）發些感興式的指示，提高到一個新的理論層次，因而深得江青的欣賞。後來，姚文元將「三突出」修改得更扼要：「在所有人物中突出正面人物；在正面人物中突出英雄人物；在英雄人物中突出中心人物」（註四）。從此，「三突出」成為一切藝術創造不得違反的金科玉律，其作用有如「文藝憲法」。

談起「文革」文學，難免遭遇到與「三突出」有關的諸如「文藝黑線專政論」、「根本任務論」、「主題先行」及「樣板戲」等概念。這些概念的提出，有著特殊的政治背景。像「樣板戲」這一概念，是六〇年代後期《紅旗》雜誌一篇社論首先使用的。社論說：《智取威虎山》等現代京劇，「不僅是京劇的優秀樣板，而且是無產階級文藝的樣板」（註五）。肯定這些「樣板」，是為了確立江青作為「文藝革命的英勇旗手」的地位，為她撈取政治資本一步步奪取最高權力作鋪墊。

「樣板戲」是所謂「大破大立」的產物，是在大規模整肅「十七年」時期的文學經典後出現的。「樣板」除取「經典」之意而代之外，還包含有可以效仿、複製的意思。在這種比歐洲古典主義戲劇更具有不可動搖的模式結構下，要求攝影家在運用電影蒙太奇手法時，以「近、大、亮」的鏡頭去對準英雄人物，用「遠、小、黑」對準反面人物。而戲劇舞臺上的音響、燈光及調度，都要為英雄人物服務。為方便推廣和普及「樣板戲」，另有一套以「三」字為頭的「革命文藝創作重要原則」及「經驗」。首先是編劇上的「三陪襯」：以反面人物陪襯正面人物，以正面人物陪襯英雄人物，以英雄人物陪襯主要英雄人物。另有音樂創作上的「三對頭」：感情對頭、性格對頭、時代感對頭。還有什麼「三打破」：打破舊行當、舊流派、舊格式。並有與之相隨的「三出新」：表現出新時代、新生活、新人物……

「三突出」是類似「寫作秘訣」的信條。可寫作並無秘訣，創作也不同於繡花，可以手把手地教會。「四人幫」無視藝術創造的特殊性，除用投機取巧的辦法編了一套「三字經」外，另還有「多字經」，即「多側面」、「多波瀾」、「多浪頭」、「多回合」、「多層次」，等等。以「多層次」為例，在《智取威虎山》的舞臺上，「分成了欲向不同目標出發的兩組人員，楊子榮一組位於前，參謀長一組位於後。在前一組中，楊子榮昂然挺立於舞臺之主要地位；他的偵察班戰士，以較低的姿勢簇擁在他身邊。在後一組中，參謀長位於台側，楊子榮示意；眾戰士以有坡度的隊形，襯於參謀長之身旁。整個造型的畫面是：眾戰士烘托了參謀長；參謀長一組又烘托了楊子榮一組；在楊子榮一組中，他的戰友又烘托了楊子榮。於是形成以多層次的烘托突出主要英雄人物的局面」（註六）。這就把「三突出」思想貫徹到了家。其實，搞創作不是小孩玩積木，所謂「多層次」並不可能依葫蘆畫瓢，因而人們仿效時稍有走樣，便被認為是破壞「樣板戲」，是對江青不忠的表現，一頂「現行反革命」的帽子馬上拋過來。

在「四人幫」看來，不管如何「多」，均服務於根本任務，塑造出「主要英雄人物」。「三突出」，實質是「一突出」，即服務於「根本任務」。用「辛文彤」的話來說：「一齣戲，一部故事片，只有一個中心人物。不能有兩個或兩個以上的中心人物，多中心就是無中心」（註七）。

從以上對「三突出」構造過程的描述可以看出：炮製這種理論的，不僅有像于會泳那樣的御用文人，還有像江青、姚文元那樣的政客。他們搞奪權鬥爭離不開文藝這個跳板。為使這個跳板更有彈跳力，他們企圖將複雜的現實關係和文藝創作納入「服從與被服從、教育與再教育、專政與被專政」的模式中。他們還大力推廣這種所謂「經驗」，企圖把從戲劇中歸納出來的「三突出」擴大到一切文藝形式中去。政治鬥爭需要使他們無視題材、主題的差別，也不顧體裁的區分，要求小說、散文甚至一齣小戲、一首山水詩乃至花鳥畫，都要實行「三突出」，這就遭到一些文藝家的抵制。如武漢文藝界以姚雪垠為首的老作家，就曾反對別的藝術形式也要實行「三突出」，結果被打成「文藝黑線回潮」。由謝鐵驪編劇的電影《海霞》，不願走「一體化工程」的道路，企圖從藝術結構上反「三突出」，用「列傳式」、「散文式」方法創新，結果差一點被封殺。

在討論「三突出」概念的生成時，還需要回過頭來看「英雄人物」這一概念的產生和演變。從延安時代就流行的「工農兵」、「正面人物」這一概念，建國後很快被「英雄人物」這一術語所收編。在五〇年代初，時任中南軍區文化部長的陳荒煤，在一篇文章中就明確地提出「表現新英雄人物是我們創作的方向」（註八）。一九五二年的《解放軍文藝》也曾大力鼓吹這一創作主張。在一九五三年九月召開的第二次文代會上，周揚正式提出「表現完全新型的人物」，是「文藝創作的最崇高的任務」(註九)。

創造新英雄人物的主張之所以能在「十七年」間得到普遍認同，是因為執政者希望通過新英雄人物的創造，對廣大讀者進行新的意識形態灌輸和道德力量的教育。此外，創造新英雄人物，還可以擴大文藝的表現領域，創造出一種不同於舊社會的新的人民文藝。故提出寫英雄人物，有著時代的要求和一定的歷史依據。但「十七年」對寫英雄人物的論述，存在著獨尊英雄人物而排斥非英雄人物、尤其是中間人物和落後人物的傾向。如周揚在一九六〇年第三次文代會的報告中，就對寫「普通人」、「小人物」的主張進行批判：「他們熱衷於寫缺乏意志的人和他們的身邊瑣事，看不見或不願意表現今天的英雄人物和偉大鬥爭，或者把資產階級卑鄙空虛的心靈硬裝到社會主義、共產主義的新人身上去。」而英雄人物則進一步被定義為「最能體現無產階級革命理想的人物」，由此同「普通人」和「小人物」拉開了距離(註十)。「文革」中出現的「根本任務論」及與之相適應的「三突出」創作原則，正是「十七年」這一形而上學傾向的惡性發展。

按照「三突出」創作原則，無論什麼作品中的人物均被區分為英雄人物、正面人物、反面人物，英雄人物又分等級，即主要英雄人物、一般英雄人物。而不管什麼性質的人物，都要用盡各種藝術手段——如陪襯、烘托，為主要英雄人物作鋪墊。通過這鋪墊，使其高大完美的形象更加光彩照人。不僅如此，這位一號英雄人物還要在整個演出中居主導地位，在複雜的人物關係中支配一切。像這種鼓吹寫高踞於群眾之上的救世主的理論，正是唯心主義英雄史觀的體現。當年，群眾曾編了這樣的順口溜諷刺《海港》一類「樣板戲」中的所謂「英雄」：「一個女書記，站在高坡上。手捧紅寶書，抬手指方向。敵人搞破壞，隊長上了當。支書抓鬥爭，面貌就變樣。群眾齊擁護，隊長淚汪汪。敵人揪出來，戲兒收了場。」

用「三突出」原則刻畫出來的英雄人物，只著重外在形式而不注重實際內容，比如一號英雄人物清一色是共產黨員，是做政治工作的模範幹部，是無所不知、無所不曉、無往而不勝的超人。在這種作品中，一切無助於英雄人物完美的內容都被「過濾」掉，以至純化到英雄人物不食人間煙火，從而嚴重地脫離現實。如「樣板戲」中的不少一號英雄人物均為女性，而這些女英雄都沒正常人的愛情、婚姻、家庭生活，有的只是幹革命的業績。《沙家濱》的阿慶嫂本是結過婚的，但阿慶跑單幫去了；《龍江頌》中的江水英名為軍屬，可戲中始終未提及她的男人或見其歸來；《白毛女》中的大春原與喜兒有暗戀關係，後來這種情節被砍掉；《杜鵑山》中的女豪傑柯湘，也是單身女子。「文革」前，有一齣很受觀眾喜歡的電影叫《柳堡的故事》（註十一），後來以「八路軍不許談戀愛」為名將其查禁。「樣板戲」承襲了「十七年」中的這種左傾思潮，把談情說愛視為資產階級的專利，因而「樣板戲」中的英雄人物差不多都沒有七情六慾，都是滿口馬列、只講階級鬥爭而人情味甚少的職業革命家。

「三突出」和「主題先行」是一對孿生兄妹。所謂「主題先行」，就是帶著上級分配的「主題」去深入生活，而不是從生活中發現主題。「樣板戲」確定誰是「主要英雄人物」，根據的是毛澤東語錄或其他國家領導人的論述，而非依據作品裏戲劇衝突中的人物地位。像《沙家濱》，按理說主要英雄人物應是阿慶嫂，可由於阿慶嫂「級別」不夠，更重要的是毛澤東說過「革命的中心任務和最高形式是武裝奪取政權，是戰爭解決問題」。根據這一最高指示，最終解決問題的應是郭建光，而不是起配合作用的地下聯絡員，因而主要英雄人物便讓位於這位滿嘴說教的新四軍指導員。

根據這種荒唐的邏輯，《紅色娘子軍》的一號英雄人物不是「娘子軍」的代表吳瓊花，而是政工幹部洪常青；《白毛女》的主要人物也不是喜兒，而是原作中居於陪襯地位的王大春。新編芭蕾舞劇正是這樣做的。據說，只有「英姿颯爽，朝氣蓬勃」的革命者，才是「堅決貫徹執行毛主席的無產階級的革命路線，堅持武裝奪取政權、武裝保衛政權的英雄典型人物」（註十二）。可實際情況是：沒有喜兒就沒有《白毛女》，大春只不過是為喜兒設計的人物，但由於喜兒出身微賤，政治地位「低下」——只是受污辱、受傷害的人物，因而主要人物的第一把交椅還是不能由她坐。

「樣板戲」的創作資源絕大部分來自「文革」前的作品。如《紅燈記》係根據電影《自有後來人》改編。《沙家濱》移植自滬劇，原名叫《蘆蕩火種》。《奇襲白虎團》誕生在五〇年代的朝鮮戰場，由山東京劇團演出。《智取威虎山》取材於曲波的小說《林海雪原》，係依據同名話劇改編。《海港》根據淮劇《海港的早晨》改編而成。舞劇《紅色娘子軍》，來源於一九六〇年問世的同名電影。舞劇《白毛女》，還在四〇年代中期就有同名歌劇。這些成果被江青據為己有後，差不多都按照「根本任務論」和「三突出」創作原則作了許多刪改。為了突出英雄人物的性格，「樣板戲」違反生活真實，把中間狀態的人物改為英雄人物。最典型的莫過於《白毛女》中的楊白勞。作為喜兒的父親，他和許多勞動人民一樣善良忠厚，逆來順受，不願與命運作抗爭。這種人物在舊社會普遍存在著，具有典型意義。但歌劇《白毛女》成了「樣板戲」後，楊白勞不再是老實得近乎愚昧的閏土式人物，而是高舉扁擔拼死反抗為搶喜兒砸黃世仁；他也不再渴鹽鹵自殺，而是被黃世仁手仗劍刺死，壯烈地倒在地下。中了「左」毒的李希凡是這樣詮釋這一情節的：「楊白勞掄起扁擔向黃世仁的有力一擊，大長了革命人民的志氣，這是他在臨死前向舊制度進行的堅決挑戰」（註十三）。其實這種改法，是對人物的拔高，並不符合人物性格的邏輯發展。改編者只是出於政治實用主義的需要，而完全不考慮生活的真實和藝術創作規律。

《智取威虎山》等現代京劇雖被「三突出」創作原則扭曲過，但仍不能全盤否定，部分節目仍為許多群眾所喜歡。尤其是《沙家濱》「智鬥」一場戲，更是傳唱不衰，家喻戶曉。這首先是因為京劇是多年形成的民間藝術，有豐厚的藝術積累，有廣泛的群眾基礎。參加「樣板戲」的編劇、導演、演員、舞臺美術工作人員，都經過嚴格藝術訓練，是從全國各地精心挑選出來的著名藝術家。他們過去所受的所謂「封、資、修」教育，不可能一進「樣板團」就完全被改造掉。像阿慶嫂的人物設計是經過編劇深思熟慮的產物，演員的表演水準也屬一流。她與三個男人關係那場戲，觀眾最感興趣的不是阿慶嫂的地下交通員身份，而是江南小鎮茶館老闆娘的地位；同樣，觀眾與其把胡傳魁看成「忠義救國軍」司令，不如把他看作舊戲曲中常看到的逗觀眾發笑的具有草莽氣息的英雄。正因為「樣板戲」的政治內容與民間藝術形式混存在一塊，其藝術形式的改造不可能一蹴而就，故不管江青一夥如何加大郭建光的形象力度，也無法改變原作的人物關係和作品所具有的傳奇性、觀賞性。還因為唱腔設計得好，樂曲不如歌詞思想性明顯，江青一夥較難插足這一領域，藝術家的創作相對有較大的自由，以致在改變傳統戲曲的「一曲多用」的舊格局上，取得了巨大的成功。另方面，儘管江青聲嘶力竭地叫嚷「突出阿慶嫂，還是突出郭建光？是關係到突出哪條路線的大問題」。但實際操作起來，阿慶嫂的藝術光芒仍掩蓋了只會指手畫腳的郭建光，這個江湖女子在觀眾心目中永遠是主角。如果硬要套「三字經」誰是主要英雄人物，那至少阿慶嫂在這方面仍可與郭建光平分秋色。這就是生活的辯證法、藝術的辯證法。

在新時期，「三突出」的理論成了一個歷史名詞。它所倡導的「寫英雄人物」，已被「寫新人」所代替。這裏講的「新人」，不是「站在高坡上」揮手的江水英，而是從普通人中產生，生活在普通人中間，具有普通人的七情六慾。是普通人，但又不止於普通人。對「新人」的定義，曾有評論家將其歸納為幾點，企圖要作家就範，這其實是「文革」的思維方式。應該肯定的是，新時期提倡寫「新人」比過去倡導寫「英雄人物」，具有更深刻的含義，有著更廣泛豐富的內容，它開拓了人物塑造的新局面。

註：

（註一）臺北，《文訊》一九八八年第十期，第一五六頁。另見葉稺英等著：〈當前大陸文學〉，《文訊》雜誌社一九八八年七月版。

（註二）于會泳：〈讓文藝舞臺永遠成為宣傳毛澤東思想的陣地〉，《文匯報》一九六八年五月二十三日。

（註三）係指培育「樣板戲」的劇團，如中國京劇團、上海京劇團、上海芭蕾舞團等。

（註四）見經姚文元修改過的上海京劇團《智取威虎山》劇組文章：〈努力塑造無產階級英雄人物的光輝形象——對塑造楊子榮等英雄形象的一些體會〉，《紅旗》一九六九年第十一期。

（註五）《紅旗》雜誌社論：〈歡呼京劇革命的偉大勝利〉，《紅旗》一九六七年第六期。

（註六）上海京劇團《智取威虎山》劇組：〈源於生活，高於生活〉，《紅旗》一九六九年第十二期。

（註七）辛文彤：〈讓工農兵英雄人物牢固佔領銀幕〉，《人民電影》一九七六年第三期。

（註八）陳荒煤：〈為創造新的英雄典型而努力〉，《長江日報》一九五一年四月二十二日。

（註九）周揚：〈為創造更多的優秀的文學藝術作品而奮鬥〉，《文藝報》一九五三年第十九期。

（註十）周揚：〈我國社會主義文學藝術的道路〉，《文藝報》一九六〇年第十三—十四期合刊。

（註十一）石言、黃宗英編劇。中國電影出版社一九五七年版。

（註十二）尚瑛：〈雄姿英發，倔強崢嶸〉，《人民日報》一九七二年二月二十四日。

（註十三）李希凡：《在兩條路線鬥爭中誕生的藝術明珠》。

第四節　徐遲與現代派

徐遲的一生，和現代派有不解之緣。他雖以報告文學成就著稱，但他早期的現代派詩作也不容忽視。在一九三〇年代，他是一位有成就的現代派詩人，其處女詩集《二十歲人》，師承西方意象派和象徵派，擺脫了中國古典的傳統意象而在西方現代主義的道路上走得很遠，詩作充滿了現代的都市風。一九四九年後，現代派被放逐，被否定，使徐遲感到極大的壓抑。當新時期到來後，他敏銳地發現當前創作中一些與現代主義相關的審美素質，大聲呼喚現代派的出現與中國文學的現代化。由於觀點尖銳，被主流話語視為異端邪說。對這種剝奪他人言論自由的做法，他一直感到難以釋懷。

一個屬於二十歲人的現代派詩世界

中國現代詩史上的現代詩派，其實並沒有這樣的社團，也無結盟的綱領性文字說明。不過，當時有一個《現代》雜誌，由施蟄存受現代書店的委託主持。在創刊前，主編者曾與劉吶鷗、杜衡、戴望舒等人開辦過水沫書店，該書店出版過半月刊《無軌列車》，圍繞著這個雜誌的作者主要有徐霞村、姚蓬子等一批作家。《現代》雜誌於一九三二年五月問世時，水沫書店的舊人還有小說家穆時英均為該刊的主要撰稿人。這些作者便被人們稱為「現代派」。

「現代派」有兩支隊伍，一是受佛洛伊德主義、日本新感覺派和歐美心理分析影響的新感覺派小說家施蟄存、穆時英、劉吶鷗；二是以戴望舒、卞之琳、徐遲等人為代表的現代詩派。

施蟄存在主編《現代》雜誌時，採取中性路線，不偏向那一個政治派別，故在白色恐怖的年代不存在被查封的風險。這個刊物不以意識形態而以商業為目的，所刊登的詩作風格不盡相同，但多數作品從思想到藝術均體現了象徵主義傾向，其中戴望舒最為突出，眾多青年詩人均受其影響。卞之琳於一九三四到一九三五年在北平編《水星》文藝雜誌，該刊所登載的詩作與當時有「詩壇的首領」[註一]之稱的戴望舒南北呼應。一九三六年十月，戴望舒眼見自己有這多的崇拜者和追求者，便耐不住寂寞，邀請卞之琳、馮至、孫大雨、梁宗岱一起和自己主持另張新幟的《新詩》編務，用純詩雜誌的形式把現代詩這股新潮推向一個新高度。當時與戴望舒、徐遲一起籌辦《新詩》並創辦《菜花》、《詩誌》的路易士，也以自己獨特的審美取向和追求而匯入這股現代主義大潮。

任何一個流派的形成，除有深刻的時代和社會原因外，另有作家對社會審美要求的呼應。《現代》的編者後來回憶說，他們「沒有造成某一種文學流派的企圖」，可是又說讀者的投稿和該刊發表的詩歌，「形式和風格都還是相近的」，有著「共同的特徵」。[註二]這種歸納，正好為評論家命名其為現代詩派作了注腳。

最早為現代詩派命名的是孫作雲。他在〈論「現代派」詩〉[註三]中，把新詩誕生以來的發展分作三個階段：郭沫若時期、聞一多時期、戴望舒時期。戴望舒時期的現代詩，「是現代人在現代生活中所感受到的現代的情緒用現代的詞藻排列成的現代的詩形。所謂現代生活，這裏面包括著各式各樣的獨特的形態……」（註四）這種生活形態啟迪著詩人的靈感，其表現方式當然不會與郭沫若、聞一多時期相同，其最大特徵是創作時雕金鏤玉，意象繁複，聯絡奇特，不能一讀就懂。這些號稱「純粹的詩」，是混濁世象的哀音，其中體現的是青春的病態。徐遲在這時期創作的現代詩，較著名的有〈都會的滿月〉、〈春爛了時〉、〈輕的季節〉、〈隧道隧道隧道〉、〈六幻想（Inritation to the Harvest）〉、〈二天的彩繪〉、〈贈詩人路易士〉等等。和卞之琳、路易士一樣，徐遲的詩作主要師承西方意象派和象徵派，強調詩人的主觀感受，反對客觀模擬生活，多採用象徵和暗示手法，跳躍性大，聯想不規則，個人氣質充分流露在物象之中。徐遲尤其喜歡西方以寫都市著稱的詩人桑德堡、林德賽。〈都會的滿月〉，便呈現出婀娜青煙般晃動的心理感受，是一首優秀的都市詩。徐遲的代表作〈微雨之街〉（註五），從幻覺走向現實，屬現代寫法。作者不寫雨從天降，而寫「從燈的圓柱上下降」，這種時空的縮小是為了更好地將微雨變形，寫它被燈光映照成五顏六色，從而給人比現實之雨更強烈、更集中、更美的感受。「雨從街的鏡面上升」，這裏把下降的雨寫成上升的雨，之所以不給人虛假的感覺，是因為有「鏡子」的比喻在。把水淋濕的街面比作鏡子，這本身就很美，再把雨寫成不是在下面是在鏡面上升，這就更富有詩意：使人感到街道是那樣明淨，空氣是那樣清新，人世間是那樣纖塵不染。人如果生活在這樣明鏡般的世界裏，沒有寂寞，沒有哀愁，沒有隔膜，這該多美呵。詩人知道這種幻想是不現實的，因而稱這明鏡為神秘之鏡，稱這種「上升」的感受不過是一剎那間的「顯靈」。全詩就這樣空靈跳動，籠罩著一種神秘感。作者從印象派繪畫中吸取豐富的營養，將自己瞬間的感受運用豐富的想像力寫成一首美麗、神奇的詩，使我們涵詠不盡，味之不厭。

徐遲的另一首《七色之白晝》（註六），在幻覺中暗示作者對美與愛的觀念。作者以有形寫無形，以有色狀無色。在這個白日夢中，由女郎的胴體引發七色旋轉的幻覺。白晝之單純與顏色之豐富，加上「七色」重複了七次，更強化了這首詩的迷幻色彩。正如孫玉石所說：「徐遲擁有一個屬於二十歲人的詩的世界。他的詩有一種單純的複雜，朦朧的透明，奔放的寧靜。重幻覺的豐富和想像的躍動，往往以急驟發展的語言構架造成詩的極大想像的空間。要走進徐遲的詩世界是不容易的。」（註七）

徐遲不僅有現代詩的力作，而且還有宣揚現代派主張的詩論。他寫的〈抒情的放逐〉（註八），認為近代詩在苦惱之後，從表現方法上放逐抒情等於找到一條新的出路。在現代派大師艾略特的作品裏，開始了抒情潛意識地被放逐的悲劇。可是人們只習慣無抒情的現實，卻未習慣缺乏抒情的詩。抒情給人的感受當然是愉悅，這裏有美的享受，但那要將這世界重新進行改造以後。現在提倡放逐抒情，不是破壞，而是破中有立的建設，尤其是戰爭年代更應強化作品的思想性。

徐遲這裏講的放逐抒情，暗含有艾略特等西方詩人「非個人化」的知性主張，並總結了一九三〇年代詩人創作中客觀化、非個人化的傾向。提倡新詩主知，也就是告誡詩人不應再沉溺於中國詩歌的抒情傳統，不應滿足表達激情，而應著重反映人生經驗。事實上，抒情不可能無處不在，像哲理詩，就不可能用抒情的框子套它。但無論是路易士還是徐遲，他們的創作實踐均以意象群的多層複合結構取代過去的單線結構方式，對客體進行立體描繪。這種意象抒情詩，並沒有完全做到主知。如果完全主知，詩也就索然寡味了。

徐遲的另一篇文章〈意象派的七個詩人〉（註九），全面介紹了英美兩國詩人的理論主張和創作實踐，重點描述了意象派作為一個有組織的詩派的時限、作者群及六大「信條」，還評述了美國的龐德、羅厄爾、希爾達・杜利特爾、弗萊契，英國的阿爾丁頓、大衛・赫伯特・勞倫斯和弗蘭克・斯圖爾特・弗林特的生平及其詩作。徐遲認為，現代派詩人必須運用通感，必須追求意象之美。這裏講的意象，「是五官全部感受到色、香、味、觸、聲的五法」，並認為「把新的聲音、顏色、嗅覺、感觸、辨味滲入了詩，這是意象派的任務，也同時是意象派詩的目的。」(註十) 戴望舒也有類似的看法，認為現代詩人為了表現心靈之微妙和感覺之微妙，應善於運用感覺的觸鬚溝通各種各樣的感覺，表現一種類似神經質的敏感，並以此去影響受眾的神經和「微細到纖毫的感覺」(註十一)，這種理論在徐遲本人的創作和何其芳的〈歡樂〉、戴望舒的〈款步（二）〉中，均有鮮明的體現。

和何其芳等人一樣，徐遲也是屬於一種「思想進步、藝術退步」的作家。他的思想向左轉後，不再與「第三種人」路易士等人來往，把〈二十歲人〉這樣充滿銳氣和朝氣的作品放逐，然後給予否定。到了一九四二年出版的《最強音》，詩風變得陽剛，調子顯得高亢，傷感頹廢色彩一掃而空，然而詩意淡薄，可讀性不強。據紀弦回憶，徐遲曾受革命詩人馬凡陀（袁水拍）的影響，連坐公共汽車都不忘記學習《資本論》。建國後，他以革命作家的身份參加了首屆文代會，力圖按文代會的要求寫工農兵、唱工農兵，可他被教條主義捆綁得連散文也寫不出，就似被廢了武功的豪傑，形象思維的魔力完全失落。解放初期他不是詩人而是宣傳戰士，繆思的天賦完全被浪費，向國外盡寫些作廣播筒用的新聞報導。「雙百方針」提出後的一九五七年以及大躍進的一九五八年，他開始有了寫詩的激情，可出版的是連書名也帶宣傳色彩的《戰爭和平進步》以及《共和國之歌》，其政治性遠遠大於藝術性，在當代文學史上沒有地位。(註十二) 現在回過頭來看，徐遲在一九三〇年代寫的詩，雖然沒有戴望舒顯得成熟和老到，但詩風灑脫，極具張力和現代色彩，每一種新詩史選本差不多都選它，還有的詩論家將其視為經典之作進行解讀。徐遲有關現代詩的論文也有一定的影響，如路易士即紀弦到臺灣後，在一九五〇年代中期提出現代派六大信條，其中有「知性之強調」，(註十三)就從徐遲放逐抒情的文章中吸取過有益的養料。可惜他這段歷史，在「十七年」的新文學史著作中遭到了冷遇。

呼喚現代派和中國文學現代化的勇士

中國新時期的文學是在「文革」的大片空白地帶生長出來的。長期的閉關鎖國，使作家們急切地意識到打開國門、吸收世界先進文學潮流的重要性。鄧小平制定的改革開放政策，正好為作家和學者們引進及研究國際現代文化思潮，提供了極為有利的條件。正是在撥亂反正和疾呼中國文學要走向世界的氛圍下，具有詩人敏感的徐遲，和柳鳴九、袁可嘉、葉君健、高行健等作家、學者一道，大聲揄揚吸納西方現代主義文化思潮的可行性和必要性。

作為評論家，首先應回答長期困惑人們的問題：要不要為被打成腐朽沒落反動的文藝思潮現代派平反？中國文學尤其是新詩，需不需要從現代主義吸取有益的養分？在歷史的轉折關頭——一九七九年早春，徐遲以先行者的姿態，率先提出了新詩現代化這一重要命題。

新詩本是現代化的產物。「九葉」派的袁可嘉在一九四〇年代也提過這個口號。徐遲之所以重提這個問題，是由於新詩六〇年來的發展不盡人意，在十年浩劫中還遭到前所未有的摧殘。如今，新詩必須拯救，猶如自己受極左思潮侵害的靈魂必須拯救。如不拯救，在一九七〇年代末就無法反映突飛猛進的四個現代化的建設以及強化詩歌本體性。徐遲為此大聲疾呼：

> 來吧！新詩！現在，起來迎接四個現代化的新中國吧，它已從新長征的起點出發。（註十四）

為了迎接四個現代化的到來，為了創造現代化新詩，徐遲強調新詩的現代化首先要注意內容的革命化，「以歌頌生產建設中的業績作為自己的當務之急。」之所以把「革命化」放在首位，是因為徐遲還多少心有餘悸，擔心別人說自己政治不掛帥，是走藝術至上的老路，是把「現代化」與「西洋化」混同。講完套話後，徐遲便把發自內心的說法提出來：新詩現代化，要求詩人懂點科學，不能甘心當「科盲」。另方面還要向科學家們學習，尤其是學習他們大膽幻想的精神。本來，詩人是極善於幻想的。可是，在科學發達的時代，「科學家們的幻想和想像能力，已經大大地超過了詩人。」（註十五）今天，詩人們必須把想像的翅膀展開，並且拍擊起來，才能為四個現代化歌唱。新詩現代化，更重要的是實行拿來主義，引進並借鑒外國詩歌——包括「西歐從文藝復興直到歐美十九世紀的人道主義和民主主義的詩歌傳統中的精華。」（註十六）

在長期強調以古典詩詞和民歌為基礎發展新詩的情況下，徐遲提出「新詩現代化」這一點，尤其值得重視。但由於當時新詩探索遠未出現後來多元化的局面，人們對西方現代化的瞭解也很有限，故他還不可能展開論述新詩現代化過程中現代主義與現實主義各自的位置，新詩現代化與新詩的民族化、大眾化的關係，以及應如何借鑒西方現代派詩歌等各種複雜問題。只有過了兩年以後，朦朧詩、抽象派藝術與意識流小說在文壇上初試鋒芒，一些作家對文學現代化的呼聲越來越高時，徐遲才有可能在《現代化與現代派》（註十七）中，明確地把現代化與現代派緊密聯繫起來：

不管怎麼樣，我們將實現社會主義的四個現代化，並且到時候將出現我們現代派的文學藝術。

這就是說，中國在經濟上從事現代化建設，文學藝術——包括新詩的發展就離不開藝術方法的革新，乃至有相當一部分詩人會走上現代派的道路。作為一位多年緊跟政治形勢（如在反右鬥爭期間寫批判艾青的時文）的老詩人，他這次不再唯上，放言立論，其探索精神無疑十分可貴，但批判他的人認為這種主張缺乏科學根據，理由是文藝發展不能完全歸結為「經濟發展」，不能把文藝流派、文藝思潮的出現，看作是以科學技術水平為標誌的物質生產力發展的派生物。即是說，物質生產的現代化與文藝的現代派沒有必然的聯繫。這種看法，值得討論。西方現代主義在歐洲出現的歷史背景在這裏姑且不論，單說二〇世紀初輸入中國的現代主義思潮，就不是一種偶然的現象，而是與整個國際間的經濟發展、政局的劇變及其帶來的文化變異有必然的聯繫。批判者認為，徐遲的論述違反了馬克思主義，那我們來看看馬克思、恩格斯在一八四八年是怎麼說的。在《共產黨宣言》中，馬克思、恩格斯認為：「資產階級，由於開拓了世界市場，使一切國家的生產和消費都成為世界性的了……過去那種地方的和民族的自給自足和閉關自守狀態，被各民族的各方面的互相往來和各方面的互相依賴所代替了。物質的生產是如此，精神的生產也是如此。各民族的精神產品成了公共的財產。民族的片面性和局限性日益成為不可能，於是由許多民族的和地方的文學形成了一種世界的文學。」西方現代主義在神州大地的崛起，不是空穴來風，而是在世界市場形成和物質生產日益豐富的背景下，在東西文化的碰撞與交匯中輸進的。一九三〇年代現代派在十里洋場的上海興起，就與當時東南沿海地區資本主義工商業的迅猛發展及城市勢力的抬頭，有直接的關係。資本主義工商經濟的騰飛，造成城市文化意識的強化，而現代派正是都市文明意識的產物。當年的上海，「匯集著大船舶的港灣，轟響著噪音的工廠，深入地下的礦坑，奏著ＪＡＺＺ樂的舞場，摩天樓的百貨店，飛機在空中戰，廣大的競馬場……甚至連自然景物也和前代的不同了。」（註十八）這種生活給詩人全新的體驗，他們自然不能只見楊柳而不見起重機，只見車轔轔馬蕭蕭而不見噴氣式飛機。工業化、商業化時代已經來臨。一位真正的現代作家，當然可以對此視而不見，但最好的方法是揮起自己的彩筆描繪這些現代生活的形態。不應株守原有的創作方法，而應努力學會用新的創作方法如現代主義去表現都市的風景線。如果詩人不隨著科學技術的發展和生產力的提高，讓自己的知識水平水漲船高，讓自己的藝術手段不斷刷新，就難免落伍。

現代派文藝的定義有多種，一般認為是對象徵主義、表現主義、超現實主義、存在主義、未來主義、意識流、抽象派、印象派、荒誕派、新小說派、黑色幽默、「垮掉的一代」等文藝流派的總概括。這些從內容到形式均不甚相同的流派，應如何評價它對經濟基礎所起的作用？徐遲認為：

西方現代派，作為西方物質生活的反映，不管你如何罵它，看來並沒有阻礙了西方經濟的發展，確乎倒是當相地適應了它的。（註十九）

批判者認為，用這種理由去論證現代化與現代派的聯繫，不能說服人。其實，歷史地看，連批判者也無法否認「現代派文藝中確有相當一部分是與現代資本主義壟斷經濟制度和社會秩序比較相適應的。」（註二十）這裏不以西方而以東方為例。一九三〇年代在中國問世的現代派，戴望舒、卞之琳、徐遲、林庚等人詩作出現的孤獨、迷惘、異化、醜陋的價值取向，是對當時黑暗現實及貧富懸殊現象的懷疑，屬於另類否定，有一定的積極意義。徐遲、何其芳詩作所體現的孤獨和虛幻感傷的愛情詠唱，則有消極因素。不管是積極還是消極因素，均應視為對一九三〇年代經濟制度和社會秩序的特殊適應。如果適應不了物質生產的迅猛發展，這些詩作就不可能寫得如此動人。

徐遲是對未來充滿幻想的詩人，他最看不慣不能與時俱進的作家。他說：

在我們這裏，很不少人仍然欣賞古琴、花鳥、古詩、崑曲之類，迷戀於過去，是過去派。另些人還不能區別那嚴重污染環境的近代化與高度發展的四維空間的現代化的差別，他們其實還是近代派，都不是現代派。（註二十一）

對這段詩質文字不能用政論文的讀法去理解，認為徐遲為了提倡現代派就反對別人喜好古詩、崑曲之類。他的真實思想是：不能抱殘守缺，不要固守傳統，不應過分迷戀過去，而應向前看。那些認為現實主義應萬古長青的人，那些認為現實主義可以獨步天下的人，那些認為有了現實主義就萬事大吉的人，應適應新的科學技術發展，不要一見到資本主義及其派生的新、奇、怪的現代主義就視為洪水猛獸；不應全盤否定資本社會的物質文明和精神文明，應在創作方法上不斷革新，這才不是「過去派」，而是「現代派」。徐遲這裏說的「現代」，係相對「過去」、「近代」而言，主要是一種時空觀念，當然也包含了現代主義文化。

應該承認，徐遲不是一個專業理論工作者。他談現代化與現代派的關係，所使用的概念有前後矛盾之處。他為了保護自己，為了防備「廟堂」對「廣場」的攻擊，他讓自己的主張塗上一層保護色，如在「現代主義」前面加上「馬克思主義」的定語，還有「我們的」、「建立在革命現實主義和革命浪漫主義兩結合基礎上的」這些限制詞，這就使他主張的中國式的現代主義有些不倫不類。正因為有漏洞，所以才遭到別人的強烈質疑。

不過，應充分肯定，徐遲是以巨大的熱情呼喚中國現代派的產生，支持某些具有現代傾向的小說、新詩的崛起。他敏銳地覺察到現代主義在中國的出現不可避免，雖然還來不及積澱為理論形態性的美學原理。他是以一位宣傳鼓動家而不是以理論家身份出現的，這就使得他著文不拘泥保守，立論大膽，下筆時偏重激情的抒發，表現了極大的藝術勇氣。正因為激情洋溢的文字後面還潛藏著某種怨憤，怨憤後面又夾雜著顧忌，導致他的立論偏頗，顯得不嚴謹，如把現代派視為中國文學發展的方向，就屬謬誤。但不可否認，他在新時期有關現代派的論述，涉及到中國文學的發展該不該容納現代主義以及可不可能產生現代派等一系列重要的前沿理論問題。由於觀點尖銳，為主流話語所不容。當時的批判開始時還帶點學術爭鳴的性質，但後來隨著反精神污染運動的開展，《現代化與現代派》一文成了全國重點「清汙」對象，徐遲本人也被左傾評論家戴上「老現代派」的帽子。迫於這種強大的政治壓力，徐遲只好違心地在湖北省人大常委會上作檢討。（註二十二）對這種政治干預學術的做法，他顯得十分無奈和苦惱。直到一九八七年六月六日，他還引用杜甫兩句詩給筆者題詞

「留個紀念」：文章憎命達，魑魅喜人過（註二十三）。

徐遲的的創作道路雖說是「霽色陰霾交互現」，但總的說來是不得志、受壓抑的。他後來以跳樓方式告別人世，儘管有不同的詮釋，（註二十四）但我認為其行為與長期受壓抑的苦悶心情有某種內在的聯繫。

注：

（註一）施蟄存致戴望舒一九三三年四月二十八日信，見孔另境編：《現代作家書簡》（廣州：花城出版社，一九八二年）。

（註二）施蟄存：〈現代雜憶〉（北京：《新文學史料》一九八一年第一期）。

（註三）北京：《清華週刊》第四十三卷第一期（一九三五年五月十五日）。

（註四）（註十七）施蟄存：〈又關於本刊的詩〉（上海：《現代》第四卷第一期，一九三三年十一月）。

（註五）（註六）上海：《現代》第五卷第一號（一九三四年五月一日）。

（註七）孫玉石主編：《中國現代詩導讀》（北京：北京大學出版社一九九〇年）第四七三頁。

（註八）徐遲〈抒情的放逐〉（《頂點》第一期，一九三七年七月）。

（註九）（註十）徐遲：〈意象派的七個詩人〉（上海：《現代》第四卷第六期一九三四年四月一日）。

（註十一）戴望舒：《西茉納集•譯後記》，載《戴望舒詩全編》（杭州：浙江文藝出版社一九八九年）第二三六頁。

（註十二）參看徐遲：《徐遲詩選•〈二十歲人〉新序》（武漢：長江文藝出版社一九九二年）第五頁。

（註十三）臺北：《現代詩》第十三期，一九五六年二月一日。

（註十四）（註十五）（註十六）徐遲：《文藝和現代化》（成都：四川人民出版社一九八一年）第十四、十二、十四頁。

（註十七）（註十九）（註二十一）徐遲：〈現代化與現代派〉（武漢：《外國文學研究》一九八二年第一期）。

（註二十）李准：〈現代化與現代派有必然的聯繫嗎？〉（北京：《文藝報》一九八三年第二期）。

（註二十二）見武漢：《湖北日報》一九八三年的有關報導，日期待查。

（註二十三）徐遲在給筆者題詞時，誤將「魑魅」寫成「魍魎」。杜甫原詩可譯為：一般以文學著名的人往往命運困厄，好像文章憎厭命運的通達似的。山精水怪喜人經過，以便出而吞吃。

（註二十四）對徐遲之死的原因，有多種猜測和說法，本文從「自殺」說。

第五節　評論家的敏銳性和藝術感悟力

一、《中國二〇世紀文藝學學術史（第三部）》

中國當代文學作為一門學科的正式建立，與北大學者的辛勤耕耘——尤其是洪子誠的《中國當代文學史》的出版分不開。此外，謝冕帶領一群北大學者編撰的《百年中國文學總系》，比坊間流行的當代文學史教材和以「二十世紀」命名的中國文學史，也有更多的原創性。

在謝冕、洪子誠的學生中，才華橫溢者可以舉出一長串名字，而孟繁華無疑是這一長串名字中閃光的一位。他九十年代連續出版（包括與別人合著）的當代文學專著，使人不能不對他刮目相看。新千年他獨立完成的《中國二〇世紀文藝學學術史（第三部）》（上海文藝出版社二〇〇一年三月版），使人感到他層樓更上，越寫越能開啟精神的未來。

在一些學者眼中，孟繁華並不是以當代文學史研究著稱的學者。他應是一名追蹤型的批評家。可他調瀋陽師大之前任職的單位不是中國社會科學院文學所的當代文學研究室而是文藝理論室。他在寫〈傳媒與社會主義文化領導權〉一類的文章時，文藝理論家的身份也許更為突出。對此，孟繁華倒有清醒的認識。他認為自己「對社會現實有極大的關注和熱情」，是不折不扣的中國當代文學研究工作者，但又不是一般的文學研究工作者，而同時是當代文化研究家。他那本《眾神狂歡》，便說明孟繁華得心應手地置身於極具活力、極富於創造力和想像力的文化研究學術潮流之中。這是他有別於老一輩當代文學研究家的地方，也是他對學院建構的「純文學」研究體制所作的一次勇敢的解構。對他這部以五〇—七〇年代文藝學發展作為研究對象的學術史，在某些當代文學評論家看來也許屬文藝理論著作，而在文藝理論家看來這其實是當代文學史專著，即《中國當代文學理論批評史》的一個子專案。這種既是當代文學又是文藝學專著的雙重性，無疑增添了孟繁華的批評魅力。本來，當代文學批評與文藝理論及其他學科的研究不應對立起來。在這本《中國二十世紀文藝學學術史（第三部）》中，當代文學研究是無法與思想史研究、學術史研究分開的。用學術史的視角無疑有助於孟繁華更深入地研究中國當代文學所存在的諸如典型、形象、「人學」一類的問題。

由於孟繁華不屬於「文革」前蘇式文藝學培育的符合左傾體制需要、擁有權力話語的實用性專門人才，故他近年「生產」的一系列當代文學與文化論著其理論資源當然不可能再是傳統的社會主義文藝學思想體系。這從著者下了極大伏案功夫寫的第一章〈毛澤東文藝思想及內部結構〉，可看出孟繁華作為新銳評論家不囿於傳統舊說，時時以敏銳目光、新穎角度在闡發己見。如對毛澤東文藝功能觀的內在矛盾的透視，就表現出一種深邃的文化目光。對毛澤東把政治的明確性直接投射於人類複雜的精神活動的做法，及指出階級鬥爭萬能論不可能將文學的解釋引向本體論和文學特徵上的分析，均說明著者在重新面對毛澤東文藝思想時，已離開了過去三〇年的立場，從而為人們重新審視國家意識形態對文藝的態度和做法，提供了有益的啟示。

作為國家社會科學基金「九五」重點項目，《中國二十世紀文藝學學術史（第三部）》在選題上有極大的規約性，但在如何處理這一選題，如何在有限的研究資源中開拓出無限的寫作空間，則表現了著者的極大自主性和創造性。著者面對一九四九－一九七八這三十年間乏善可陳的文藝學內容，首先抓住文藝學生產的內在機制進行剖析：它的制度化如何逐步建立和強化，強化了的學術體制如何制約著文藝學的發展，這正顯示出著者的視野開闊及其理論深度。著者坦言：自己的這種思維方式，受了洪子誠的影響。但依筆者看來，這種影響是潛移默化的：不但看不出因襲的痕跡，反而覺得著者極大地發展了他老師對當代中國文學生產機制的學術性處理，大有青出於藍而勝於藍的趨勢。當然，不應過分誇大和拔高孟繁華超越前輩之處。孟氏在個別地方「還原歷史語境」時，還缺乏洪子誠有如老吏斷獄，無懈可擊的功夫。如第四章談「學者的精神地位」時，竟把魏金枝當作上海主流理論家，並與北京的林默涵、張光年等人並列，就是一種角色錯位。在上海大寫「指導著文學生產，抵制和批判著與革命不相符的創作和理論」的評論家，絕不是以編輯家著稱的魏金枝，而是在上海文壇掌實權的中共文藝理論家和文運領導者，即《保衛社會主義文學》的著者孔羅蓀、《我們的文藝方向和創作方法》的著者葉以群。姚文元當然也是其中之一位。不過，該書第四章談到姚文元時，把姚與李希凡視為「同樣來自於學院」，也欠準確。因姚文元從未上過大學，他和李希凡不過是同屬於毛澤東親自發現和擊賞的批評家而已。從「欽定」角度將他們歸類，也許更確切。不過，這兩點小疵並未從整體上影響該書史料的豐富性與翔實性。如「哲學社會科學學部」直屬領導關係的前後變化及從教育部檔案查到的一些文藝教學資料，均是從未披露過的。正是靠這些新鮮的史料，尤其是著者從新的角度加以審視，才使人感到這是一部在杜書瀛、錢競總設計下完成的別開生面的當代文學理論批評著作。可以大膽預言：這部書將會像朱寨主編的《中國當代文學思潮史》一樣，成為大學生和研究生們研究當代文學尤其是當代文論必讀的重要參考書之一。

如前所述，孟繁華作為一位後勁十足的評論家，他打破了傳統的把當代文學批評與當代文學史研究，尤其是當代文學批評與文藝理論研究截然剝離的學科劃分，強調二者的互相滲透。在他眼裏，當代文學批評離不開文藝學的指導，而文藝學只有和當代文學批評結合起來，才不會走向板滯和僵化。顯然，孟繁華的批評觀是一種大批評觀，即把當代文學研究與文化研究相結合，把當代文學批評、當代文藝理論、當代文學史三者緊緊聯繫在一起。其次，孟繁華的大批評觀還表現在他把文學運動、文學思潮、文學批評實踐均看作是可以閱讀的文本。因而在他的「學術史」中，作為蘇聯文藝理論模式追隨的範本「社會主義現實主義」，以及學術機構、團體、會議，都被其當作另一種特殊形式的文本看待。這些特殊「文本」和畢達可夫的《文藝學引論》一樣，也的確在一定程度上以不同方式的隱喻和修辭，表現出「十七年」時期文藝學的特徵。這種批評方法，使全書的構架不僅突現了這一時段文藝學發展的認知方式特徵，而且使著者的創見有較大的馳騁餘地。特別是面對既單一又複雜的「文革」時期文藝理論，和面對光怪陸離的「寫作組」現象，著者在六〇—七〇年代部分運用政治學與修辭學結合的研究方法，著重分析姚文元的文體與修辭，通過這種以點帶面的方法揭示出十年浩劫期間文藝學的特徵和走向，是全書寫得極富新意的篇章。

總之，孟繁華的《中國二〇世紀文藝學學術史（第三部）》，開闢了當代文學研究的一個新領域。它不僅總結了二〇世紀五〇—七〇年代文藝學生產的經驗與教訓，也將為二十一世紀的文藝學發展乃至文藝創作提供有益的借鑒，從而具有深刻的理論意義與現實意義：為一九四九年以後的文藝學研究提供一個新起點和新高度，在中國當代文學理論批評研究中將起到承前啟後的作用。

二、《二十世紀中國女性作家研究》

與「五四」運動同步發展的中國女性文學，跟隨著新文學的現代步伐，走過將近百年的歷程。它湧現了像蘇雪林、冰心、謝冰瑩、丁玲、楊沫、茹志鵑、宗璞等一系列傑出作家的作品。研究這些作家不同於男性作家運行的創作規律，探討她們的文學成就和局限，已成了中國現當代文學研究的一個重要組成部分。

對於中國女作家的研究，近年來雖然也有長足的進展，並出現了一批豐碩的成果，但在研究範圍上，多半集中於大陸地區的作家；在研究方法上，過分強調女性主義，尤其偏愛「私人化」的書寫，致使研究空間狹窄，而整合兩岸三地女作家作品成就的專著少，在研究方法上沿襲西方的多，結合中國的實際嚴重不足。正是在這個意義上，閻純德教授的《二十世紀中國女性作家研究》，彌補了國內研究女性作家的不足，把中國女性作家研究推向了一個新階段。

這部凝聚著作者多年研究心血、長約五十萬字的著作，其價值在於勾劃了二十世紀中國女性文學發展的輪廓。在勾劃時，作者超越了性別視角，而從政治、文化、文學——當然也離不開性別角度去描繪女性文學的成長史，並揭示出各種女性文學重要的現象的種種內在聯繫及其演變的客觀規律。與一般研究著作不同的是，該書注重史料的搜集與論析。這是一種實事求是的學風。作者不趨時，不生搬硬套女權主義理論，注重論從史出，這便將作家一生的重要活動、文學創作與社會影響，全部納入歷史的軌道，作出綜合的考察，使微觀研究與宏觀研究緊密結合起來。

綜觀全書，可看出閻純德的研究具有如下特色：

首先，填平現、當代文學人為劃分的鴻溝，改變研究大陸文學與研究臺港文學不搭界的做法，建立了把百年中國女性文學當作一個整體觀照來考察的新視野。作者早在七〇年代就走出國門，後從事中國大陸文學研究時，又涉足臺港澳暨海外華文文學，故他選擇的女性文學研究對象，不僅有大陸的知名女作家，而且有像蘇雪林、梁鳳儀那樣的臺港作家，甚至有像聶華苓、趙淑俠這樣的從臺灣出去的海外作家。後者能否算「中國作家」？這是有爭議的問題。筆者認為，聶華苓這類作家雖然入了外國籍，但她們並沒有完全洋化，所寫的作品多以中國作背景，有濃郁的中國民族風味，不像某些東南亞華文作家那樣「落地生根」，而是希望「葉落歸根」，因而把她們算作臺灣作家即在臺灣的中國作家，也說得過去。從世界華文文學的視角看，像聶華苓這類人可以有雙重身份：即既是在臺灣的中國作家，又可以是海外華文作家。閻純德在評論這類作家時，充分照顧到她們的兩棲特點，這體現了作者的開放眼光和包容的氣度。正是基於這種靈活的「中國作家」和「女性文學」定義的看法，建構起作者二〇世紀中國女性文學觀。概括說來，就是相容現代文學與當代文學，整合中國大陸文學和臺港地區的文學為一體。

其次，用評傳的方式研究女性文學，構成該書又一特色。作者書名為「研究」，與通常我們看到的純理論研究著作不一樣。即作者不是從理論到理論，而是十分重視史料的掌握和史實的分析。也許有人對這種浩繁與艱辛的史料工作不屑一顧，可是如沒有這些史料做基礎，研究工作便會建立在沙灘上。在《張愛玲：蒼涼人生》一章中，著者不放過張愛玲與臺灣文學關係的點滴論述，這便為讀者解開張愛玲作品為什麼會被臺灣文藝界人選為三十部「臺灣文學經典」之謎提供了一定依據。此外，著者對柯岩「文革」遭遇的敘述，也有助於讀者認識女性作家在十年浩劫中所受到的迫害及其不屈不撓的抗爭精神。這些材料的獲得，顯然花了作者不少的時間和精力。但作者不滿足史料的豐富生動，還十分注意對作家文學史的定位。所不同的是，這些定位和作品剖析，均滲透到著者對作家人生道路的敘述中，這樣就增強了著作的可讀性。書中對每位作家的研究，均是一部微型的評傳。「傳」與「評」結合，生動的敘述與深刻的剖析結合，正是閻著與眾不同的研究特色。

第三，該書有突出的學術個性。作為別具一格的個人專著，它鮮明地體現了著者的女性文學觀和文學史觀。比如著者認為「女性文學是女作家創作的文學，而不是女性主義……另外，女性文學更不是凡寫女人的文學就是女性文學」，這種看法均與流行的見解劃清了界限。人們可以不同意他的看法，但「女性文學」本不應當是「純粹」的，而應該是豐富多彩的。它應包括「五四」以來所有不同風格的女性文學創作，涵蓋內容不同、風格各異的流派。作者取「女性文學」的寬廣定義，乃至把「無性文學」如冰心的《小桔燈》也看作是女作家整體藝術裏的一種風格，這樣就可以避免把許多女作家的文學精品因沒有用「軀體寫作」而將其排斥在外。如果像某些論者那樣，只將反叛男性中心話語和「軀體寫作」算作是女性文學的正宗，以這樣的尺度來衡量女性文學創作，只會縮小女性文學的範圍，不利於女性文學的健康發展。也許有人認為作者的看法不夠新潮，但作者不主張女權主義者均把男性作為假想的敵人，以及為滿足異性的偷窺欲去專寫女人的隱私和生理特徵的看法，正是著者富有社會責任感的表現，應大力肯定。

該書由單篇撰寫而成，因而各章略欠均衡，尤其「傳」比「評」寫得好，即思辨色彩相對弱一些，但這並不影響該書的學術價值及生命力。

三、《二十世紀中國文學通史》

和北京大學中文系一樣，上海復旦大學中文系也是「中國當代文學史」的一個重要生產基地。這兩個系的教授們除對當代文學建設提出新觀念外，還出版了不少以當代文學為研究對象的文學史或類文學史著作。新近出版由復旦大學唐金海、周斌主編的《二〇世紀中國文學通史》（東方出版中心），在目前的文學史教材中就有一定的超越性。

以「二〇世紀中國文學史」命名，這本書不屬創舉。但以往出的同類著作，由於寫得過於學術化，且篇幅長，定價太高，做教材有一定困難。而這本「通史」，在學術性方面力求將近、現、當代文學史打通，在整體性方面做出新的嘗試，且注意教材的穩定性，因而比較適用於中文系基礎課教學。

主編者作為當代文學史家，他們與一般教材編撰者不同的是有鮮明的文學史觀。該書在〈導論〉中說：「文學史是一條流動的長河，它原本有源有流，古今一體貫通」。這種「長河意識」，體現在該書中是整體地而不是局部地、全面地而不是片面地呈現二十世紀中國文學各個時期的歷史面貌及其變化的脈絡：既把各個時期的文學創作盡量地分流分派，而又探索思潮、運動和現象的相互關係及其流變軌跡。舉例來說，編著者們不把一九四九年作為中國現、當代文學的分水嶺，而是將郭沫若、茅盾、巴金這些作家作一個整體對待。即使是中共建國後思想進步而創作退步的作家，編著者們也不將其攔腰切斷。作者不是把「通史」的「通」簡單地理解為把時間跨度往前推移，只要涵蓋近、現、當代就行，而是把百年中國文學當作一條歷史長河來對待，從中找出各個不同時期的創作現象的內在聯繫。像作者寫上世紀三〇年代出現的左翼文學思潮時，注意到這股思潮對文革前的文壇所產生的重大影響，這便做到了力圖超越現、當代之間的鴻溝來進行真正學術意義上的對話。在其他各章中，亦不是各個不同時期文學創作、文學思潮的簡單拼貼，而是力圖做到現、當代的相關融合，以凸現其「一以貫之」的內在邏輯聯繫。

主編者另一文學觀念是：文學史是「一座歷史博物館」，寫作文學史應有「博物館意識」。作者正是近按照這一要求來建構這本「通史」。這具體表現在該書不僅有漢族文學，而且還有少數民族文學；不僅有嚴肅文學，而且還有通俗小說；不僅有大陸文學，而且還有臺港澳文學。筆者是研究臺港文學的，對編著者不把二十世紀中國文學描述成中國大陸文學史，不把一九四九年後的文學史寫成「新中國文學史」，尤其讚賞。像編著者把上世紀二〇年代就開始創作的蘇雪林、三〇年代開始寫詩的紀弦寫進臺灣文學部分，並把其前期的大陸創作和後期的臺灣創作聯繫起來，這也是一種「通」——大陸文學與臺灣文學的打通。梁實秋的散文創作雖然沒有放在臺灣文學部分，但提及了他赴台後的創作。編著者這種處理不僅體現了作家創作史的整體性、貫通性，而且對整合分流的兩岸文學有一定的意義。當然，由於資料的限制和集體編寫所帶來的局限，有些地方難免出現瑕疵。如在談到香港文學時，說劉紹銘是「沙田文學」的成員，就不對。臺灣文學部分把瘂弦作一節寫，而藝術成就和影響均比瘂弦大的洛夫只作半節處理，且只著重分析其遠非代表作的〈寄鞋〉，就顯得輕重失衡。

《二〇世紀中國文學通史》的「博物館意識」還體現在把文學史不僅看作是作家書寫的，而且視為理論批評家一起參與創造的，因而作者用第十三章專門論述文學理論批評，這是該書與同類著作又一鮮明區別。雖然在「選擇的眼力」上，如某些學者主編的「叢書」或「辭典」可否用專節論述還可商榷推敲，但編著者把當下出現的「酷評現象」寫入書中，無疑有一定的新意。《傑出的評論家》只寫梁啟超、王國維、胡適、朱光潛、胡風，則真正顯示了編著者的史識。在別人看來，也許還可以加上周揚或李澤厚等人，但他們經過再三篩選，只確定上述五人，這便體現了編著者文學史觀的歷史屬性與主體屬性的統一。這裏講的「歷史屬性」，是指充分尊重歷史事實；「主體屬性」，則體現了編著者們的思想取向。

復旦大學中文系前一段時期出版的當代文學史著作，最具影響力的是陳思和主編的《中國當代文學史教程》。這本書最大的特點是前衛性和實驗性、開創性和探索性。主編者的「重寫文學史」的主張，充分體現在這本書中。但從「博物館意識」來看，該書的缺陷也相當明顯：只論述作家作品，而缺乏文學思潮、文學運動、文學批評，尤其是打「中國」旗號而臺港澳文學嚴重缺席，使該書名不符實。唐金海、周斌主編的《二〇世紀中國文學通史》雖然在創新方面比「教程」有所遜色，但「教程」的短處正成了「通史」的長處。

這部「通史」另一特色是十分注重教材的穩定性。對進入「通史」的名篇名作，大都是經過眾多文學史家反覆篩選和精心鑒別的結果。有些是別人沒寫過的，純屬執筆者的觀點和個人發現，但這發現不太冷僻，還能被同行所接受。編著者這樣做，首先是由大學教學對象和教學性質的需要決定的。本來，傳授給學生的文學史知識，應有相對的穩定性。如果為趨新而大面積變換，顯然不利於教學。從這一點看，「通史」作為教科書具有可讀性和可講性，難怪它出版後不久就再版。

四、《中國當代文學》修訂本

無論是為了科學地總結共和國五十年文學歷史經驗教訓，還是為著中國當代文學史學科的本身建設，由王慶生主編、王又平和李逸濤副主編的《中國當代文學》，都是值得我們重視的。在一九八〇年代，華中師大中文系也曾由上海文藝出版社出版過三卷本《中國當代文學》，但現在看來有些地方材料欠新。這次改寫本將下限延伸到一九九〇年代中期，使讀者對新時期文學尤其是一九九〇年代文學的發展變化有了進一步認識，尤其是把三卷本壓縮為二卷本，在材料取捨上顯得精粹，更適合教學上的需要。

新時期以來出版過數十種當代文學史，少量是學術型的，大半是教材型的。《中國當代文學》修訂本，無疑屬後者。教材型的當代文學史，不追求「深刻的片面」而求觀點穩妥，立論公允。修訂本的作者們正是這樣做的。像談到「十七年」的文藝運動，談到有爭議的胡風文藝思想和顧城的詩作，作者們均能堅持實事求是精神進行評價。不偏激，不用非此即彼的邏輯判斷，這均體現了作者們雍容的學者風度。對柳青等人以合作化為題材的作品的評價，也不因社會生活的變遷和政策的調整去任意褒貶。

作為一部教材，立論客觀固然重要，但這不應成為四平八穩的一種藉口。作為一本當代文學史，如果是人云亦云，照抄或彙編現成的結論，那這種穩妥便成了因循守舊的同義語。修訂本的作者們深知更新知識、更新文藝觀念的重要，故在新時期文學部分論述了大量的文學新現象。這些新現象，顯然沒有現成的結論可參考，因而憑著著者的獨立判斷寫成。使人感到全書最有新意的是下冊，尤其是一九九〇年代部分。就是一九八〇年代文學的論述，著者不僅給現實主義作家作品許多篇幅，也給現代主義作家以一定的文學史地位；不僅大聲揄揚嚴肅文學，同時也給通俗文學作出公正的評價。由於是集體編寫，各人的水平難免參差，但經過主編統稿後，大體能保持一定的水平，有些篇章如對「新生代」詩人作品和高行健的探索戲劇的分析，也有不少閃光之處。

「十七年」文學是目前當代文學史研究的一個難點。有一種意見認為，「十七年」的文學在政治運動的夾縫中未能開出鮮豔的文學之花，許多作品宣揚的是極左思潮，尤其是作為頌歌和戰歌的詩歌創作，不是「東風飛舞紅旗飄」的標語口號，就是畝產千斤、萬斤的假大空的同義語。《中國當代文學》修訂本的作者，沒採用這種全盤否定「十七年」文學的觀點，而是正確指出從一九五〇年代開始的社會轉型，對於文學創作的影響，同樣也是一個巨大的轉折和劃時代的開始。這裏講的轉折，一方面是指中華人民共和國的誕生給作家們巨大的鼓舞，帶來了新的創作靈感，同時「文革」前的文藝政策對作家們寫新的人物、新的世界有整齊劃一的要求，妨礙了創作風格的多樣化。只要我們仔細讀《中國當代文學》上卷，就不難看出「十七年」文學既有陽光燦爛的時光，也有烏雲密佈的時辰。這種客觀評價是主編者們長期選擇和養成的一種學術風格的表現。

目前，無論是當代文學評論還是當代文學史研究，都流行一種宏觀研究法。這種方法的確有利於作者以恢宏雄壯的意識描述大陸五十年文學的行程。但這種方法如果離開具體的作家作品分析，就會成為「高空作業」。《中國當代文學》修訂本雖然在文藝思潮部分也運用了宏觀研究法，但更多用的是微觀分析法。這種方法的好處是能給學生具體切實的知識，能給讀者感性地瞭解共和國文學所走過的不平坦道路。當然，其短處是缺乏恢宏的氣勢且有時流於瑣細。《中國當代文學》個別章節的安排便給人這種感覺。另方面，個別史實還可弄得更準確些。如說胡風的《意見書》「長達三十萬言」，應去掉「長達」二字，簡稱「卅萬言書」即可。如加了「長達」，就使人以為真的有三十萬字，其實只有二十七萬字。又如吳晗的《海瑞罷官》不是如書中所說的作於廬山會議之前，而是之後，即一九五九年底。以毛澤東為代表的文化激進派抨擊《海瑞罷官》時指出劇作的要害是「罷官」，固然是不實之詞，但不能由此就斷定「海」劇創作於廬山會議之前。

鑒古可知今。瞭解大陸五十年文學，也有助於認識未來當代文學發展的走向。比照五十年大陸文學——尤其是「十七年」文學和「文革」文學所走過的艱難曲折的道路，我們更有理由相信二十一世紀的當代文學將會取得更大的成就。

讀《中國當代文學》修訂本，很能啟人思考。筆者認為，中國當代文學教材的編寫由於全國學者的共同努力，已取得了長足的進步。

第一，經過文學與政治關係的調整，《中國當代文學》的編寫已逐步擺脫單純對政治的依附，而向文學本體回歸。師範院校的教材建設，在這方面走在前頭，其成果最多：不僅產生了一批受師生歡迎的教材，而且培養了一批學術骨幹。這些作者成了活躍在當代文學領域的評論家和跨世紀的學術帶頭人。

第二，對「文革」文學的研究不再停留在「空白」論上，而是努力挖掘史料，證明「文革」十年間也有不同於主流文學的非常態的文學創作及其批評。儘管《中國當代文學》修訂本「文革」部分的材料還可再充實，但編著者們力求突破「文革」期間的文學是「一片空白」的觀點的努力，值得肯定。

第三，當代文學教材編寫中的各種探索和精益求精——在修訂中強化學術品位的創新傾向，不僅不應成為教材應求穩定的藉口加以否定，而應成為當代文學史家的一種追求。文學史——尤其是當代文學史就是要不斷改寫、重寫。華中師大中文系從一九六〇年代初的《中國當代文學史稿》到一九八〇年代的三卷本《中國當代文學》，無疑大幅度更新了文學史觀念，後者對前者是一種重寫和超越，這次修訂本雖不是全面「重寫」，但「改寫」中也含有某些「重寫」的因素。這種適應時代變化的要求，且敘述語言相當簡潔、錯字又少的《中國當代文學》的修訂本的出版，相信問世後一定會受到學術界的歡迎，有更多的院校採用它做教材。

五、《中國當代小說五十年》

在建國五十周年前後，出現了一批中國當代文學史著作。其中有些著作由於採用「大兵團作戰」方式，缺乏前後一致的學術觀念，不少史實互為抵觸，因而較難經得起歷史的沉澱。正當人們呼喚當代文學研究領域應出現私家治史局面的時候，洪子誠的《中國當代文學史》及雖由陳思和主編、但能貫穿他的史識的《中國當代文學史教程》的出版，受到了學術界的一致好評。在文體分類史寫作方面，李運摶教授的《中國當代小說五十年》，同樣是值得重視的一部。

李著雖然不是嚴格意義上的當代小說史，但它是對當代小說史研究更高層次的理論探索。與一般寫史者不同的是，作者不滿足於史料的堆砌，而注意史論結合；不滿足於作品評析，還注意創作隊伍的構成、創作與理論的互動、文學媒體的繁榮狀況、作品的出版及讀者的反應，由此企圖借總結五十年的小說實踐更切近現實，更富有生機和挑戰性。

一九九〇年代的當代文學史研究的一大趨勢是把整理史料與深入剖析結合起來，並與當前的創作實際和有爭議的問題結合起來，與中國社會發展的進程和全球處境聯繫起來加以考察。李運摶的這本《中國當代小說五十年》，正是這樣做的。如書中有關大陸小說部分，不僅放在中國當代文學整體格局中進行考察——考察時不僅注重創作成果，而且還對重大創作走向如當代都市小說敘述藝術一類試驗與探索的思潮作出評析。全書以其整體性和歷時性的發展變化，作為梳理、歸納的歷史座標和主要歷史脈胳的根據，這就使這部斷代小說史不致於成為作家作品評論彙編，而是將微觀探索和宏觀研究結合起來。

研究中國當代小說史，面臨著兩岸四地文學的整合問題。以前出版的《中國當代小說史》一類的書，大都局限於大陸文學，不寫臺港澳文學。這種《中國當代小說史》，其實只能叫做《中國大陸小說史》。李運摶的「五十年」與同類書的不同之處，在於把臺港澳小說也列入了自己的研究範圍。雖然在篇幅設置上還有可商榷之處，但這畢竟不是一般性的「照顧」和「點綴」，而是力圖將其融為一體進行研究。像在〈導論〉中，著者用三節篇幅分別介紹臺港澳地區小說。另又在第三編〈流派與類型〉中對當代香港都市小說的平民化創作作深入的研究。無論在論述香港都市小說訴說「小人物」的艱難困苦，還是讚頌「小人物」的美德良行以及不避「小人物」的缺憾與醜陋方面，均說明作者不滿足於對當下時尚理論和文藝現象的命名和話語控制，而是致力於對僵死的學科界線進行衝擊和整合。

《中國當代小說五十年》值得重視之處還在於有強烈的拓新意識。這「新」，不僅表現為觀念新，而且體現為材料新。作者論述的下限到一九九〇年代。對這一時期出現的「現實主義衝擊波」一類問題，作者均作出自己的獨特判斷和令人信服的回答。作者還特設「當代官場小說」一章，對世紀之交出現的「官場小說」的走向與特徵，均用銳敏的創造性思維考察了這些作家作品為當代文壇貢獻了哪些東西，發展和補充了哪些品類，或為小說的生長提供了哪些有益經驗和教訓等。這種新穎獨到的見解和嚴謹的科學體系相呼應，使整體描繪與具體分析統一起來，使「過去式」研究與現狀追蹤結合起來，從而顯得線索清晰，重點突出，大處顯出宏觀概括能力，細處又顯出見微知著的剖析才能。全書每一部分均可單獨成篇，合起來又是一個完整的體系，由此可看出作者獨具匠心的安排。

如前所述，李運摶的新著是一部個人獨立完成的斷代小說史，故在體系構架上不可能相同於「集體工程」產生的教科書模式——當然，作為暨南大學中文系「國家文科基地」系列教材，決定了李著也不是純粹「學術型」的。但作為教科書，作者不把追求穩妥、其見解盡可能與當前流行觀點相吻合作為最高目標，而處處注意自己對這五十年歷史的觀察、體驗與理解，及其把握方式與視角，這就大大地強化了這部教材的學術性。如該書對「偽現實主義」產生的社會原因的分析，對當代小說情節結構中出現的仿真求實的實錄風景及調侃性的人生戲劇，還有當代小說變形藝術中怪誕與象徵關係的論述，所傳達的均是當代大陸小說多元化的基本生存狀態和特徵，是「當代文學史」研究與「當代文學評論」有機結合的嘗試。僅憑一點，李運摶所從事的五十年小說實踐的總結與評價，就是一項具有重要學術意義的工作，為開創中國當代小說史研究的新局面奠定了一塊堅實的基石。

六、《漢語新文學通史》

中國新文學史編撰著述在當今可謂是汗牛充棟，但有新意的著作如沙漠中的清泉那樣難覓。澳門大學中文系主任朱壽桐教授最近主編的上、下卷《漢語新文學通史》（廣東人民出版社二〇一〇年四月），讀後便如飲清泉那樣爽口。

朱壽桐自廣州移居境外後，不僅在從事兩岸四地文學交流方面魄力非凡，而且文章也做得花團錦簇。他先後出版的幾部新文學史研究專著，越來越顯得厚重和大器——厚重是其品質，大器是其胸懷。他從不滿足於《中國現代主義文學史》、《中國現代浪漫主義文學史論》所取得的成績，而是不斷地刷新，不斷地超越，力圖做到思考深邃，邏輯謹嚴，文字暢達，富於洞察力和預見性。像這部《漢語新文學通史》「磚」著：莊重卻不拘謹，敏感而不偏激，邃智而不呆板，「預後」而不玄奇，明麗而不浮華。所有這一切，都立足於朱壽桐所倡導的「漢語新文學」的追求。

《漢語新文學通史》除緒論〈漢語新文學概念建構的理論優勢與實踐價值〉外，共分十編：從文學改良到文學革命，從文學革命到革命文學，從革命文學到左翼文學，從普羅文學到國防文學，從國防文學到工農兵文學（上）和從國防文學到國難文學（下），從工農兵文學到紅旗文學（上）和從國難文學到軍中文藝（下），從紅旗文學到紅太陽文學（上）和從軍中文藝到現代文學，從紅太陽文學到文學解凍（下）和從現代文學到文學回歸（下），從文學解凍到先鋒文學（上）和從文學回歸到後設文學（下），從先鋒文學到文學邊緣化（上）和從文學邊緣化到華文文學（下）。全書計百萬言，從近代寫到當下，從大陸寫到臺港澳，從中國文學寫到海外華文文學。比起同類著作，它涉及面最為寬闊，內容最為廣博，空間跨度最大，文本分析精當。如果要推薦最富新意的新文學史教材，非它莫屬。

《漢語新文學通史》第一個特色在於概念新。「漢語新文學」概念並不是朱壽桐的首創，但無疑是在他手上發揚光大，使之成為更具理論優勢與實踐價值一股學術新潮。所謂「漢語新文學」，是指凡是用漢語書寫的新文學——不論作者是在海內，還是在海外；也不論是中國本土寫作，還是海外離散寫作。這是將「中國現代文學」、「中國當代文學」、「中國現當代文學」、「臺港澳暨海外華文文學」、「世界華文文學」等概念所作的有意識且極為有效的整合。以「中國現當代文學」的命名而論，它顯然是臨時性的相加，無論是內部關係還是外部關係，其涵蓋面均受到局限，而無法像「漢語新文學」將文學研究對象延伸到海外。再以「世界華文文學」的命名而論，它將華文文學的主體中國大陸文學排除在外，可見其研究的盲點。而「漢語新文學」將大陸文學與臺港澳文學包容，將海內與海外連結，而無人為拆卸所造成的裂痕。正因為如此，該書理直氣壯地把發生在泰國的朦朧詩論爭作為中國朦朧詩派崛起的延伸和補充，並把本屬外國文學的「馬華文學的獨特性倡導」與中國胡風七月派、錢鍾書的長篇小說《圍城》放在《文人群體的艱難探索》中一起論述，把最近去世的韓國作家許世旭的漢語新詩和中國香港新詩一塊並列探討。書中有個標題叫《現代文藝思潮的跨海輻射》，其關鍵字是「跨海輻射」，這是貫穿全書的宗旨，是任何中國現當代文學史不曾出現也無能力出現的論題，這正體現了「漢語新文學」概念的無窮張力和魅力。

《漢語新文學通史》第二個特色在於框架新。研究一個時代的文學概貌，一般說來有三種方式：一是從編年史的角度按時間順序次第論述，二是按各種體裁的文學創作分門別類論述，三是以各種體裁構成為主，照顧編年史方式，使兩者有機統一起來加以闡釋。《漢語新文學通史》避開這三種模式而銳意突破按年代或現當代政治歷史格局劃分階段的編纂傳統，從文學現象本身出發，以文學發展的自然節奏來建構全新的文學史體例。這裏最困難的是如何將臺港澳暨海外華文文學融入中國大陸文學的敘述之中。以第四編為例，編者從左聯解散、東北流亡文學一直寫到臺灣「皇民文學」與港澳抗戰文學、東南亞抗戰流亡文學，這種安排如流水線作業，一點也不給人外加之感。與此相關的是標題設計，該書很注重修辭手法，如從文學改良到文學革命——從文學革命到革命文學——從革命文學到左翼文學——從普羅文學到國防文學——從國防文學到工農兵文學——從國防文學到國難文學……環環相扣，有化僵硬為靈動之妙，但不是刻意為之，而是為了前後呼應，兩相對照，這有如宇廟前兩座石獅，以均齊莊重的形式，給人沈著與和諧的美感。這其中「左翼文學」與「普羅文學」注意概念的準確性和文句的錯綜變化，但仍保持了氣勢連貫的特色。

《漢語新文學通史》第三個特色在於詮釋新。該書有鮮明的、一以貫之的學術立場，即以概念的新穎性、論述的嚴肅性和縝密的邏輯性詮釋大家所熟知的文學現象，如把中國大陸歌頌黨和革命的主流文學稱之為「紅旗文學」，由歌頌黨發展到書寫個人崇拜的作品稱之為「紅太陽文學」。作者不因為其作品內容的激進而否認其在漢語新文學史上的地位和造成的深刻影響。在文本的闡釋上，作者十分注意客觀公正，如對張愛玲在香港時期寫的兩部長篇小說，不因其是「美元文化」的產物而將其全盤否定，同時又指出其局限性，充分體現了該書論述扎實、視野開闊的特點。最後一章〈漢語文學向中心回歸的努力〉，從故園文化、故國文化談到「尷尬的諾貝爾獎」，真可謂是

「編筐編簍全在收口上」。作者不以內容的穩定性為滿足，還注意學術的前沿性。該書就這樣回答了當代漢語文學研究中的一系列重大問題，並提出了諸多富於理論深度和現實啟迪性的學術創見，不愧為新文學史著述中的重要創獲。

《漢語新文學通史》第四個特色在於時間和空間的打通。比起「二十世紀中國文學史」的命題來，《漢語新文學通史》無疑擔負著更艱巨的任務：即它不僅要打通近、現、當代，還要打通海內與海外。這裏說的「通」，不僅是指時間和空間的跨度，而更重要的是指把「漢語新文學」當作一個整體來研究，從中找到各個不同時期文學發展的內在聯繫。難能可貴的是，《漢語新文學通史》不是近現代卷、當代卷的簡單相加，也不是海內卷與海外卷的拼盤，而是從中外貫通的整體聯繫上去體現「通史」這一嶄新的文學概念。可惜的是由於集體編寫，且隊伍過於龐大，這種力圖超越現當代和填平海內外鴻溝去進行真正學術意義上的對話的設想，某些地方做得並不理想，如談臺灣的「戰鬥文藝邊緣的懷鄉文學」，其實當時「戰鬥」和「懷鄉」是緊緊連結在一起的，在臺灣統稱為「反共懷鄉文學」，便是明證。此外《「皇民文學」的反抗》的標題「反抗」一詞欠妥，不如將「反抗」改為「竄起」更為貼切，另該書還有些錯漏，如第四一〇頁「孫期」應為「孫旗」，書名《論中國文藝》應為《論中國文藝的方向》，這些均希望再版時加以改正。最後建議另出版三十萬字左右的精編本，以便學生購買和學習。

七、《手記・叩問——經濟文化時代猜想之子丑寅卯》

早就聽說《廣東當代文學批評史》被列入選題計畫，可此書一直難產。如果真有人寫此書，黃樹森的文學批評無疑佔有重要地位。

這當然不是因為黃樹森長期擔任廣東省文藝批評家協會主席，廣東的許多重要文藝批評活動他都參與組織和策劃，並主編「叩問嶺南」大型理論書鏈及《流行蠱》系列等多種叢書，而主要在於他自身是一位具有鮮明批評風格的評論家。他最近出版的《手記・叩問——經濟文化時代猜想之子丑寅卯》，標誌著他運用「手記」方式外加豐富的編輯工作經驗，去改造文學評論經院氣的努力所獲得的巨大成功。

當代文學批評本是當代文學史上最複雜、最難定稿，因而常被後人不斷重寫的一章。其原因在於二十世紀的當代文學批評與政治有密切的聯繫，評論家們常常隨著政治風向起舞，寫的作品經不起歷史的沉澱。儘管黃樹森本人在一九六〇年代下半葉至七〇年代下半葉，也寫過代聖賢立言的應景文章，但他經過否定之否定後，在寬鬆祥和的改革開放氣氛薰陶下，文學觀念發生了根本性的變革，由此開始了他又一才華迸發的評論黃金時期。

跨越過從心靈封閉到心靈開放的歷史隧道，黃樹森不再輕信文學批評要跟著「紅頭文件」走，要聽取權力意志的支配。他深信評論自由和創作自由一樣重要，必須憑著自己豐富而敏感的審美經驗去判斷作品的優與劣、美與醜，故黃樹森新時期寫的批評文字，不像某些人那樣尋章摘句，肢解作品；他也不玩新潮，玩後現代。他總是憑著自己閱讀文學作品時最初的真切印象，「叩問」時所產生的最鮮活的興奮點，對廣東乃至全國各地作家作品作獨特的感悟式批評。他評張賢亮的小說《綠化樹》、賈平凹的《鬼城》、劉斯奮的《白門柳》時是這樣，評黃偉宗、饒芃子的文學評論也不例外。他不愛用諸如「全球化」的大詞或繁複的類比，而只用「一史一論，互成經緯」去說明黃偉宗創作方法研究的特色，用「縱向拓進，橫向借鑒」去說明饒芃子從事比較文學研究的追求。寥寥數語不僅概括出被評者的研究個性，而且評論評論家的黃樹森也由此顯示出自己的眼光獨到。本來，從事評論的評論是很吃力的事。評者不僅要熟悉被評者的研究領域，而且要比他站得高。可黃樹森品評起來是如此得心應手，由此可見黃樹森的藝術感悟力，不亞於當下某些學院派評論家。

黃樹森的不少評論文字由於受媒體篇幅的限制，有時難免點到為止，但他決不滿足於淺嚐輒止，而是力求有一定的理論深度。這說明黃樹森的文學批評不僅受益於傳統文論直觀印象式的感悟思維，還受德國哲學深邃理性精神的影響。這充分表現在「文革」前以「林蓓之」筆名寫的《階級的本質特徵是否等於典型？》裏。在當時開展的有關長篇小說《金沙洲》的討論中，華南文學界出現了兩種截然不同的聲音：一派認為《金沙洲》「比較細緻地塑造了幾種不同類型的人物典型」，另一種意見則認為：「《金沙洲》的人物是不典型的，正面人物不典型，反面人物也不典型」。結論儘管完全相反，但就使用庸俗社會學的尺規衡量作品的典型塑造來說，表現出驚人的一致。黃樹森獨具慧眼指出這兩派意見所徵引的共同的社會本質、階級特徵或品質，並不能與藝術典型劃等號；農村幹部的典型也不應是「共產主義精神」、「群眾路線的工作方法」、「堅強的黨性」等概念的形象化圖解。這在盛行階級分析法的六十年代，黃樹森的文章具有反主流話語的意義。他就這樣以辯證唯物主義的眼光，對違反文藝規律的謬說進行有力的抗爭。此外，他還和蕭殷、易准一起參與討論執筆寫了《典型形象——熟悉的陌生人》，這是全國典型問題討論中影響極大的一篇文章。此文的理論價值，已被當年《文藝報》所肯定，並在一九九〇年代出版、由中國社會科學院文學研究所主持編寫的《中華文學通史》及筆者在臺灣出版的《中國大陸當代文學理論批評史》中，以文學史的形式肯定下來。可以說，在黃樹森的文學評論生涯中，「林蓓之」時期是他閃耀著創造性思維火花時期。他這段時間所寫的爭鳴文章，極富銳氣和靈氣，以至具有文學史的研究價值。

華南地區大凡上《中國當代文學史》的大牌評論家，幾乎都是編輯出身。如從《文藝報》、《文藝學習》上崛起的蕭殷、黃秋耘。黃樹森也是在編輯之餘從事評論工作的。作為一位編輯型評論家，他受蕭殷、黃秋耘潛移默化的影響。受蕭殷影響主要表現在黃樹森善於發現和扶助文學新人，尤其是文學評論新人。像廣東的一些青年評論家，都從他那裏受到過不同程度的恩澤。受黃秋耘影響主要表現在黃樹森敢於和文學領域的極左思潮宣戰。一九七八年十二月二十九日，黃氏以「特約評論員」名義在《南方日報》頭版刊出的〈砸爛「文藝黑線」論，為實現四個現代化而創作〉，是全國最早撻伐「文藝黑線」論的文章。他「咬破」的絕不是一個「小孔」，而是捅破極左路線的一個大窟窿。此文不僅揭開了廣東文藝思想解放的序幕，而且進一步促進了全國批「文藝黑線專政論」的熱潮。此外，〈「香港電視」是非談〉，批駁了香港電視乃至香港文化為精神垃圾——「無非是宣揚那個花花世界的享樂主義的商業廣告」的激進論調，為星羅棋佈的「魚骨天線」的合理存在作理論支撐，為引進香港電視及隨之而來的香港文藝作品大批跨過羅湖橋奠定基礎，其功不可沒。像這類在當代文藝思潮上留下印痕的文章，還有為大陸首次刊發白先勇作品寫的編者按語和〈答讀者問——關於白先勇的〈思舊賦〉〉。尤其是後者，是名副其實的「略帶驚豔的文化發現」，開了大陸研究白先勇作品的先河，為大陸地區的臺港文學研究作了一個顯眼的注腳。

從以上論述可看出，黃樹森的文藝評論雖以敏銳性著稱，但它在撬開那個板結時代文化風土的同時，仍注重學理的嚴謹和理論的建設。這從他對「珠江大文化圈」的一系列的論述可再次看出。不過，這是另一篇文章的題目了。

八、《廣東客家文學史》

作為嶺南文學的一個分支的廣東客家文學研究，正越來越受到人們的重視。但由於這個課題難度較大，因而這方面的系統研究成果一直未曾出現。正是在這種情況下，羅可群的《廣東客家文學史》在新世紀來臨的時候問世了。筆者與作者交往多年，早知他從大學讀書時就注重搜集客家文學史料——儘管以後工作崗位有多次變動，但幾十年如一日從未中止這一工作，孜孜不倦地從事學術積累，在六十初度時終於取得了這一豐碩成果。

這是一部填補空白的學術著作，是首次將客家文學以「史」的面目出現的奠基性專著。全書論述了從張九齡到古直的文學創作，其中既有像宋湘這樣的「客家才子」，也有像洪秀全這類革命文學家；有像黃遵憲這樣「走向世界」的詩人，也有對廣東客家文學作出重要貢獻的丘逢甲。所研究的對象從唐宋到近代，其時間跨度之長，是同類著作無法企及的。作者認為：「客家文學孕育形成於唐宋，生長發育於明清，蓬勃發展於近代。現當代的客家文學則已經有了自覺意識，逐步走向成熟」。這樣的分期和論斷，顯出思考的嚴密和分析的細緻，體現出作者紮實做學問的功底。

羅可群有關客家文學的分期論述不是憑空而來，而是建立在豐富的史料基礎上。論述每一時期的作家，作者均注意把作家的生平、創作歷程與對客家文學的影響融匯在一起研究。如在第三章論述「開元賢相」張九齡所著的《曲江集》時，就是這樣做的。對丘逢甲的論述，也著重在客家文學的角度立論，使這些篇章與近代文學史中的有關論述區別開來。

在如何對待史料問題上，學術界長期以來存在著兩種偏向：一是輕史料的收集整理，把文學史寫成「史論」著作；二是單純搞史料排比組合，把文學史弄成史料長編。羅可群的這部《廣東客家文學史》，避免了這兩種偏頗。即是說，他既重視史料的搜集，不搞「以論帶史」；同時又對史料作出分析，並重視作家們的理論建樹以及建構自己的客家文學史觀。如論述宋湘時，注重其「詩論」部分。在評黃遵憲時，也專闢一小節談其「我手寫我口」的文學主張。當然，作者的史識最重要的是體現在〈緒論〉中。羅氏認為：「客家文學即是有客家人特色的文學，它反映客家人的社會生活，描繪客家人所處的生活環境，表現客家人的思想感情。」這與筆者認為「客家文學範圍不宜過寬，如客家作家寫的作品不一定是客家文學，即使有時用某些客家生活素材創作的文學作品（如李金髮的《棄婦》），也不一定是客家文學」的看法是有差異的。筆者不想把自己的看法強加於人，羅著把《棄婦》及蒲風的客音體敘事詩《魯西北的太陽》當作客家文學論述，符合該書的總體看法及體例。這自然也是一家之言。不過，筆者認為書中有個別論述仍與「客家文學」扣得不緊，像廖仲愷的詩詞只能是「客家人的文學」而非「客家文學」，因其中並無「反映客家人的社會生活，描繪客家人所處的生活環境」的內容。

就全書的結構而言，既有不同朝代的單個作家的分論，也有〈廣東客家文學的土壤〉、〈廣東客家文學的文化特徵〉的總論。這兩章說明作者研究客家文學的方法多種多樣：既有歷史學、文化學，也有民俗學、語言學等方法，體現了這位傳統型學者開放的學術眼光。本來，研究客家文學單從文學角度立論，就難於說清客家文學的來龍去脈及其不同於其他文學派別的特徵。筆者感到這兩章寫得視野開闊，比具體的作家作品論更具學術價值。最後一章〈客家文學的展望〉，不局限於廣東客家文學乃至大陸客家文學，用文學未來學的眼光看到客家文學發展的新動向及提出相應的對策，也顯示出前瞻性，使該書不僅有歷史感，而且有強烈的現實感。

從文化角度對客家文學進行研究，其終極目標是解讀作品，是為了用文化學乃至民俗學、語言學的研究方法去解開客家文學藝術魅力之謎這一問題。因此，作者在論述各個時期客家文學發展的基礎上，又用不少篇幅對客家謠諺、客家山歌、客地說唱、客家民間故事這些最地道最正宗最迷人的客家文學作了細緻獨到的文本分析，使文人創作與民間藝人創作互為輝映，增強了這部論著的說服力和藝術感染力。尤其是客家山歌的源流及其藝術特色的歸納，不是搬用現成的理論術語去套，而是用心靈去感受，用欣賞者與評判者的眼光去為讀者指點迷津，致使客家民間文學的風格色彩得到強烈、鮮明的顯露。第六章無疑是羅著提供文化意蘊最多的一章。

廣東客家文學的發展歷程是嶺南社會、時代和文化發展的一個縮影，研究廣東客家文學有助於海峽兩岸客家文學的整合和發展。筆者作為一位客籍學人，希望《廣東客家文學史》這部開創性的著作能引起更多人對客家文學乃至客家文化研究的興趣；並祝願作者早已破土動工的廣東現當代客家文學史研究能更上一層樓，從而把整個客家文學的創作與研究推向新高峰。

九、《臺港澳及海外客籍作家研究》

臺港澳及海外客籍作家作品是世界華文文學的一個重要組成部分。像臺灣的吳濁流、鍾理和、林海音等人的作品，既是臺灣文學的瑰寶，又是中國現當代文學的珍品。從文化角度對其內涵和藝術性進行研究，是十分有意義的工作。由伍方斐、羅可群主編的《臺港澳及海外客籍作家研究》（華南理工大學出版社），就是在這方面有建樹的一部力作。

首先，《臺港澳及海外客籍作家研究》運用現代意識，對臺港澳及海外客籍作家的文化身份進行闡釋，既能從寬闊的視野中挖掘出這些作家作品的思想內容和審美特徵，又能幫助讀者認識他們的作品不同於中國大陸客家文學的特色。

近幾年來，研究客家文化、客家文學的專著不斷問世，但對臺港澳及海外客籍作家研究，卻顯得嚴重不足。有的論著雖然也涉及這一研究領域，但沒有這本書集中和系統，亦沒有達到這本書的理論深度。在〈導論〉中，著者充分注意了族群與身份認同的複雜性，而不像某些著作單純從族群研究視角切入。港澳及海外客籍作家本來就不同於臺灣，更不同於大陸的客籍作家。他們客家意識淡薄，甚至連自己的出身也不願向外人多加提及。以香港而論，那裏的客語受潮語、粵語的擠迫而沒有地位，故如果只從族群研究入手就會陷入尷尬。著者不走前人走過的老路，而改從身份認同入手，解讀時注意國家認同、鄉社認同、文化認同以及種族認同、階級認同的相互交錯，從而使自己的著作不僅具有史料性，而且還富於學術性。

客家文學研究離不開文化理論的指導，但又不能用文化研究取代文學研究。著者十分明白這一點，主要篇幅對各地區客籍作家的總體風貌與傾向展開了具體的闡釋：從區域性、社區性等方面論述客籍作家的記憶重構與敘事功能，又從建構性與開放性的角度，通過各類型的創作論證這些作家歷史敘事特徵。著者還不滿足於此，再從移民、人口流動與文化構成的活力之間的關係，揭示不同區域、不同類型作家的文學思想發展歷程及作品的藝術特色。這些很有創見的論述，給人以明顯的新鮮感。

其次，在大量文本分析的基礎上，對臺港澳及海外客籍作家的自我文化創造進行了條分縷析的總體歸納：「各地區客籍作家的文學創作與文化認同，受各自歷史語境的影響，表現出自身的鮮明特點，如臺灣客籍作家在時代大潮與族群互動中的自我超越、港澳客籍作家在殖民與後殖民語境和本土認同中的身份轉換，以及海外客籍作家在母土意識與跨文化語境中的自我塑形，反映出置身於不同衝突性情境的客族群在族群文化、母土文化、本土文化的交匯互動中各具側重的自我反省和認同取向。」著者在具體的作家研究中，貫穿了這一指導思想。這其中對香港客籍作家評析的立場與視角，在以往香港文學研究中從未出現過。把後殖民理論引進到客籍文學研究中，從一個全新的視角剖析了一個區域的客籍文學的本質特徵，這就使其論述跨上了一個新臺階。

再次，此書對臺港澳及海外客籍作家的研究，填補了客家文學研究的空白。且不說過去從未出版過這類著作，單就書中〈海外篇〉寫到的饒公橋、嚴唯真、袁霓、阿五、張奧列，均是過去華文文學史一類論著從未這樣集中系統評述和研究過的。當然，也有遺珠之憾，如〈香港篇〉遺漏了無論在創作上還是評論方面均很有影響的劉紹銘。又如〈臺灣篇〉前行代作家寫得多，新世代作家寫得少，尤其是本土作家寫得非常詳盡，而大陸去台的客籍作家幾乎沒有觸及。據筆者有限見聞，五華籍的周伯乃就曾在臺北出版過很有客家風味的散文集，望以後再版時能補充進去。

近年來，學術研究成果的出版週期比過去有所縮短，尤其是有「基金」作支撐的項目，出版不再成為棘手的難題。這一方面體現了學術著作的出版不再像以往那樣「難以上青天」，另方面也由此催生了一批粗製濫造之作。在當前學術空氣普遍浮躁的情況下，《臺港澳及海外客籍作家研究》卻不急於出版，在問世之前先列印出來廣泛徵求意見，一磨再磨，這種精益求精的精神，值得同行學習。

十、《北京大學中文系簡史（一九一〇—一九九八）》

凡是讀過中文系的人，對北京大學中文系無不行注目禮。那裏曾有許多大師級的學者（如黃侃、劉師培、胡適、魯迅）任教，還培養了一批全國乃至國際有影響的著名學者和作家。一九四九年後，由於左傾思潮的影響，北大中文系的歷史圖景中也有過不那麼光彩的暗影，如一九五八年學生帶頭批判老師，在全國引起連鎖反應。在「文革」中還有一位女講師被毛澤東請去談《水滸》，後將講話整理出來，掀起了一個全國性的批《水滸》運動。全國臭名昭著的不是幫閒而是幫兇的寫作班子「梁效」，也有北大中文系魏建功等這樣的名教授（或曰「書生」）參與。不管你從正面還是側面、反面看，從文學史還是百年學術史的角度看，北大中文系均很值得研究。一個顯而易見的事實是：北大中文系的一舉一動，對中國大陸各大學的中文系的教學與科研均有不可忽視的影響。

目前，已有《北大中文研究》這類叢刊，但那是發表北大中文系師生研究語言文學成果的園地，而非研究北大中文系的媒體。或曰：北大中文系本身也可以作為研究對象嗎？學術無禁區，當然可以。正是在北大中文系博士生導師溫儒敏教授的建議下，該校現代文學碩士研究生馬越以北大中文系系史作為學位論文題目，寫出了近十萬字的《北京大學中文系簡史（一九一〇－一九九八）》，由北京大學出版社出版。

這是全國第一部以中文系為研究對象的系史。它的出版，不僅對有八八個年頭的北大中文系有紀念意義，而且還有它自身的學術價值。即作者及其策劃者們不是在炫耀北大中文系如何學術根底雄厚，如何名師出高徒，而是通過北大中文系八八年來的歷史發展輪廓的勾劃，去透視中國大陸語言文學學科所走過的艱難曲折的道路，或者說由此去總結帶有全國普遍性問題的中文學科的經驗和教訓。

無論是五四時期、西南聯大時期乃至改革開放時期的北大中文系，在總體上所體現的是北大那種自由宏放、嚴謹求真的學風。北大中文系系史的寫作，正是北大這種自由民主精神的體現。須知，大陸的校史、系史的寫作，一般均是由黨委掛帥下的寫作班子寫就的。哪些人該上史，哪些人不該上史或上史時一筆帶過，以及是否應對不同學派搞平衡，往往都有領導指示，秀才們才敢動筆。可馬越這回完全是個人化寫作。雖然她徵求過領導的意見，但是否貫穿到書中，還得由她文責自負作決定。或者更準確地說，她找的「領導指示」主要不是行政長官，而是自己的導師外加少數幾位中文系的學術權威。正因為這不是體現領導意圖的「系史」，所以她才能對一些有影響的歷史人物或學術著作、文學現象作出自己的評價。比如說，北大中文系既有私家治史的優良傳統，也有集體編寫文學史著作的「大躍進」經驗。突出一例是北大中文系五五級學生集體編著了有廣泛影響、被譽為「紅色」的《中國文學史》。這種寫作方式應如何評價？對此，學術界的看法至今還不一致，如由北大五五級出身的一位學者領銜主編的《中華文學通史》，就肯定這種「學研結合的方式」，而馬越卻認為「這種任務包幹、集體作業的治學方式構成了一種學術研究的『時代病』」。像這種獨立判斷，書中還有一些，它貫徹的是一種自由的學術精神。

目前，北大乃至大陸眾多高校中文系，學術分工非常細，細到弄先秦文學的不讀黃遵憲的作品，從事唐代文學的不知北島其人其詩，甚至研究艾青詩者不知臺灣有紀弦、瘂弦。其實，北大中文系早年並不是這樣的。在二〇年代前後，北大國文系的學者不僅在課程設置上有跨學科的傾向，而且許多教師的學術研究貫通古今，還將文史哲融於一爐。《北京大學中文系簡史》作者繼承了這一傳統。為寫這部系史，她對文化史、教育史、學術史、語言史等方面的知識進行了「惡補」。僅論述北大國文系教學體制改革部分，作者便運用自己的學術史知識勾勒出中國文學研究在本世紀上半葉如何從傳統走向現代，從國學中的一門走向專業化、規範化的歷史過程。

但讀了此書後，也感到不滿足。這「簡史」受了題目的限制，寫得太過簡略，有許多重要的文學現象未能涉及，更不用說做進一步的深入挖掘。如不久前由北大當代文學學者編選的「百年文學經典」引起的爭議及張頤武所走的文人的「斷橋」，還有引起鄢烈山等人激烈抨擊的嚴家炎的金庸研究……，在書內及「大事年表」中均被省略。也許是為賢者諱，也許是作者認為這些「事件」未經過時間的沉澱。或許作者學的是現代文學而非當代文學專業，致使該書較少提及當代文學。在筆者看來，有些學術活動是非寫不可的，如近年謝冕主編的「百年中國文學總系」和洪子誠《中國當代文學概說》這樣重要的學術著作的出版，書中竟隻字未提，這未嘗不是一個疏忽。須知，這些著作的出版比《北大中文系大事年表》所記載的中文系聘請旅居香港某校友作中文系客座教授（一三六頁）這類事情重要得多。況且，「香港作家聯合會」在「大事年表」中被誤為「香港作家聯合會」，這也說明作者對港臺文學不夠熟悉。馬越現正在海外攻讀博士學位，也許她現在解讀起北大中文系來會有新的感受。我衷心地期待著「簡史」能修訂充實後再版。

十一、《新詩三百首鑒賞辭典》

在大陸，《新詩三百首》一類的書出版過不少，其中較有代表性的是一「北」一「南」的選本，即一九九九年由中國青年出版社出版、牛漢和謝冕主編的《新詩三百首》，另有二〇〇八年由上海辭書出版社出版、孫光萱審訂並作序的《新詩三百首鑒賞辭典》，這是新世紀以來最引人矚目的一種。

文學史上有作家、評論家、出版家乃至編輯家的稱謂，可獨缺「選家」的位置。其實，「選家」也是百家中的一種。他們所依仗的「選學」，同樣是一門學問。作為新潮評論家的謝冕，他參與主編的《新詩三百首》，在「選源」上帶有很明顯的前衛傾向。從選目上看，選得最多的九位詩人有老一代的艾青、郭沫若、穆旦，新一代的詩人有海子、北島、于堅、西川、舒婷。在主編看來，「海子、北島、于堅、西川、舒婷等的重要性，要高於新詩史上已地位顯赫的徐志摩、聞一多、何其芳、馮至、戴望舒、卞之琳，這不能不說是一種新的、對既有『秩序』提出的大膽挑戰。」而在一九八〇年代和謝冕商榷過現實主義命運的孫光萱，他所審訂的《新詩三百首鑒賞辭典》則注重詩壇秩序的穩定，不作顛覆狀，如該書選七首為最高限度，獲此殊榮的只有徐志摩一人，依次是臧克家、艾青、聞一多六首，郭沫若、馮至五首，而舒婷只有三首，北島兩首，海子一首。可見在上海辭書版中，朦朧詩人的地位遠未超過徐志摩、臧克家、艾青、聞一多。這個一點也不新潮的看法，代表了另一種聲音。

詩選有兩種：一種是類似文學史的作品選，另一種是從文學史出發的同時兼顧無名詩人：只要是優秀詩作，不管作者是否文學史上有地位，只要他寫的是好詩，皆一視同仁入選。至於何謂好詩，是個爭議不斷的話題，每位選家都有自己的標準。孫光萱的詩學觀是：詩是抒情的而非主知的，好詩必須能引起廣大讀者共鳴；叫人猜了半天仍不知所云的作品，大半屬非詩甚至是偽詩，故孫氏審訂的「辭典」，不選以搞怪著稱的前衛詩。他所看中的均是文學史公認的好作品，如郭沫若的〈地球，我的母親！〉、戴望舒的〈雨巷〉、何其芳的〈預言〉、郭小川的〈甘蔗林——青紗帳〉、聞捷的〈蘋果樹下〉、賀敬之的〈回延安〉。這種選法難免會遭守舊之譏，但這是學術界和教育界約定俗成的看法，有一定的理論依據和群眾基礎。在編排順序上，上海辭書版不像中國青年版以音序排列詩人，以致阿壂過後是艾青，柏樺之後卞之琳，使人讀來感到不舒服，而改用作家生年為序，這給人論資排輩之感，可為眾多讀者所接受。不過，如果認為孫光萱是不思革新的詩選家，那就錯了。他在某些方面也作了革新，如在選目上作了比較大的調整：一、朱自清一類文學研究會的詩人過去選了很多，此次刪去不少，魯迅也只選一首，〈雨後嵐山〉也被他刪了。二、魯藜〈泥土〉被視為觀點陳舊的詩篇，刪去後改由〈紅的雪花〉取代，劉征換上新的〈花神和雨神〉，葉延濱不用許多書常選的〈乾媽〉，而改為〈馱炭的毛驢走在山道上〉。三、具有現代風的穆旦詩有所增加，另還添了新人刁永泉、湯世傑等。

作為具有學院派色彩選本的《新詩三百首鑑賞辭典》，審訂者、現代文學史研究專家孫光萱不以詩作著稱，當然也談不上加入任何詩派。由他主持編選，便避免了「球員兼裁判員」的尷尬。正因為是學院派，故在「選源」——選者所選擇的對象和範圍、「選域」——選本所覆蓋的範圍、「選陣」——選本所體現的詩人陣容方面，使該辭典具有文學史品格，在「選系」方面，也表現了該書建構文學史典律的雄心。這裏所說的「選系」，是指該書與上海辭書版《唐詩三百首鑑賞辭典》、《宋詞三百首鑑賞辭典》、《元曲三百首鑑賞辭典》相匹配。正是這種品格和學術眼光，使鑑賞者對每位詩人不限於作品解讀，還對所選詩人從人品到詩品作出評價，如呂進評徐志摩〈雪花的快樂〉云：「徐志摩如一陣輕風，一股輕煙。他的詩飄逸瀟灑，輕靈是他的基本風格。」這種評價不只是文筆生動，更重要的是非常到位。此外，藍棣之評孫大雨〈訣絕〉時認為「孫大雨是我國最初嘗試寫作十四行詩的詩人」，孫光萱評臧克家〈三代〉時認為「臧克家的抒情短詩向來具有質樸、簡潔、冷峻、深刻的藝術特色」，這種定位和分析同樣準確和深刻，顯示了鑑賞者對作家作品入木三分的體悟。

近年對新詩的評價爭論得熱火朝天。八〇後作家韓寒在其博客中公然叫嚷：「新詩完全可以不要了！」有「國學大師」之稱的季羨林在其新出版的《季羨林生命沉思錄》一書中，認為中國現代詩一百年走過來的道路，確實證明「是一個失敗」。作為現代新詩近百年總結的《新詩三百首鑑賞辭典》，是對這些謬論的有力回答。中國新詩的開山祖胡適認為，新詩是文學革命最重要的組成部分，如果這個堡壘攻克了，文學革命也就徹底成功了。他之所以這樣認為，是因為「用白話文寫小說，這在當時其實沒有問題，因為中國早就有白話小說了，用白話文寫散文，也沒有多大的問題，因為我們日常說話，就是散文的形式，而且五四之前就已經有人辦白話報紙了。但是用白話寫詩，那是絕對不行的，因為中國的古詩有著非常嚴格的規律，也形成了非常成熟的藝術形式，用白話寫詩，那根本就不是詩。」這就難怪胡適和劉半農把舊詩當成僵死文言的符號，認為格律詩到了清末明初已走進了死胡同。只有「我手寫我口」的新詩，才能將這種文體起死回生。

否認新詩的人，總是以新詩不能背誦做理由。《新詩三百首鑒賞辭典》所選的徐志摩〈再別康橋〉，「每節押韻，逐節換韻，追求音節的波動和旋律感」，讀來琅琅上口，顯然可以背誦。臧克家的〈三代〉同樣一讀不忘，過目可誦。再如余光中的〈鄉愁〉，「全詩低迴掩抑，如怨如訴……有如音樂中柔美而略帶哀傷的『回憶曲』，是海外遊子深情而美的戀歌」，難怪該詩廣為傳誦。可見讓語言從「多乎哉，不多也」的酸溜溜的文言中解放出來，讓文學表達「尋常百姓家」的生活，這是當年文學革命的一個重要目標，在徐志摩、余光中等人身上已達到了。

無論是北方的謝冕主編本還是南方孫光萱的審訂本，裏面的三百首新詩能否經得起時間的篩選，還有待檢驗。依筆者之見，這兩個選本如果各自有三十首詩能流傳後代，就不錯了。此外，《新詩三百首鑒賞辭典》臺港澳暨海外華文詩人選得過少，像余光中只選了兩首，這未免小看了他。依筆者之見，他選的數量至少可以與艾青相同。海外部分彭邦楨缺席，香港地區則遺漏了西西、戴天等人作品，希望再版時調整後補入。

第六節　嶺南三作家

一、柳忠秧

在商風像傷風流行的年代，在網路幾乎要淘汰一切的年代，詩歌已不再有黃金季節，鮮有如霆，如電，如光，如長風之出谷的氣勢磅礴的「大我」之作。正當人們引頸相望氣勢雄奇之作出現的時候，筆者讀到了柳忠秧「韶音情韻，浪漫河山」的長詩〈嶺南歌〉，眼前不禁為之一亮。

近一星期來，我先是沉醉在柳忠秧具有楚辭風韻的〈楚歌〉中，後是耽於萬千氣象瑰麗璀璨提供出新的審美情趣與思想素質的〈嶺南歌〉裏，徜徉在數百年來從孫中山到南海亮劍的西沙兒女的英姿、音容笑貌和「地動山崩，春波浩蕩裂高穹」的歷史畫卷中，沉醉在「南粵大地風雷動，勇立潮頭建殊功」的崇高境界裏，為之手舞足蹈，引亢高歌，低徊不已。

〈嶺南歌〉是一首規模巨大、結構宏闊、篇幅較長，再現了廣東及嶺南文化千年傳承的輝煌歷史的史詩性作品。關於史詩，通常是指誕生在人類童年階段、反映一個民族在社會發展最初階段生活圖景的長篇敘事詩，但這種藝術形式已經消亡，後被戲劇詩體所取代，而柳忠秧的〈嶺南歌〉，並不是劇詩更不是敘事詩，而是從宏觀上釐清嶺南波詭雲譎的歷史，從「百派生機向南海」的大處和「容國團小球大道」這類小處去把握社會，並從「辛亥革命，碧血黃花」的歷史情境表現「嶺外雄傑，南天英豪；忠勇奮發，薪火相傳」的主旨，充分體現了抒情本質而成為一首優秀的地域文化史詩。

柳忠秧追求的不是小鳥似的歌唱，而是恢宏闊遠的詩境，博大新穎的形象，奔瀉萬里的氣勢。詩的開篇，便顯得有聲有色。像這種豪放詩，其思想感情積極向上，給人一種曠達、粗獷的印象，與當前流行的形而下的性感和垃圾敘事大異其趣。具體說來，前兩句寫嶺南風光的雄奇，後面寫五嶺巍峨多彩多姿。從語言運用看，此詩無疑具有格調高亢、氣魄豪邁的特點。

司空圖在《詩品•豪放》中有云：「由道返氣，處得以狂。」意思是說：「氣度豪放不失乎道，行蹤狂縱抒懷自得。」這說明惟有豪放的氣度，才有豪放之詩。從前面所引的詩句可看出，此時境界壯闊，氣度恢弘，既使人看到北江的迤麗，西江的壯偉，還使人想到陳濟棠、葉劍英們不同尋常的氣概，體會到英雄們「稱雄南天，建設粵海」的寬廣胸懷。後面寫「八桂三傑」運籌帷幄，連戰皆捷；「江南一葉」怒髮衝冠，金戈鐵馬，這一下把讀者帶到奔馬轟雷的奇險境界，使人感受到當年戰場的氣氛和聲勢，讀後心胸為之開闊，精神為之振奮，不愧為豪放詩的代表作。

豪放風格的詩，潛藏有巨大的精神力量，它給人進取、奮發和超越之感。為達到這一藝術效果，詩人必須充分調動自己的想像力，創構雲鵬高舉、勢踏天宇諸如「遍地青潮寫神話」的超現實世界。在句式的選擇上，則不妨用排比對偶句，以強化豪放的風格。下面是〈嶺南歌〉第二章的開頭：壯美風雲，碧波多情向海涯；大好河山，千古風流頌佳話。這兩句的結構和詞性相同，相互成對，就好比古代兩兩相對的儀仗隊。再如：三元里群情激憤，人民戰爭。黃花崗孤軍決死，浩氣長存。這簡直就是對聯，由此可見，柳忠秧的詩歌從中國古典文學和民間文學吸取了眾多長處，故具有鮮明的民族特色，為老百姓喜聞樂見，這與那些「丈二和尚摸不著頭腦」的詩不可同日而語。

豪放風格的詩，在境界上表現為「千帆東去，浪濤碧海」般開闊、雄渾；在氣勢上，體現為「風濤激蕩，鯤鵬昂揚」般勁健奔放、磅礴有力，用司空圖的話來說是：「行神如空，行氣如虹，巫峽千尋，走雲連風。」像〈嶺南歌〉所寫浩淼風高的南海、蒼翠欲滴的白雲山，還有「嶺外雲潮爭壯色」，所表現的是遒勁的動態美，所體現的是金鼓鞺鞳的壯烈美。和這境界相似的還有第十章的一段。這種跳躍式的結構，形象地抒發了詩人感情的激烈變化，表現了詩人想像的寬廣，其氣勢就好似突發的山洪，挾著澎湃奔騰之勢沖出山間；又好比凌空而來的高山墜石，令讀者為之驚絕，不愧為力度大、速度快的豪放之作，

從色彩上看，豪放詩人喜好用濃墨重彩抒發時代之豪情。其作品顯得鮮明而強烈，色彩就似「白鵝潭江湧碧翠，月唱迷離」那樣斑爛奪目。從聲韻上看，豪放的詩與其他語言風格的詩也有所不同。如柳忠秧寫「嶺海華僑同仇敵愾，革命之母；百越赤子舉家紓難，抗倭偉功。」可謂是意氣風發，慷慨高歌。其他寫血戰九州的「廣東十虎」、血鑄軍魂的黃浦精英，還有浴血悲歌壯懷烈激的「嶺南三忠」，也表現出革命者以身報國的自我犧牲精神。在音韻上，作者選取了傳統語音四呼中開口度最大的開口呼作為韻腳，讀來音調高亢，這和作者的宏偉氣魄正好相吻合。

為創作〈嶺南歌〉這首豪放風格的長詩，柳忠秧對嶺南的歷史作了長期的鑽研、追蹤和探索。他不但行萬里路，走遍嶺南的山山水水，而且閱讀了大量的嶺南文史資料，但經過消化吸收，沒有掉書袋，這才能從眾多歷史人物挑選出南越王趙佗、大詩人韓愈和蘇軾、禪宗六祖慧能、政治家海

瑞和林則徐，一直到康有為、梁啟超、孫中山。前後寫了一百三十位名人，其中民國人物六十多人。這也是典故最多的漢詩，但作者迴避辟典而採用明典，所寫的詩句在字面上的意義無須考查史書也可讀懂，像「冼星海唱響黃河」，「黃河」是《黃河大合唱》的縮寫，這裏的明典用得使人看不出是斷片湊合的七寶樓臺，而只覺得是妙思織就的天機雲錦。

〈嶺南歌〉的成功，還在於它不是「娛獨坐」即放在閱覽室裏供人眼看或一個人關在房中默讀的作品，而是「悅眾耳」即適合放在群眾中朗誦，讀之順口聽之悅耳，具有強烈的鼓動性與感染力量。

之所以稱〈嶺南歌〉為朗誦長詩，除了它具有鮮明的現代意識和富於鼓動性與號召力外，還在於它的響亮、生動的韻律。它無論是寫南國錦繡還是吟五嶺詩章，都盡可能做到通俗易懂，語言帶有一定的表情性和動作性。詩朗誦，本來是有激情，有音韻，有詩意的「演講」，所以從形象描寫的基礎上昇華出來的「盛世危言拯危世，強國強軍先攻心。科學民主啟愚蒙，身先士卒鼓維新」的政論，是構成〈嶺南歌〉這首朗誦詩鼓動性強的重要因素。這就難怪〈嶺南歌〉在上海世博會廣東館發佈時，聽眾無不為之傾倒。

作為從楚地落籍嶺南的詩人柳忠秧，走上一條只有他一人走的路，與現代派後現代的寫作方式完全不同。也許有人認為他傳統，其實他對古體詩有所革新，所創造的是一種新辭賦體詩史；也許有人認為他穿的是長袍馬褂，可正是這沒有新潮霓虹燈裝飾的長詩，贏得了廣大讀者的認可和喜愛，以至被譽為廣東「文化強省」的重要成果。總之，柳忠秧所締造的詩歌風景，不是「楊柳岸，曉風殘月」而是江河奔流，亂雲飛渡，用詩中的話來說是「好一首田園頌歌，真一曲山河壯懷」。

君不見，中國當代詩歌不缺抒寫個人內心秘密的「小眾」詩，缺乏的是如黃鐘大呂的新詩，如〈嶺南歌〉這樣氣勢雄貫，辭彩騰躍，讓讀者盪氣迴腸面向時代的「大」詩、史詩。

二、李更

這一回，李更終於拋棄《捆綁上文壇》這樣聳人聽聞的書名，而改用《文化晃晃——李更隨筆集》（東方出版中心二〇一〇年）不那麼刺激人的題目和讀者見面了。這個早年靠寫詩混稿費的男生，自從佔據了某一媒體的重要位置後，從未停止過絮絮叨叨和讀者聊人生，侃文壇。隨筆這種形式，正好適應了他這位「文化晃晃」的個性，同時也滿足了他向文壇打「冷槍」的癖好。書中收入的文章大都沒有超過五千字，以這樣的短文拿到學校評職稱，只能當助教；拿到文壇去評獎，恐怕也會吃鴨蛋。但李更從不想當好人為師的教授，更不想做「文壇大爺」。他的最高理想是能在文壇上發出自己的獨特聲音，能被人記住而不是被讀者立刻遺忘。

一般認為，隨筆只有小閃光，而不可能有大學問。如果你讀了李更的《小說界的四大天王》，也許會改變這種看法。李更對當代小說創作的熟稔，對王朔、池莉、賈平凹、余華這四人的作品所下的伏案功夫，絕非只看看封皮或翻翻目錄就能寫出來的。尤其是李更對「老鄉」池莉小說的玩味，比那些發表過洋洋灑灑的論文乃至出過集子的學者高明、到位。本來，隨筆讀多了也就成了過眼雲煙，但《小說界的四大天王》絕非趨時的短壽之作。它捨棄讀者已經諳熟的論述，偏重「天王」們思想精神的探尋和勾勒，這就使其成為大學中文系上當代小說史課的重要參考文章。

李更是科班中文系出身，《文化晃晃》所表現的評論才華體現在用比較方法評比「四大天王」風格的差異，如說余華在四人中最無地方性，還說「余華是當代中國寫人物命運寫得最深刻的作家。如果說當代讀者中不幸還有一點眼淚的話，那可能就是從《活著》裏面讀出來的。」這個論斷十分大膽，但不是誇飾之詞。此文還說：「依照本人對中外文學史的考證，三十五歲之前寫不出成功之作的人可能這輩子成不了真正的作家。其實，大師的主要作品往往都是在三十歲之前就寫出來了。三十歲之後，尤其是四十歲之後，理性的東西太多，感知力下降，不夠敏感，找不到感動自己的內容，也就無法表達出來，哪怕此後文字更為圓熟也無濟於事了。這也是很多作家、包括大師們，最後只能寫寫應景散文的原因之一。」筆者基本同意他這種看法。像曹禺、臧克家、光未然等就屬這種情況，但不能絕對化，像姚雪垠的《李自成》就不是年輕時所寫，屬大器晚成之作。

有人說，李更是文壇上晃來晃去的邊緣人，這只說對了一半。其實，有時他也置身於文壇漩渦之中，如他與謝有順、陳歆耕的論爭，就說明他絕非一位文壇旁觀者。正因他注意觀察文壇動向，收集各種資訊，有時還跟人交戰，故他對文壇的內幕常常比一般人知道得多，如他在〈標準中的文學〉中披露：《中篇小說選刊》「喜歡梁曉聲、遲子建，於是就連篇累牘地發一篇轉一篇，乃至原發刊物還未上市，選刊就已入選了……《小說月報》的頭兒給武漢的池莉、方方、劉醒龍們打招呼：每年必選他們兩篇，自己推薦上榜，友情可以。」像這種情況，在學院圍牆之內的我輩是不瞭解的，但李更不是以爆內幕新聞的小報記者，他是借這種現象說明「選刊」所使用的文學評論標準有時會誤導讀者，讀者不能走捷徑靠「選刊」去瞭解當前文壇的動向。漫不經心的隨筆，有時片言隻語看似不重要，其實裏面大有深意和學問，如李更在上述文章中所提到的王小波不是一舉成名而是「一死成名」現象，就很值得玩味。《舊友》的結尾說自己的生活準則是「不借錢，不差錢」，言簡意賅道出了人生的一種境界，值得借鑒。在比較易中天和余秋雨的優劣時，李更說「易中天說自己是個『大蘿蔔』，是草根，營養豐富，而且藥用價值高，怎麼炒作都可以，不過他還忘記一點，蘿蔔水份多。」說得隨意，但內涵深刻。不過，作者有時過分追求「語不驚人死不休」的效果，如在〈關於「山寨版」〉中說：「實際上，抄襲本來就是一種文化，中國作家也好，日本作家也罷，都有抄襲的經歷，不少還是抄襲名將，李叔同的歌，魯迅的小說，都有外國的痕跡」。這裏把借鑒外國作家的技巧當成抄襲，顯然是偷換概念，正所謂「差之毫釐，失之千里」。不願當「文壇大爺」的李更，有時畢竟過於隨意，至少應認真比對俄國果戈理的《狂人日記》與魯迅《狂人日記》的同異之處，尤其是魯迅如何青出於藍勝於藍，可他編務太忙，無功夫查閱，這就是他這位「文化晃晃」無法當上「文壇大爺」的真正原因，不知李更以為然否？

三、唐德亮

對山川景物的變態迷戀，讓唐德亮在詩歌道路上不停地奔馳。

唐德亮的本職工作是地方政府機關報的負責人。宣傳黨的方針政策，是他題中應有之義。可唐德亮想：能否換一種方式去建構和諧社會，去淨化人們的心靈，讓他們在讀黨報時也能得到愉快和休息？於是，唐德亮把業餘時間全用在創作文藝作品上，尤其是通過寫詩去和讀者作心靈上的溝通。

沒想到，「副業」成就了他的大名，眾多讀者不知道他是優秀新聞工作者，只知道他是廣東省的一位優秀詩人。

你如果問唐德亮，寫政論或做行政工作與寫詩會不會互相牽扯？他會毫不猶豫回答：兩者不矛盾，或者說可以互補相成。是新聞題材，給了他對事物敏銳的反應心靈；是文學寫作，強化了他的社會責任感。

《深處》是唐德亮繼《南方的橄欖樹》、《生命的顏色》、《微笑的雲》、《蒼野》等作品後的第六本詩集。全書分四卷：血液的聲音、晴窗日影、遍地草根、邊緣狀態，其中我最感興趣的是第三卷。在〈粵北民俗寫意〉中，作者以壯鄉為背景，用素描手法，勾勒出發生在連山和沙坊村的人物與故事。在〈壯家新娘汲新水〉中，唐德亮將水中月色、井中的星星賦予柔情的色彩，讓丈夫與公婆也讓讀者看到壯家新娘的心靈如何像朝日一樣火紅，殷紅。作者出身於少數民族，只有他才能將粵北山村的浴佛節、豆腐節、鬧花燈、開耕節寫得如此傳神生動，自由而不拘一格，並富於藝術探索精神。

《深處》寫了很多種迷戀，如對稻葉的迷戀，對甘泉的迷戀，對蛇骨的迷戀，對紅豆的迷戀，對手扶拖拉機的迷戀，還有對青瓷、晨霧、魚眼、龍洞、荒山的迷戀。這裏講的迷戀，是對大自然的神往，對景物的熱愛以及對床上的稻草，對玻璃窗上的雨的強大誘惑力與不可抗拒感。

迷戀乃至於癡迷，是創作的第一步。沒有這一步，即沒有對自己寫作對象的癡迷和諳熟，就不能寫出打動人心的作品。以農民取暖用的床上稻草為例，唐德亮作了仔細的考察，先是發現它離開田野後如何忍痛著愛與恨的煎熬，後進一步發現它是躺著的列兵，有一種獻身的精神。可作者不滿足於此，又進一步寫稻草當完成為主人取暖的任務後，在「春暖花開的日子，啰嚓一聲／一團藍色火焰，最後一絲熱亮／留給種植它們的土地／只消一場春雨，便什麼也沒有留下。」這顯然是實寫稻草虛寫人，且是大寫的人，即為他人的幸福，獻出最後「一絲熱亮」的戰士。稻草與戰士初看沒有什麼聯繫，可經作者聯想後找到其相似之處，讀者也被稻草的獻身魅力征服了。這種對稻草的迷戀精神，成就了一位詠物詩人的技巧，一位作家的造詣，一位黨的新聞工作者的修養，一位先知者的智慧感。

在唐德亮的詩中，有一種提升人的精神境界的能量，但他的作品並不是說教式的。正因為如此，這種有藝術「深處」的詩，便能起到政論起不到的作用。以蚯蚓為例，當它碰上鐵鎬時，難免粉身碎骨，從而中斷其「偉大的鬆土事業」。作者由此感歎：生命是如此脆弱，一瞬間就消失得無聲無息。不僅如此，它還變成母雞的美餐和魚兒們的香餌：

蚯蚓沒想到　一輩子在黑暗中挖掘
見到陽光時　卻已身首異處
並喪失一切

在作者筆下，蚯蚓變成了某種犧牲品的代言人。唐德亮對蚯蚓的憐惜，是對生命的摯愛，是作者人性美的體現。唐德亮無論是寫枯井，還是寫小動物，作者的內心是很主流的。寫詩對唐德亮來說，是一種教育人的工作補充，是他新聞工作另一種形式的繼續。正是這種社會責任感，促使他把詩人與新聞工作者兩種身份統一起來。

唐德亮的詠物詩我曾專門寫過文章評論過，但他這次寫得不重複，想像力特別豐富，語言也很有節奏感。不過，作者並沒有人為地追求技巧，他只是我手寫我口。他跟著感覺走，看看山川景物，有時好似聽到它們的聲音，便把自己獨有的感受寫下來。很難說唐德亮刻意模仿哪位詩人，或愛過哪位名家的影響。他是博採名家之長，把名家的作品經過消化，創造性地學習前人的經驗。《深處》中的作品，更多的是他從每天生活中觀察到的景物中萌生出來。比如一個龍洞，可引發他很多聯想；一個魚眼，就是一個故事。更廣義地說，萬事萬物都可成為他的題材。在《岔路》中，作者用調皮的筆調寫：「與大路鬧彆扭／大路顧不上它，只顧走自己的陽關道」：

走這條？走哪條？
我猶豫，沉思。
岔路就像一道難解的方程。

這是寫路，同時也是寫人生的思考。作者告誡人們不要貪圖方便，以免「在岔路躊躇的瞬間／我錯過了一個美麗的季節」。這裏把意識形態隱藏在生活情趣之中，使其題旨像米酒，味淡而令人沉醉。作者對生活的摯愛，慰藉著我們在未來灰暗生活道路上蒙塵的心，如蠟燭久久照亮，長遠留存。

第二章

臺灣文學

第一節　六十年來的臺灣文學

如果將臺灣文學分成現當代兩大塊，那從一九二〇年代初《臺灣青年》創刊到一九四五年八月結束殖民統治，是為現代文學期。光復後至新世紀為當代文學發展期。鑒於光復後本土作家存在著從日語向中文轉換不熟練問題，故這一時期文學創作嚴重歉收。臺灣當代文學真正開始是在一九四九年底大批外省文人踏入寶島至現在，屈指一算，恰好走過六十年的歷程。

從「戰鬥文學」到現代主義文學

國民黨到臺灣後，在軍事上強調反共復國，在文壇上倡導戰鬥文學。戰鬥文學就題材而言，相當一部分屬於「回憶文學」；就功用而言，是為政治服務的文學。倡導者要求文學自由主義者放棄個人單獨的行動和寫作主張為政治服務。這方面的作者主要有陳紀瀅、王藍、姜貴、潘人木、潘壘、朱西寧、司馬中原、段彩華等。這些外省文人相繼創作有《馬蘭自傳》、《紅河三部曲》、《荻村傳》、《華夏八年》、《近鄉情怯》、《荒原》、《幕後》、《蓮漪表妹》、《滾滾遼河》。其中姜貴創作的長篇小說《旋風》、《重陽》，曾受到胡適等人的肯定。姜貴寫小說時生活貧困，這促使他正視現實，即在控訴的同時大膽揭露生活的恐怖和黑暗。王藍的《藍與黑》也是代表作。寫反共詩與反共歌詞的作家亦不少。這種反共文學，它具有反映動亂年代的歷史文獻價值；作者們常常把反共與懷鄉聯繫在一起，在思念故土故鄉時散發著泥土的芬芳；在內容上堅持一個中國原則。這裏應指出的是，沒有加入反共文學創作行列的本土作家，延續了鄉土文學的香火，如鍾理和寫出了長篇小說《笠山農場》。中國婦女寫作協會的鍾梅音、林海音、張秀亞、琦君、羅蘭的散文則多的是家庭生活的描寫。

一九五〇年代後期，臺灣社會呈現出西化的發展趨勢。作家們對戰鬥文學思潮普遍厭倦。部分青年因回大陸無望而產生的逃避主義心理和頹廢情緒，使現代主義找到了廣泛滋生的溫床。從一九五六年起，現代主義文學由新詩領隊登陸文壇。被稱作「新詩再革命」的領導者紀弦成立了「現代派」，成就突出者有紀弦、林亨泰、羊令野、羅門、覃子豪、余光中、蓉子、周夢蝶、白萩、葉維廉、管管等。無論是洛夫的〈魔歌〉、商禽的〈夢或者黎明〉、瘂弦的〈深淵〉，還是鄭愁予的詩和葉珊的〈水之湄〉，與傳統詩最大的不同是表現自我，走向內心，企圖躲進與現實隔絕的「象牙塔」去尋求精神解脫，強調反理性。他們還自力於潛意識的表現，把夢幻、本能、下意識看作藝術創作的源泉。與此相關的是他們十分注意意象的經營和象徵、暗示手法的運用，愛用聲色交感、扭曲變形和歧義性手法，追求時空的交錯、轉移以及主、客體的對立和換位，為刷新詩藝作出了應有的努力和貢獻。

現代主義文學鼎盛於現代小說的出現。在《文學雜誌》、《現代文學》這兩個刊物引導下，小說家們藝術視野從外在的現實世界，拓展深化到人物的內心世界，使自己的小說世界成為作家的一己心象圖和人性負面的呈露。他們還深受存在主義哲學的影響，注意強化小說主題的比喻性和形象的抽象化、手法的荒誕性，並廣泛運用於佛洛伊德精神分析學說為依據的意識流手法。這批作家主要有白先勇、聶華苓、於梨華、陳若曦、王文興、歐陽子、七等生、叢甦、林懷民、水晶、施叔青、王禎和、陳映真、李昂、王拓、黃春明、李喬、季季。代表作有白先勇的《臺北人》、王文興的《家變》、七等生的《我愛黑眼珠》、聶華苓的《桑青與桃紅》、於梨華的《又見棕櫚，又見棕櫚》。

當西化之風勁吹時，不僅《現代文學》作家群寫了「新」、「亂」、「怪」的作品，而且別的文體和流派、社團的作家，也或多或少受到現代主義思潮的影響。就連《筆匯》、《文學季刊》這些富於濃厚鄉土氣息的刊物也在賣力氣地介紹外國作家及其文藝思想、理論著作，但這並不等於說當代文學已全盤西化。這是因為，當時的臺灣社會還不存在全盤西化的土壤。正是在這一情勢下，林海音寫了女性意識突出的成長小說《城南舊事》，鍾肇政開始創作他的大河小說《臺灣人三部曲》。散文家柏楊、言情小說家瓊瑤、歷史小說家高陽也在這時崛起。

從鄉土文學到後現代文學

一九七〇年代後，由於國際重大事件的衝擊，臺灣社會政治和經濟環境發生了急劇變化，使得文學界和社會各界一樣，對社會、經濟、政治、文化方面作出反省。這種劇變，激發了作家政治革新要求、經濟平等要求，隨之而來的是文化從唯西方馬首是瞻到回歸鄉土。「鄉土文學」適時地順應了這一歷史潮流。鄉土作家關心自己賴於生長的土地，努力表現臺灣鄉村和都市的具體社會生活，用富有地方色彩的語言和形式揭發社會內部矛盾和體現民族精神，去批判精神上和物質上殖民化的危機，從而在寶島上高高舉起中華民族自立自強的旗幟。這種鄉土文學，與其說是文學流派，不如說是文學潮流變革的先聲；是文學由虛假變作真實，由西方文學的附屬變為獨立自主的民族文學報春燕。這類作家前行代有吳濁流、楊逵、鍾理和、鍾肇政等，新生代有《嫁妝一牛車》的作者王禎和、《鑼》的作者黃春明、再現五六十年代臺灣鄉村「浮世繪」的陳映真以及王拓、楊青矗等。他們的作品雖然多以鄉村為背景，但不限於表現田園風光和地方風俗人情，還廣泛地反映現實生活中大眾的思想感情，描寫了他們奮鬥、悲歡、掙扎和心理願望。透過這些作品，能使讀者對臺灣社會有更深切的瞭解和關切。由於「鄉土文學」的產生有文學以外的政治和社會因素，因而引起激烈爭論。先是有關傑明、唐文標對現代詩的激烈抨擊，後有一九七七至一九七八年發生的鄉土文學論戰。這表面上是一場有關文學問題的論爭，其實它是由文學涉及政治、經濟、思想各種層面的反主流文化與主流文化的對決，是現代詩論戰的延續，也是臺灣當代文學史上規模最大、影響最為深遠的一場論戰。

在軍事對峙時期，兩岸文學處於「老死不相往來」的隔絕狀態。外省作家這時自然不可能到大陸探親，大陸作家更不可能到寶島訪問，但這必然的中斷有時又暗含偶然的交流，只不過是這種交流以非常態的第三地進行罷了。典型的例子是曾到大陸生活過的陳若曦發表了短篇小說《尹縣長》(註一)，開傷痕文學之先河。

一九八七年七月解除戒嚴，黨禁、報禁不再存在，過去官方支持的文藝團體中國文藝協會被邊緣化，而民間社團一直保持強大活力。隨著經濟的迅猛發展和資訊的高度發達，再加上大眾消費的流行，臺灣的報紙副刊變成大眾文化論壇，一九七〇年代中期興起的報導文學由此退場，幾乎在龍應台旋風捲起的同時，都市文學卻隨著農村都市化而崛起。尤其是在國際大都會臺北，都市文學已成為一九八〇年代的文學主潮。所謂都市文學，不僅是指它反映的都市現實和作品中充滿了都市意象，而且還在於創作者有鮮明的都市意識。作為都市文學的主要門類的都市小說，其特徵按林燿德的說法是：「除了創造幻覺之外，在於如何辨識、分類、解析、演繹都市空間。都市小說的主角不僅是人，空間的位置也自背景挪移至前景，制約了小說人物的行動，甚至吸收了一切。都市與都市小說互為正文，都市小說中的空間與人也互為正文。」新世代的都市小說，較有代表性的有王幼華的《麵先生的公寓生活》、張大春的《公寓導遊》、黃凡的《房地產銷售史》、朱天文的《炎夏之都》、林燿德的《大東區》等。和都市小說逆向發展的是記憶臺灣的文化工程，這方面的代表作有一九八〇年代李喬出版的《寒夜三部曲》和東方白的《浪淘沙》。它們在表現臺灣人民的命運和身份的流離方面均有獨到之處。描寫白色恐怖的小說有陳映真的《山路》、李昂的《迷園》、施明正的《喝尿者》。

隨著原住民正名運動的開展，原住民文學取代了「山地文學」。這方面的作家主要有瓦歷斯・諾幹，另還有卑南族的孫大川、布農族的拓拔斯等。

二十世紀中葉以降，臺灣高科技的發展帶動了網際網路熱。這種透過數位形成虛擬空間的新媒體，隨著資訊高速公路的不斷修建，在一九八〇年代後期逐漸成為一種強調即時反應、活潑對話、圖文溝通的新興網路文學。正因為網路文學帶有開放性和由此成為世紀末最受青睞的新媒體，故迷人的數位技術與文學內容結合後，便有可能導致文學文本書寫的革命。它至少在降低現有平面出版媒體壟斷力的基礎上，反攻文學市場。難怪被平面出版媒體卡住和在傳統出版市場中找不到或一時不想找出路的作家，紛紛到網上出版發行自己的新作。其中最著名的是痞子蔡的《第一次的親密接觸》，裏面所寫的「痞子蔡」和「輕舞飛揚」之間的網路戀情，眾多網友讀後感動得流淚，後被大陸買去版權，幾個月便銷出六萬冊以上，由此網路作家從網路出版再出平面書便成了氣候，《傷心咖啡店之夜》、《哭泣吧恒河》的作者亦得益於網路不受拘束與即時互動的長處而成為暢銷書作家。另有撰寫大眾言情小說的藤井樹、敷來漿、霜子、微酸美人，也不需要借助文學獎記錄和報刊投稿作為出書基礎。

後現代文化思潮伴隨著後工業社會出現。以眾多大眾傳播媒介的臺北市為龍頭，在媒介工業再生產的機制下，逐步出現了探索虛構和真實的關係、意符的遊戲、泯滅門類界限、佈滿語言文字迷障、嵌入後設語言以及事件般即興演出的後現代主義。小說方面主要有黃凡的《娛樂界的損失》、王幼華的《健康公寓》、張大春的《公寓導遊》。這些小說均用攝像機般的掃描鏡頭反映生活，其筆下的生活呈現出一種混亂的都市怪象，其美學特徵一是強烈反省藝術自身，二是使生活從象牙塔走向世俗，走向民間。一九八五年至一九八六年間，還出現了一種作者邊敘事邊探討小說中問題的後設小說，如黃凡的《如何測量水溝的深度》、蔡源煌的《錯誤》、汪宏倫的《關於他的二三事》。一九九〇年代中期朱天文獲時報文學百萬小說頭獎的《荒人日記》，則徘徊在現代與後現代之間，其中所反映的國族、世代、性別、情欲問題，均有典型意義。後現代詩則出現得比小說早，一九七〇年代末夏宇的部分作品就含有後現代精神。一九八〇年代以來的重要詩人有杜十三、林燿德、林群盛、零雨、陳黎、鴻鴻、蘇紹連、許悔之、焦桐、陳克華、孟樊等，另還有活躍在網路的詩人群。

繼一九五〇年代梁實秋寫了不少具有智者風貌的散文後，一九八〇年代以前以幽默散文著稱的有吳魯芹、顏元叔。張曉風的散文其文筆之旺，筆鋒之健，堪稱娥媚不讓鬚眉。以「人生三書」成名的王鼎鈞，到一九八八年出版的《左心房漩渦》，其散文成就達到了高峰。用《鄉愁》抒發海外遊子戀母赤子情懷的余光中以及大陸讀者不太熟悉的楊牧，同屬「詩文雙絕」的作家，前者的《記憶像鐵軌一樣長》，後者的《探索者》，為臺灣散文發展樹立了豐碑。

臺灣文學的發展呈「竹節式」：一九五〇年代以戰鬥文藝為主旋律，一九六〇年代以現代主義文學為主潮，至一九七〇年代鄉土文學、一九八〇年代後現代文學，到一九九〇年代女性文學、後殖民、同志書寫多元發展。臺灣的女性作家，尤其是那些姐妹作家均受張愛玲的影響。朱天文的《世紀末的華麗》、朱天心的《想我眷村的兄弟們》，既有華麗的一面，更有張愛玲式的蒼涼手勢。本省籍的施叔青、李昂（施淑端）姐妹，在受張愛玲影響方面各有不俗表現。無論是施叔青的《她名叫蝴蝶》還是李昂解嚴前夕寫的《殺夫》及後來寫的《彩妝血祭》，均結合歷史和國族論述，勇闖禁區，創造新的話題。（註二）

「藍天綠地」下的文學現象

新世紀的臺灣文學，由於北部的泛藍和南部泛綠板塊的形成，造成文學上南北分野的現象：一是以臺北為基地，在城市現代化的導引下，延續中華文學的傳統，創作具有鮮明中國意識的作品和色彩繽紛的都市文學；二是南部延續鄉土文學的傳統，用異議和在野文學特質與帶有泥土味的台語創作小說、散文、新詩，書寫他們的「獨立的臺灣文學論」。

與「藍天綠地」的政治生態有關的是和「中國文學系」平行的「臺灣文學系」、「臺灣文學研究所」繼世紀末後在許多大學紛紛建立，台語文學在南部廣泛推廣。在小說創作上，對臺灣因統獨鬥爭產生的政治亂象反映最得力的是陳映真和黃凡。陳映真的中篇小說《忠孝公園》，以敏銳的嗅覺描寫了民進黨上臺後淪為在野的國民黨及其追隨者的震驚和憤慨，字裏行間貫穿著對獨立運動的否定。黃凡在二〇〇三年出版的《躁鬱的國家》，涉及統獨鬥爭、朝野爭鬥、經濟問題、選舉不公、權利角逐。和黃凡的《躁鬱的國家》相呼應，張啟疆二〇〇六年發表的短篇小說《哈囉！總統先生》，不僅讓讀者看到政治本質就是一齣騙術或一場夢幻，而且還通過「博愛特區」、「管制區」、「隔離區」和「不分區」，讓大家看到「鬼臉」時代的種種行為。二〇〇八年朱天文的《巫言》，用田野調查的方法表現了政治文化的庸俗和空洞，給下一輪的太平盛世作了一個備忘錄。蘇偉貞的《時光隊伍》、陳雪的《惡魔的女兒》、林雙不的《深秋天涯異鄉人》，把家鄉、家族與自傳揉合在一塊，雖缺乏時代的深沉感，但畢竟揭示了另一種長篇小說的新走向。

新世紀的散文創作，文壇常青樹寶刀不老，如雜文家李敖、柏楊，以及琦君、張拓蕪、王鼎鈞、東方白、林文月、張曉風、曹又方、劉克襄、陳映真、蔣勳、陳芳明、古蒙仁，持續有新書問世。吳文超、柯嘉智、凌性傑，則以其新銳散文顯出接棒態勢。另有醫師出身的黃信恩，其作品綿密有情。國文系科班出身的賴鈺婷，作品富於本土色彩。《聯合文學》、《野葡萄文學誌》所策劃的有關專題，顛覆了傳統散文的寫法，與流行文學區分開來。此外是各種各樣的散文選集如「醫療散文」、「知性散文」的出版，滿足了大學課程的需要。

在政黨輪替、眷村圍牆瓦解後，還出現了一種承繼「眷村文學」精神的「後遺民寫作」[註三]。所謂後遺民，從政治層面來說，是兩蔣時代的遺民；從意識形態來說，是信奉大中國主義，不甘心被去蔣、仇中思潮俘虜的年輕一代。這群充斥身份認同焦慮與精神流亡的一群作者，在政治上雖然退居中心，但在小說界卻居於主流地位，代表作家有朱天文、朱天心、駱以軍。另有不屬外省族群而專寫畸零者、殘餘者、倖存者的舞鶴。張大春勾劃二十世紀前半段中華民國現代史縮影的《聆聽父親》，也有廣泛的讀者。（註四）在文學獎遍地開花，書籍出版量驚人的當下，「無論是重返鄉土的寫實主義路線，還是延續後現代話語的敘事，新世紀的小說仍在似曾相識的回路上摸索徘徊。」（註五）

總觀六十來的臺灣文學，從戰鬥走向現代後現代，從文化自覺走向身份認同的危機，文化焦慮與統獨鬥爭並存，這個曲折進程積累了自身的經驗，其中最重要的經驗是本土化必須和全球化結合起來，臺灣文學的道路才能越走越寬廣。

注：

（註一）香港，《明報月刊》，一九七四年十一月。
（註二）須文蔚主編：《文學的臺灣》，台南，臺灣文學館，二〇〇八年，第二一八頁。
（註三）王德威：〈後遺民寫作〉，臺北，《印刻文學生活誌》，第十三期，第一一二頁。
（註四）郝譽翔：《大虛構時代》，臺北，聯合文學出版社，二〇〇八年，第二九五頁。
（註五）許秀禎：〈新聲回路〉，臺北，《文訊》，二〇〇九年，第二期。

第二節　學院作家現象與二十世紀臺灣文學

文學群體是時代風尚所造就，同時是作家藝術追求的結晶。臺灣的學院作家，不是流派而是群體，是二十世紀臺灣文學的一支勁旅。這個群體其作品所表現的並不限於學院生活，而是以寬廣的視野表現了臺灣社會的發展變遷，在思想、文化、創作及批評啟蒙方面，起過重要的作用。本文以詩歌創作和批評作為論述中心，說明學院作家在二十世紀臺灣文學史中的地位及其所作出的重要貢獻。

文壇重鎮多出自學院

學院作家，顧名思義，是指在大專院校從事教學或研究工作的教師及其他工作者。後來離開學府但在學院工作期間寫過有影響作品的人，仍可將其視為廣義的學院作家。他們有雙重身份，首先是學者，其次才是作家。必須先做好本職工作，傳道、授業、解惑，教書育人，也就是說必須先站穩講臺，然後才談得上寫作。

二十世紀臺灣文學史上的學院作家本應在當地產生，但鑒於光復後當局廢止日文，使眾多本土作家無法熟練用中文寫作，再加上大陸成立新政權後，大批文化人隨軍去台，故這時學院作家有許多是非本土人。他們在臺灣的生活時間遠遠超過大陸，實在不應再將其視為外來作家。這些作家有的一直在學校任教，有的則從媒體或別的單位調到學校，也有少數從海外到臺灣定居，如黃錦樹、鍾怡雯便歸自馬來西亞，胡品清則是由大陸到法國再到臺灣；也有從臺灣讀書後回國，如韓國的許世旭、新加坡的王潤華（最近又到臺灣）。另一部分是從臺灣到海外定居，這類作家甚多，如白先勇、聶華苓、張系國。以入選《中華現代文學大系：臺灣一九七〇—一九八九》的海外作家為例，他們占去許多篇幅，計詩人十三位，散文家二十一位，小說家十七位，陣容頗為強大。（註一）

學院作家通常是指小說家、詩人、散文家、戲劇家，同時也包含文學批評、翻譯和研究工作者。這樣的學院作家，最早有躋身於北京學者之林、贏得「臺灣新文學奠基者」美譽的張我軍。在一九五〇年代以後，隨著大學教育的普及，學院作家大批湧現。這種現象，有助於提高作家素質，使作家學者化，同時又使學者作家化。據不完全統計，僅在新詩創作和批評領域耕耘的學院作家就有余光中、楊牧、方思、胡品清、葉維廉、張健、關傑明、唐文標、顏元叔、葉笛、趙天儀、張漢良、杜國清、張錯、許達然、陳芳明、羅青、蕭蕭、李瑞騰、鍾玲、尹玲、席慕蓉、向陽、簡政珍、白靈、張國治、游喚、渡也、須文蔚、陳大為、唐捐、翁文嫻、趙衛民、林于弘、楊宗翰，等等。

學院作家的概念，早在一九五〇—一九七〇年代就出現過，那時有所謂軍中作家、女作家、本省作家、學府作家，這其中有交叉。軍中作家到了一九八〇年代，由於寫作資源的枯竭，已淡出乃致「失語」，學院作家勢頭則越來越旺。他們在推動臺灣文學的發展方面，起過舉足輕重的作用。余光中曾戲稱：臺灣文學史寫到一九五〇、一九六〇年代那一章，簡直像臺灣大學外文系的同學錄（註二）。以評論家而論，台大外文學系出身的就有余光中、顏元叔、葉維廉、劉紹銘、李歐梵、歐陽子。臺灣當代文壇重鎮，也有許多出自學院，如小說家白先勇、王文興，新詩界的余光中、鄭愁予，散文家梁實秋、楊牧，戲劇家姚一葦、張曉風，文論家王夢鷗、夏志清。

研究二十世紀臺灣文學史，可以發現這樣一個弔詭現象：先是外文系盛產作家，中文系多出學人。後來外文系學者多於作家，而中文系出作家已不亞於外文系，還有別的學科也出作家。有的學院作家高產，有的已封筆；有的前衛，有的保守；有的移民，有的回歸；有的擁抱「大鄉土」，有的只認「小鄉土」。並非所有在學院中從事創作或批評的作家都有研究價值，只有那些在二十世紀臺灣文學發展中起過重要作用、有特殊貢獻或有獨特個性的作家，才能成為我們關注的對象。

選擇哪些學院作家作為評述對象，這裏有評判標準問題。如果從所謂「政治（或藝術）正確」出發，這就難免排除不符合自己政治信仰和審美要求的作家，或不排除但將不合自己思想與文學觀念的作家提及時一筆帶過。這裏有兩個極端的例子：葉石濤的《臺灣文學史綱》（註三），突出鄉土文學和省籍作家，將現代主義文學和外省作家邊緣化，而皮述民、馬森等人的《二十世紀中國新文學史》（註四），將這種文學史秩序顛倒過來：突出外省作家和現代主義文學，將鄉土文學和省籍作家邊緣化，這同樣是一種偏愛加偏見的批評。

從文學的自身發展規律看，哪些學院作家可以進入二十世紀臺灣文學史，進入後又應占多少篇幅，要不要放在顯著位置，這主要不是看他政治上是什麼「顏色」，而看他寫出了哪些好作品，這些作品對二十世紀臺灣文學起過什麼作用。從全方位的視角出發，一部二十世紀臺灣文學史並不是簡單的作家作品史，還包括出版史、傳播史、接受史、編輯史、期刊史、論爭史、批評史。能進入二十世紀臺灣文學史的作家、批評家、編輯家，必須能反映現代審美的追求。他們寫作道路的曲折與暢通、倒退與前進，則又形象地書寫著臺灣作家的精神史與奮鬥史。

學院作家是臺灣新文學的奠基者

一般認為，學院作家都是書生氣十足的教書匠，其實書生氣背後包藏著思想，某些學院作家還有深邃的思想。

優秀的學院作家，不僅是文學家，而且是思想家。像一九二〇年後期在北京師範大學擔任日文講師，並在北京大學法學院和中國大學兼授日文課的張我軍，他留給我們的遺產，很值得研究和回味。單就思想方面來說，他開闢了一條新道路。他在島內進行的不僅是文化啟蒙而且是思想啟蒙運動。正是這一切，他給臺灣新文學建立了一個堅實的基礎。他不只做了破壞舊文學的工作，也做了建立新思想和建設新文學的工作。他最著名的文章是發動文學革命的〈糟糕的臺灣文學界〉（註五）。此文攻擊舊體詩人壞習氣「不是拿文學來做遊戲，便是做器具用」。如「一班大有遺忘之慨的老詩人，慣在那裏鬧脾氣，謅幾句有形無骨的詩玩，及至總統閣下對他們頻送秋波，便愈發高興起來了。」他痛感一群生氣勃勃的青年被這股惡習所同化，「他們以為做詩易於得名（其實這算什麼名），又不費氣力（其實詩是不像他們想的那麼容易的），時又有總督大人的賜茶，請做詩，時又有詩社來請吃酒做詩。既能印名於報上，又時或有賞贈之品，於是不顧死活，只管鬧做詩（其實是胡鬧）。他們腹內半部唐詩合解也沒有，只管搜盡枯腸，一味的吐，幾乎把腸肚都吐出來，用盡心血，耗盡寶貴的光陰，其結果博得一個不知是好名還是臭名。幾年之間，弄不出一句半句的好文字，卻滿腹牢騷，滿口書臭，出言不是『王粲蹉跎』便是『書劍飄零』，到底成何體統？文學的殿

堂，一定是不容這班人踏入的呵！」（註六）

一九二〇年代的文壇，小說家、散文家讓位於詩人，僅詩歌媒體就有連雅堂發行的《臺灣詩薈》、黃水沛編的《臺灣詩報》，以至文壇成了詩壇，而掌管詩壇者為舊式文人，其盛行的是一種「擊缽吟」。在張我軍看來，這種「擊缽吟」「是詩界的妖魔」，是和他倡導的文學要有獨創性，不要滿紙陳詞濫調的主張相悖。為了革新臺灣文學界，張我軍寫了〈絕無僅有的擊缽吟的意義〉（註七），批評舊式文人太著重於技巧，把全部精力放在咬文嚼字上，甚至讓形式束縛內容的表達，以至寫出來的詩文「都是些有形無骨、似是而非的，既沒有徹底的人生觀以示人，又沒有真摯的感情以動人。」在他看來，詩的寫作「是有所感於心，而不能自已，所以自然而然寫出來的，絕不是故意勉強去找詩來做的。」他主張文學要真誠，認為內容第一，形式第二，以及要為情造文，而不要像舊式文人那樣為文造情，而「擊缽吟」最大的毛病是附庸風雅，為寫詩而寫詩，故這種作品沒有藝術生命力，無法流傳下來。

新詩人企圖摧毀舊詩壇，但舊詩人不甘心俯首就擒和退出歷史舞臺，因而掀起了一場新舊詩兩大營壘的筆戰。最先迎戰的是有老式詩人泰斗之稱的連雅堂。他在為林小眉的《臺灣詠史》作跋時稱：「今之學子，口未讀六藝之書，目未接百家之論，耳未聆離騷樂府之音，而囂囂然曰，漢文可廢，漢文可廢，甚而提倡新文學鼓吹新體詩，粃糠故籍，自命時髦，吾人不知其所謂新者何在？其所謂新者，特西人小說戲劇之餘焉。其一滴沾沾自喜，是誠井之蛙不足以語汪洋之海也噫跋。」（註八）連雅堂不瞭解新文學也不想知道新文學鼓吹者的主張，一味抱殘守缺，他才是真正的不足以語汪洋之海的井底之蛙。由於此文對張我軍的回應措詞激烈，因而張氏又發表了〈為臺灣的文學界一哭〉（註九）加以反駁：

> 請問我們這位大詩人，不知道是根據什麼來斷定提倡新文學，鼓吹新體詩的人，便都說漢文可廢，便都沒有讀過六藝之書和百家之論，離騷樂府之音。而你反對新文學的人，都讀得滿腹文章嗎？

張我軍再接再厲，又寫了〈請合力拆下這座敗草叢中的破舊殿堂〉（註十），用胡適的「八不主義」和陳獨秀的「三大主義」，攻訐那些「一味的在聲調字句之間弄手段，既無真摯的情感，又無高遠的思想」的舊文人，進而把臺灣文壇這座「破舊殿堂」擊得「破爛無遺」。

垂死的舊文學雖然沒有還手之力，但還有招架之功。一位筆名「葫蘆生」的作者發表〈新文學之商榷〉（註十一），認為以不通的白話體冒充新文學，是欺騙讀者。張我軍寫了〈揭破悶葫蘆〉（註十二）作為答辯，並在另一文中認為老式文人的景與情，「跳不出詩韻合璧佩文韻府之外，所以做出來的詩都是糟糠的詩。」（註十三）這些見解相當犀利和精闢，起到了摧枯拉朽的作用。

張我軍不僅有破而且有立。他最重要的詩歌論文是〈詩體的解放〉（註十四）。此文分為五個部分，探討了詩的本質、詩與節奏、中國新詩為什麼是現代的詩以及自由詩發生的國際背景諸問題。

從以上論述可看出，張我軍在日本殖民者對臺灣實行軍事管制和懷柔政策的惡劣環境下，把中國大陸五四運動的新思想、新文化，介紹到當時頗為封閉的臺灣。他以先進思想做武器去抨擊盤踞在臺灣文壇的舊思想、舊文化，推毀舊文學。如果他不是從青年時代就積極參加臺灣的政治運動和社會活動，以及不斷吸收新知，研討新學，與時俱進，引入胡適的「八不主義」及詮釋陳獨秀的

「三大主義」之意義，他就不可能將新文學與新文化、新思想聯繫起來，從而成為二十世紀初期臺灣新文學的代表性作家。他雖不是臺灣新文學首創者，但卻是拓荒者和最有力的領導人之一。

學院作家的文化啟蒙作用

學院作家的寫作，不是單純的文學現象，而是一種與文化密切相關的現象；它不全由作家個人審美情趣所支配，而受社會思潮的影響。他們在進行思想啟蒙的同時，進行文化啟蒙。如一九七〇年代在海外任教的關傑明、唐文標，他們討伐西化的現代詩，其旨意絕不是傳授新詩的寫作知識，而在於一種文化啟蒙。其目的是希望詩人關愛社會，關懷現實；不能只重視技巧，而應在社會意識和歷史方向上下功夫。這種文化觀和詩學觀對遏制逃避現實的詩風，起到了一定作用。但唐文標以法官判決式的口氣宣判現代詩的的死亡，則顯得偏激而難於服人。正如顏元叔所說：「唐文標用大掃除的手法，把整個現代詩都說成脫離時空」，這不符合詩壇實際。「大量的現代詩正是時代之反映，甚且批評。」至以詩的幅度，應越寬越好，以表現人生境遇的各種情態。「文學那能夠天天『車轔轔馬蕭蕭』，有時也當『香霧雲鬟薄，清輝玉臂寒』一番吧。……當代的詩應該著重當代人生的描繪，甚至要求它有社會意識；然而這只是重心，這只是強調，而不應斷言只有社會意識的文學才有價值，其他的文學作品都是廢料。唐文標的偏狹的文學見解，只是從望遠鏡裏看到人生的一小塊，以為只有社會，沒有家庭；只有群眾，沒有個人；只有上意識，沒有下意識；只有述眾人之事，沒有抒個人之情；只有『怒髮衝冠』，沒有『淚濕青衫』。」（註十五）

關傑明和唐文標的文章儘管有不夠客觀科學和盛氣凌人之處，但它畢竟是一九五〇年代左翼政治、文化全面遭受鎮壓後首次衝破冷戰思想體系而得到的一次勃發，在光復後的文藝運動史乃至思想史上具有重要意義。在文學上，關、唐不無偏頗的文章，也引起了人們思考現代詩向何處去的問題。關傑明、唐文標這股旋風披靡所及，首先被傷了元氣的便是「創世紀」在一九六〇年代所倡導的超現實主義，其衝擊詩壇的客觀效果表現在：「以《笠》詩社為主的寫實派線路和《葡萄園》的明朗風格，彷彿贏得了勝利，七十年代開始，配合現實政治及社會情勢的訴求，明朗穩健的寫實詩風取代了一九六〇年代現代主義的詩風而成為詩壇的主流。」（註十六）總之，「為人生而藝術」一路線獲得越來越多作家的認同，「回歸民族，反映時代」的創作路線深入人心。連關、唐的論敵余光中也不能不承認：「唐文標的幾篇文章衝擊和影響力相當大，逼得詩人們不得不做一些反省，而逐漸地擺脫病態的現代主義束縛，另闢蹊徑，重返傳統——不是形式，而是一種自覺的認知。於是討論文學裏的時代社會意識的文章便多起來了，不染人間煙火的作品開始受到嚴厲批判。詩人們也喊出：唯有真正屬於民族的，才能成為國際的了。」

新詩的現代化，是眾多學院作家追求的目標。無論是學院詩人，還是「草莽」詩人，都希望現代文藝無論在大陸還是在臺灣都是「嫡子」，而非「美麗的混血表妹」。臺灣新詩也應具有不同於大陸的特色，才能成為海洋文化的一部分。可有些中文系出身的詩人，多的是中國古典文類知識譜系，缺的是歐風美雨的洗禮，再加上外語沒有過關，他們所主張新詩的現代化，只是幫助臺灣詩壇的話語轉換而不是文化上的啟蒙。而具有良好外文基礎的作家，他們對西方文論不存在語言上的障礙，在引進文學新思潮方面居主動地位，如任教於臺灣師範大學英語系的羅青，他沒有因襲某詩社同仁颳起的超現實之風，而和其他學院詩人一起在一九八〇年代中期開創出後現代風潮，向詩壇前輩作出超越和挑戰。具體說來，自一九八〇年四月羅青在高雄作了題為〈七〇年代新詩與後現代主義關係〉（註十七）的報告後，「後現代」成了臺灣詩壇標榜的口號，從現代主義母腹中成長發展起來的後現代主義文學一時蔚為壯觀。至於他自己在錄影詩上率先作出的示範，使其成為臺灣詩壇最前衛的實驗家之一。當然，羅青的後現代理論還不夠成熟，也遠不及後來者系統和深刻，但其在文化啟蒙方面所起的作用是有目共睹的。

正是由於上述種種因由，思想啟蒙、文化啟蒙和外來文化因素的影響和組合，再加上學院作家的推波助瀾，造成了二十世紀臺灣文學史的種種奇觀。而不同社會制度、不同意識形態背景的重量級作家，他們的創作與批評實踐以及文學組織活動，也清晰地再現了文化啟蒙這一特徵。聶華苓於一九七九年九月主持的兩岸作家首次握手的「中國文學前途座談會」，為整合兩岸三地文學做出了良好的開端，又一次證明了這一點。

學院批評開一代新風

二十世紀後半期的臺灣文壇，在文學批評方面有兩股勢力：一是來自學院的批評，二是來自作家隊伍的批評。作家兼寫評論，其長處是貼近創作實際，其短處是理論性不強，系統性較差。這種現象一直存在多年，可自從學院批評崛起後，這種情況有了根本性的改變，這可以一九六〇、一九七〇年代之交最具影響力的顏元叔為代表。他的論著不僅有理論的研討，也有實際批評。出身外文系的他，研究對象不局限於西方小說、戲劇，也包括中國的舊詩、新詩和現代小說。他既是第二代「新批評」的發言人，也是「民族文學」、「社會寫實文學」的積極倡導者。當代文壇的眾多論爭，差不多都有他的份，在許多時候他還擔任主角。他和一般評論家不同之處在於：具有創建理論的雄心壯志。其批評方法用他自己的話來說是「大致是字質與結構的細讀分析，時而運用中西文化的比較觀，以便發明參證」。可當時的不少文論家尤其是詩評家，其批評方法並非如此，他們過分強調「知人論世」的重要性，評論作品將精力放在作者的身世和歷史背景的考察上，致使文學評論幾乎成了歷史傳記的代名詞。此外，社會學批評排斥心理學批評，且不重視結構的分析。有感於此，顏元叔對歐美「新批評」的「本體批評」、「內部研究」產生了強烈的興趣，他企圖將其引進以衝擊多年流行的偏重於文學外部關係的傳統批評方法。他通過發表論文、出版專著、教壇傳授和現代詩、古典詩及小說批評領域的實踐，把「新批評」方法的優劣處發揮到極致。這種極致，導致了文壇上多年來存在過的外文系與中文系學者矛盾的加劇：外文系捨棄了本身應負的學術研究職責和評介世界文學的學術功能，取代了中文系在古典文學研究領域的發言權；部分中文系的學者為了摘掉「封閉保守」的帽子，急於搬用西方文論的觀念和方法去研究中外文學。

這不是誇大顏元叔的能量，而是因為顏氏在一九六〇、一九七〇年代之交的文論家中，確居第一流兼領潮流的地位。沒有他的批評的推動，臺灣當代文學理論批評的步伐就要減慢許多。當年他以雄姿銳氣，創辦了後來成了當代文壇重鎮的《中外文學》，並倡議成立比較文學博士班，譯介《西洋文學批評史》，將新批評觀點運用於古典詩歌領域，在文壇上引起極大的震動。這使得他和夏濟安齊名，成了現代主義文學時期最重要的兩位評論家。

顏元叔的出現還象徵著另一種意義：臺灣的現代文學經過將近二十年的發展，終於在臺灣本土立定腳跟。顏元叔雖然對現代文學採取比以往較嚴厲的批評態度，但他以臺灣第一高等學府（臺灣大學）外文系系主任的身份，用學院的嚴肅方式來分析這些作品，並且給予相當程度的肯定（特別是對白先勇與王文興的小說），事實上就表示了現代文學已經得到文壇的正統地位。反過來講，顏元叔認識到了現代文學的成就，肯在這方面花費他的學術功夫，證明他是一個能夠掌握時代潮流的學者，因此也可以說是一九四九年以後，「開創了學院研究臺灣當代文學現象的第一人。」（註十八）

一切新生事物均不可能十全十美。顏元叔的「新批評」實踐，也不例外。

首先，顏元叔從一個極端走向另一個極端，即從過去忽視「作品本體」到完全強調「本體」自身，毫不考慮社會背景或作者生平、創作動機，這樣的「自圓其說」，其科學性很值得質疑。如顏氏認為唐人李益〈江南曲〉的「早知潮有信，嫁與弄潮兒」的「信」係「性」的諧音，前面寫的「嫁得瞿塘賈」「之『賈』，發音為『鼓』，有大腹便便的味況。」（註十九）這種解釋誠然新穎，也可說是自成一家之言，但這更多的是出於顏氏的再創作，與作品本意相去甚遠。

其次，存在著用外來的理論硬套本地創作的弊病。如用亞里斯多德的結構理論去分析余光中〈在冷戰的年代〉等詩，就未必恰當。用它去衡量洛夫〈手術臺上的男子〉，更是南轅北轍。這就難怪引起洛夫本人及其友人的反批評——雖然這些反批評存在著意氣用事的傾向。

再次，對「新批評」理論的局限性認識不足（如它只適合於微觀分析而不長於宏觀研討），以至求新過切，這就帶來態度欠冷靜的毛病。

但不管怎樣，顏元叔對「新批評」的倡導將永遠記載在臺灣當代文學批評史上。臺灣的詩評界雖然以往引進過超現實主義、象徵主義及現代派，但多半為創作理論，未能像顏元叔那樣形成一套系統、影響深遠的批評學派。到後來，「新批評」在臺灣文壇已算不得舶來品中最具魅力的流派，顏元叔本人也不再成為論壇中心的人物。

繁盛的新詩批評與大師的缺席

顏元叔於一九七〇年代後期退出文壇後，「新批評」所造就的黃金時代已經終結，學院批評再沒有領軍式的人物。到一九九〇年代，這時期的詩歌理論批評朝學院化與「資訊速食化」兩個方向發展。關於「學院化」，不能不提到《臺灣詩學季刊》改為《臺灣詩學》半年刊後，充分發揮了該刊以李瑞騰為首的學院派成員的優勢，所發的文章學術含金量明顯增加。此外，還不應忘記彰化師範大學於一九九三年成立的「現代詩研究中心」。他們一共舉辦過多屆「現代詩學研討會」，並有論文集刊行。學院派的新詩研究不同於詩人寫的詩評之處，在於企圖建築自己的詩學體系，從一開始就有美學的自覺。這方面的著作有陳啟佑的《新詩形式設計的美學》（註二十）。此書以新詩這一文體形式上的設計問題為研究對象，將文藝學、語言學、美學、心理學等學科整合在一起，為新詩研究另闢蹊徑。該書分析細密，論證嚴謹，有一定的創造性。比陳著有更大超越的是簡政珍的《臺灣現代詩美學》，（註二十一）作者用審美的視角詮釋臺灣現代詩史、詩作和詩論，不以政治尺規為詩作歷史定位，而用美學驗證詩史，以藝術獨創性闡釋詩作，以一切回歸詩作文本為取向，以閱讀原典論述詩人的創作道路，由此顯示出作者扎實的學問功底。另一本以「美學」標名的是蕭蕭的《臺灣新詩美學》。（註二十二）該書雖然有美學泛化的傾向，但注重本土詩人如賴和、林亨泰、吳晟、詹澈、向陽的詩作，去建構臺灣的現實主義美學，以證實包括詩作在內的文學與土地骨肉相連、以人民血淚相關的事業，力圖將詩作理論化。比起作者過去的同類著作，有一定的超越。

從事新詩理論批評，必須不甘寂寞，可許多人經不起誘惑，故臺灣詩壇最缺乏的是做詩學的全面性觀照，深入探討詩的本質特徵與藝術特色。孟樊的《當代臺灣新詩理論》，（註二十三）與這種情況有所不同。該書討論的許多問題，均是臺灣詩壇較少涉及的，尤其是對新詩基本理論的研究，帶有拓荒的意義。該書對新詩最為重要也最基本的語言問題，以及對臺灣當代詩歌批評現狀的考察，均使人感到作者建構「新詩理論批評史」的雄心。

一九八〇年代後的臺灣，正跨入「第三波」的後工業時代，後現代詩隨之出現，真正蔚成風氣則是在一九八五年以後。系統開展後現代詩研究，孟樊的另一本專著《臺灣後現代詩的理論與實際》（註二十四）堪稱開山之作。該書從歷史沿革出發，對後現代詩的崛起重新以美學的觀點加以審視，並在詮釋詩人作品過程中探討後現代的藝術特徵。書中還進一步評述了後現代詩的論述，對難以破譯的語言詩的類型既從理論又從作品的表現方面去分析，並作充分的論述。其中第一章〈臺灣後現代詩史〉，寫得最有學術價值。不足之處是有些地方徵引過多，減弱了該書的理論深度。

如果說簡政珍、孟樊所代表的學院派所走的是一條嚴肅、厚重路線的話，那媒體上發表的詩評篇幅有限，再加上複製性、事件化和酷評特點，因而影響了學術深度。但這不等於說媒體批評註定會淺薄，成為亞文化。學院批評最好能取媒體批評之長補自己之短，像來自媒體的向陽，他調學院工作後把及時性、尖銳性的媒體批評與厚重的學院批評結合起來：突出文化傳播學研究，把學院創作擴展至網路。這對促進文化的民主進程和啟動文學生產和消費有重要作用，它使學院批評更為寬鬆自由和不再貴族化，而朝「前所未有，空前強大」的狂歡方向發展。他在這方面取得的成功經驗，值得我們重視。

臺灣文學研究自一九九〇年代後半期起從邊緣逐漸走向中心，並已經建制化，故這時湧現了五彩異呈現的局面：不少研究臺灣現代詩的新人——這主要是指綜合大學、師範院校乃至技術學院的研究生們，有的以臺灣詩作為自己的論文題目，其中有個案研究，也有宏觀論述，如臺灣現代女詩人作品主題研究。引人矚目的是楊宗翰的《臺灣現代詩史：批判的閱讀》。（註二十五）作者以個人的勇氣，挑戰兩岸前輩學者有關臺灣新詩史的論述，企圖給讀者提供另一幅新的詩歌史的圖像。他用歷史相對論的視角，採取新的理論為臺灣現代詩史的編寫注入新的元素。當然，有些地方略顯稚嫩，論述過於簡單和絕對化。林于弘在博士論文基礎上修正的《臺灣新詩分類學》，（註二十六）前半部分探討詩社、詩刊、詩集、詩史和詩論等相關要素，以及文學獎和年度詩選這兩項範式所存在的問題，與對詩作和詩風所產生的重要影響。它作為該書的主體部分，讀了後能使人從中找到一把理解臺灣新詩現狀的鑰匙。後半部分別論述政治詩、都市詩、生態詩、「台語詩」、女性詩、小詩、後現代詩、網路詩，以慎思明辨見長，完成了別人想做而未完成的大工程，具有手冊之類的工具書之效。

數十年來，當代新詩作品像彪形的山東大漢，理論卻像孱弱的蘇州女子。作品跑步走，評論慢慢跟。到了世紀末，這種情況略有改變，至少專題詩學研究在一九九〇年代取得了重要的進展，出現了像陳義芝的《從半裸到全開——臺灣戰後世代女詩人的性別意識》（註二十七），以及須文蔚對網路詩的追蹤那樣呈精英文化特色的論著，另有陳義芝新世紀出版的《聲納——臺灣現代主義詩學流變》（註二十八）。其中《聲納》展現了詩人作為理論家的另一種詮釋才能，分析西方現代主義在二十世紀臺灣產生的影響與變化時，有相當的系統性和理論性。陳義芝這本書是他在學院攻讀學位時完成的「作業」，因而也可視為學院批評。

學院批評是對缺乏學術性和示範性的媒體批評，以及對文學批評意識形態化的另類聲音。這種批評的出現，在一定程度上抵制了金錢的誘惑、幫派的薰染，改變了二十世紀臺灣文學批評的方式和格局。文學批評的學理性強化，有效地消解了「輕淺薄」批評的入侵。但學院批評也有自己的局限，如理論過於深奧，文字過於艱澀，尤其是用西方文論套臺灣文壇實際的批評，顯得蒼白無力。學院批評的另一缺陷是亂貼標籤，有時還出於友情，給三流作品附上一流的諛辭。最根本的問題是缺乏學術大師的氣魄，缺乏菁英意識，不能告別被馴化的書寫策略；為追求理論性、體系性、宏大性犯有一種「遲疑症」，對當代文本未能做出迅捷的反應。再加上經濟市場化、文化世俗化的背景，以及學院批評的動力機制、思想資源和人才隊伍問題，這使臺灣有經典意義的詩學專著和詩評流派的誕生增加了重重困難，由此距出現登高一呼、應者雲集的理論大師的時代仍然十分遙遠。

從張我軍到白先勇，從梁實秋到余光中，從夏志清到王德威，從葉維廉到簡政珍，從孟樊到楊宗翰，在不到百年的文學歷程中，學院作家的創作與批評不僅構成了二十世紀臺灣文學的獨特風景，而且佔有重要地位。大陸的文學生態與此相反：主流作家、重要作家多半出自學院圍牆之外，如至今活躍在文壇的王蒙、鐵凝、陳忠實、舒婷、王安憶等人均沒有上過大學。就是上過大學的蘇童等人，也是出自中文系而很少像臺灣那樣出自外文系。所以，從學院角度去重新詮釋二十世紀臺灣文學的發生與發展過程，抓到了臺灣文學的特點。這種學院文化的自覺，是一種嶄新的嘗試。由於角度和方法不同，這種研究自然會得出以往不同的結論，開墾出一個新的研究二十世紀臺灣文學史的領土。

注：

（註一）（註二）余光中：《中華現代文學大系‧臺灣一九七九——一九八九》總序，臺北，九歌出版社，一九八九年。

（註三）高雄，文學界雜誌社，一九八七年。

（註四）板橋，駱駝出版社，一九九七年。

（註五）（註六）東京，《臺灣民報》，一九二四年十一月二十一日，第二卷第二十四號。

（註七）東京，《臺灣民報》，一九二五年二月二十五日，第三卷第二號。

（註八）《臺灣詩薈》，一九二四年十一月十一日，第十號。

（註九）東京，《臺灣民報》，一九二四年十二月十一日，第二卷二十六號。

（註十）東京，《臺灣民報》，一九二五年一月一日，第三卷第一號。

（註十一）臺北，《臺灣日日新報》，一九二五年一月。

（註十二）東京，《臺灣民報》，一九二五年一月二十一日，第三卷第三號。

（註十三）張我軍：〈隨感錄〉，東京，《臺灣民報》，一九二五年二月十一日，第三卷第五號。

（註十四）東京，《臺灣民報》，一九二五年三月一日，第三卷第七、八、九號。

（註十五）顏元叔：〈唐文標事件〉，臺北，《中外文學》，一九七三年十月，第二卷第五期。

（註十六）孟樊：《後現代併發症》，臺北，桂冠圖書公司，一九八九年八月出版。

（註十七）演講稿發表於《民眾日報》，高雄，一九八六年五月十九日。另見羅青〈詩人之燈・詩與後設方法：「後現代主義淺談」〉，臺北，光復書局，一九八八年。

（註十八）呂正惠：〈臺灣文學研究在臺灣〉，臺北，《文訊》，一九九二年五月。

（註十九）顏元叔：〈析江南曲〉，載《談民族文學》，臺北，臺灣學生書局，一九七三年，第七十五頁。

（註二十）臺北，臺灣詩學季刊雜誌社，一九九二年。

（註二十一）臺北，揚智出版公司，二〇〇四年。

（註二十二）臺北，爾雅出版社，二〇〇四年。

（註二十三）臺北，揚智出版公司，一九九五年。

（註二十四）臺北，揚智出版公司，二〇〇三年。

（註二十五）臺北，巨流出版公司，二〇〇二年。

（註二十六）臺北，鷹漢文化公司，二〇〇四年。

（註二十七）臺北，臺灣學生書局，一九九九年。

（註二十八）臺北，九歌出版社，二〇〇六年。

第三節　臺灣中生代詩學建構的成績與局限

一

本文所說的中生代，是指從事理論建樹而非專職創作的中生代。從時間上來說，他們生於一九四〇年代末期到一九七〇年，七、八十年代前後出現在臺灣詩壇，八十年代以後成為臺灣新詩論壇的一支勁旅，代表人物有蕭蕭、簡政珍、孟樊等人。

詩學，專指做詩論詩的學問，又指研究詩歌原理和創作規律的著作，它包括詩歌評論、詩歌研究和詩歌史三大板塊。其中臺灣新詩史方面，目前只有張雙英的《二十世紀臺灣新詩史》（註一），另還有發表過部分章節的孟樊與新生代學者楊宗翰合寫的《臺灣新詩史》（註二）。詩歌評論和研究方面，除上述三人外，還有羅青、李瑞騰、渡也、游喚、白靈、向陽、陳義芝、林于弘、鄭慧如、丁旭輝等人。這些人的批評路向，不是效法西洋的新批評，就是崇拜中國傳統的印象式批評，或強調臺灣特色的本土批評。這種情況的造成，與臺灣社會的發展、詩學體制的生根、詩壇秩序的洗牌及由此產生的詩人和讀者對詩論的渴求有極大的關係，另方面也是現代詩學觀念更新，特別是現代詩在臺灣的演變和詩壇風氣轉移互動的結果。

中生代詩學建構係相當前行代紀弦、覃子豪、林亨泰、余光中、洛夫、羅門等人的詩學建構而言。紀弦的《紀弦詩論》(註三)、覃子豪的《論現代詩》(註四)還有《洛夫詩論選集》(註五)等雖為現代詩學的建構打下了根基，但還不能說這些著作（其實是論文集）就是嚴格意義上的詩學專著，更不能說他們已建立了一套完整而嚴謹的現代詩學體系。

二

正當人們希望臺灣詩論從一般的評論、研究和爭鳴中向體系建構進軍的時候，蕭蕭及時地推出了三十萬言的《現代詩學》(註六)。這是臺灣詩壇首先出現的對現代詩作較完整檢視的一本理論著作，由「現象論」、「方法論」、「人物論」三大部分組成。其中「現象論」研析現代詩中呈現的不同風貌，諸如時代投影、社會意識、中國精神、傳統詩情、感覺新貌、女性意象、奇情與諧趣、玄思與哲理、城鄉衝突、時空設計、「鄉」的面貌，「人」的位置；「方法論」則論述現代詩的創作技巧，涉及意象、比喻、對比、層疊、想像、誇飾、雙關、象徵、結構、節奏、超現實主義手法、生命感與使命感等方面；「人物論」論及洛夫的《無岸之河》、羅門的意象世界、葉維廉的秩序以及席慕蓉、苦苓的詩作。比起作者過去喜歡從單一觀念出發去探索一個詩人的代表作或將單一觀念作為某位詩人作品整體的注釋來，作者對羅門意象世界的解剖和葉維廉秩序的理解，顯得更為深入。尤其是作者談秩序流動和空間層疊在葉維廉詩中的意義，致力於自己對詩作新鮮、生動的感受的傳達和闡述，借助於自己的生活經驗和藝術評判力，分析詩人作品的藝術特色，作了不少一語中的的品評。「方法論」其實談的並不是嚴格意義上的方法論，而是談現代詩的修辭問題。作者最滿意的也許是「現象論」。此部分也的確論述了過去所忽視的問題，如《現代詩裏的中國精神》，作者認為「理論與事實都能證明，中國現代詩並非橫的移植，如果是橫的移植，也只指著『詩的分列』這點而已。」作者通過解剖紀弦的詩作得出這一結論，是可信的。後來作者又進一步論述了「現代詩的傳統詩情」，這裏強調的仍然是「中國」的質地和精神，而「現代」只是它的外貌。《現代詩裏的玄思與哲理》，著重分析管管等人的詩作，這對增加詩的生命韌力，引導讀者思索生命中許多介於「可解」與「不可解」的現象，也極有幫助。

《現代詩學》最大的缺陷是書名過分膨脹。名曰「現代詩學」，可「現代」範圍的界定及與社會的關係，缺乏明確的界說；既曰「詩學」，可缺乏必要的注釋，書末也未附參考書目，顯然缺乏學術性著作應有的要求。體例也欠完整，前面未有宏觀性的導論。關於〈方法論〉那一章，使人感到是用現代詩的例子為現代修辭學作注解，有頭重腳輕、顧此失彼的毛病。用論文結集取代「現代詩學」的建設，是一種取巧的做法，離該書的廣告詞「全面探討的最具系統的文學理論書籍」還有遙遠的距離。文中的一些標題，也名實相悖。如《現代詩裏的玄思與哲理》，裏面只談了管管一人，例證欠充分，還不足以「全然」代表現代詩的「玄思與哲理」。這本書的現實感也欠強。它出版於一九八七年，可一九八〇年代眾多有代表性的作品及文學思潮未能在書中作出反映（註七）。林燿德在〈從《現代詩學》看現代詩學〉的討論會上說：「這本書可以說是一種開始也是一種結束，代表著臺灣類似這種寫法的文學批評或文學理論甚至是所謂的《現代詩學》，已經以這本書作為一個總結，但蕭先生的成就在歷史上是必須被肯定的；今天我們如果認為過去的這種治學態度與方式不

適合當代文學發展的話，我們得如何建構新的東西，這是亟待重視的。」（註八）

林燿德未免言之過早。蕭蕭對現代詩學的研究並未因別人的批評而停頓下來，在新世紀接連出版了《臺灣新詩美學》（註九）、《現代新詩美學》（註十），這再次證明蕭蕭是當代新詩理論話語變革最為敏感的見證者之一。他以自己不斷開拓的理論視野追蹤臺灣新詩美學共構現象，以及新詩入世精神和出世情懷，證明詩論建構也是一種創造性的勞動。他這兩本書名雖不同，但《現代新詩美學》其實也是《臺灣新詩美學》或者說是它的續篇。從《現代新詩美學》的緒言看，書中所說的「現代詩」，全稱仍是「臺灣現代新詩」或者說是「臺灣現代主義新詩」。第二章所論述的浪漫主義與現代主義的交疊美學，是以臺灣的張秀亞、紀弦、席慕蓉為佐證客體；第三章論孤獨美學，是以臺灣旅美作家鄭愁予為範式；第四、五章論閉鎖式的現代主義和放逸式的現代主義，是以臺灣白萩的臺灣焦慮以及洛夫詩中新陳代謝的象徵意涵為研究對象；第六章論述生靈關照與心靈觀照的交疊美學，是以臺灣白靈詩的意象為佐證客體；第七章專論臺灣圖像詩；第八章「結論」仍是驗證臺灣文化的多元效應與新詩美學特色，大陸及港澳詩歌全被排斥在外，故蕭蕭的三本詩學著作仍是地域性的詩學，這使他的視野受到局限，尤其是書名與內容不夠周延，臺灣新詩美學還有許多範疇未能列入論述——他的長處似乎不在「宏大敘事」即構築及駕馭現代詩學體系。像他一九八〇年代初寫的《詩人與詩風》（註十一），短小的詩話中有閃光的警語與段落，比他洋洋灑灑的論著更能使讀者解渴，但蕭蕭仍有自己的貢獻，他是臺灣詩論從個別流派的研究走向綜合研究第一人。他的《現代新詩美學》，既不是單一研究現實主義新詩，也不是專門研究現代派詩歌，而是拓展為研究浪漫主義與現代主義的交疊美學。論現代主義，又分為封閉式與開放式的現代主義以及現代主義裏的古典文學情愫。論述現代主義的內在特質，另分為形式主義的實驗、表現主義的語言、象徵主義的孤雁、存在主義的孤岩，然後將其作綜合論述。蕭蕭這一做法，表明現代詩學是一門多維的、多方法的學科。各種主義、流派應互相競賽，互為消長，在一定程度上也就是取長補短。就臺灣詩壇整體而論，蕭蕭論述的各種流派自成體系別人難於取代，但又和新詩現代化的目標不相違背。封閉式與開放式的現代主義存在對立，是由於各人風格和追求以及歷史條件各不相同；兩者存在著共同之處是因為無論是白萩還是洛夫，在立場、方法、手段和參照系方面有殊途同歸之處。因此，蕭蕭整合不同流派和不同主張，就往建構多方位的詩學體系方面前進了一步。

三

通常講的評論家有三種層次：一是緊緊依附創作，追蹤作家的前進步伐，缺乏自主意識，更不用說超前性；二是善於從作品中看到底層的意蘊，從中發揮自己獨到的見解；三是獨立於任何作品之外，從眾多的作品中思考文學的本質及有關文學的美學問題。這種思維橫跨時空的評論家，從根本上來說是思想家。《臺灣現代詩美學》（註十二），便是簡政珍邁向思辨型學者的一個重要標誌。

在新世紀的臺灣新詩研究歷程中，簡政珍以直接閱讀並充分掌握了許多西方後現代理論的原典著稱。他的《臺灣現代詩美學》與蕭蕭《臺灣新詩美學》書名儘管相似，但論述立場和內容有很大不同。蕭蕭刻意強調本土化，而簡政珍反對將「本土化」塗上意識形態色彩，不同意將「本土」升格為當代社會多方矛盾不斷衝突的戰場，離開文學本意而成為文學研究和建構詩學體系的焦點。在藝術上，蕭蕭著重臺灣新詩美學的共構現象，從新詩美學的歷史脈絡、意識覺醒、板塊移動、科際整合以及新詩美學的永恆張力切入；而簡政珍更強調史的敘述，從物象觀照、現實觀照和秩序的生長三方面論述臺灣現代詩美學的發展；蕭蕭強調臺灣新詩的入世精神與出世情懷，對現實主義美學與超現實主義美學一視同仁，而簡政珍不似蕭蕭從余光中等人的個案出發，而是注重美學與歷史的辯證，把五六十年代的新詩歸納為「概念化與超現實經驗」，論述七十年代以後的新詩注意詩與現實和詩化的現實；蕭蕭強調人生哲學與生活美學的關係、生活美學與生命美學的關係，而簡政珍把蕭蕭忽略的「後現代風景」用五章的篇幅加以論證。這些論述，比羅青[註十三]更系統化和學術化，同時修正了讀者對後現代理論的若干誤解，可說是後現代主義詩學極完整和深刻的論述。此外，簡政珍還專注於長詩以及那些並無後現代氛圍、技巧「似有似無」的詩作。他認為這類詩雖沒有意識形態和時髦的理論標籤可貼，但只要是好詩就不能視而不見：「這些詩作為當代詩在時間裏所劃下的極深的刻痕，是人們心中難於磨滅的烙印。不因某個理論的風起，不因某個理論的雷電而閃失。」[註十四]

簡政珍稱自己這本書是「以美學觀照臺灣現代詩詩史、詩作、詩論的重要論述」[註十五]。陳大為也認為：《臺灣現代詩美學》「能夠兼顧文學理論和詩歌美學之間的平衡；最後，也是本書最重要的一項主張——『後現代的雙重視野』，讓上一代曾經受困於『標籤化』或『表列化』的讀者，以及新一代對後現代依舊陌生的讀者，更能把握住後現代的『精神』——一個充滿批判性和自我反省的雙向辯證。『雙重視野』的獨到見解，也讓這部《臺灣現代詩美學》成為臺灣現代詩（和後現代詩）美學，最重要的學術專著。」[註十六]這個評價是中肯的，但陳大為沒有看到，簡政珍儘管見解獨到，也力求做到有偏愛而無偏見，但實際操作起來可明顯看到他對迎合自己詩學觀的流派過分強調，而與自己美學要求相悖的詩社和詩作則過於苛求，如對七十年代外省詩人寫的思鄉之作，就肯定得不充分。簡政珍否認詩的「目的論」，不主張詩是反映現實的工具，這是難得的一家之言，但用這種美學主張去對待不同觀點和流派的詩作，有時就會失之偏頗。像余光中《鄉愁》這類詩，不從意識形態而單從詩歌之意象及形式美著眼，也是了不起的詩。

四

孟樊是一位學術上的多面手。他研究臺灣出版理論，編偏重於思想的年度文選，寫新詩創作史，建構臺灣新詩理論史，集中研究後現代文論和詩論。作為有後勁的評論家，他用綜合治理的眼光對待新詩的演變所作出的辯證概括，在論題上有開拓，後來寫作的《臺灣後現代詩的理論與實際》（註十七），便是他這方面的成果。他以德希達、巴特、克莉斯緹娃、巴赫汀等思想家的論述為根基，列出臺灣後現代主義詩的七種特點：

（一）文類界限的泯滅
（二）後設語言的嵌入
（三）博議的拼貼與整合
（四）意符的遊戲

（五）事件的即興演出
（六）圖像詩與字體的形式實驗
（七）諧擬的大量引用

基本上，孟樊的上述分類的確能體現後現代的某些思維，但也有漏洞，正如旅美學者奚密在《後現代的迷障》所言：孟樊對德希達解構理論有所誤讀和誤用。德希達從未否認「意義」的存在和必要。他強調的是「意義」的產生永遠是一種複雜多面、不可界限的意符運作於上下文的結果。「意義」的不可歸納和界定並不意味著「意義」的消失。

在孟樊的代表作《臺灣當代新詩理論》〈註十八〉中，更具體體現了他對新詩的完整看法。在結構及立論方面，與蕭蕭、簡政珍均不相同，甚至書寫策略也不一樣。著者吸收了西方美學界、文學界的最新研究成果，從單一學科的研究走向多學科的聯合研究。具體說來，孟樊的論著涉及到新馬克思主義、結構主義、解構學、現象學、符號學、讀者反應理論、詮釋學、批判理論、依賴理論、韋伯學等等。由於涉及面太廣，有些地方難免有消化不良之處，但孟樊在運用這些理論評介乃至批判臺灣當代詩壇方面，仍顯出與眾不同的眼力和功力。在分析臺灣當代詩歌從追求氣韻之美到強調審美感受再演化為現代主義「冷的詩學」時，處處閃耀著他獨立評判的鋒芒。在對後現代詩不客氣地開刀的有關章節中，他尖銳地指出：「臺灣的後現代主義的詩人身上，便有很濃厚的虛無主義的色彩……易言之，臺灣的後現代主義詩人是中空的，『後』的詩人不過像是一塊招貼軒罷了，彷彿是詩壇的害蟲。所謂『害蟲，它最大的破壞作用，無非是讓那些詩壇的新進人員還在牙牙學語的階段便被揠苗助長，還來不及認識傳統詩的本質時，就已學會或模仿開拓者的製作方式，胡搞瞎搞，以為詩是那樣拼湊的。」這種批評對原已走向沒落的詩壇，無異打了一枚強心劑。此書更值得重視的對當代西方的文學理論思潮所作的回應，以及站在本土立場詮釋臺灣詩創作及其理論，顯示出和大陸學者不同的思維方式和論述方法，力圖構建一部具有臺灣特色的「新詩理論史」的企圖躍然紙上。惜乎對西方文論時有生搬硬套的現象，文章有些拖遝，引述過多，不夠精煉。最能代表他理論新探索的是《文學史如何可能——臺灣新文學史論》（註十九）。這是著者從臺灣現代詩研究轉而兼及臺灣文學史研究的新起點。該書不僅評論了海峽兩岸出版的部分臺灣文學史，而且質疑了以古繼堂為代表的大陸學者對論史觀的迷思，還認真評述了相關的文學現象，如文學思潮的更替、讀者的接受史及出版的盛衰等，特別是從該書〈臺灣新詩史如何可能——臺灣新詩史的書寫原則〉一節中，不難看到他正在寫作的《臺灣新詩史》的影子。這是孟樊力圖從建構《臺灣新詩理論史》向《臺灣新詩史》過渡的又一重要標竿。

五

在臺灣，詩評家長期過剩，詩論家一直欠缺，而蕭蕭、簡政珍、孟樊不僅是詩評家，而且是名副其實的詩論家。他們雖然不像大陸的謝冕、吳思敬、呂進、陳仲義他們那樣專事理論而不搞創作，但與詩人兼充詩評家角色的紀弦們畢竟不相同。他們善於思辨，善於構築體系，理論的自覺遠大於感性的批評。綜觀蕭蕭、簡政珍、孟樊的詩論，具有如下特點：

（一）是建設性的，而非「爆破型」的。他們不像老生代詩論家那樣，在論戰中闡述自己的觀點，在破中有立，而是從學術建設著眼，而非從批判他人觀點出發。

（二）強調臺灣特色。儘管各人對臺灣一詞的理解不相同，如有人認為臺灣是中性名詞，有人則認為臺灣不光是地理名詞，還有意識形態內容，但三人都強調自己建設的詩學是與大陸不同的。至於兩岸詩學有何不同，均語焉不詳。

（三）具有系統性。老生代詩論家，忙於與他人論爭，寫的論文不少是「檄文」，缺乏的正是學理性與系統性。簡政珍、孟樊以及新世紀的蕭蕭不是用論文彙編冒充體系性的著作，其詩論均是專題性的深入研究，帶有學院派的系統性與縝密性，為詩學研究學科化提供了可能。

（四）重視詩歌自身特質和規律的探討，讓創作經驗上升到美學層次，即不是把詩美學研究簡單看作是詩論爭和詩批評的一種拓展和深化，或是對詩歌評論和爭鳴的匡正與拯救，而是把詩學研究與一般的評論和爭鳴區別開來，從詩學、美學的視角對新詩創作進行透視，這就在理論上有了宏觀的氣勢。

（五）簡政珍等三人雖加入過不同的詩社，但他們的論述不是為小集團鼓吹，而是從整個臺灣詩壇出發進行研究。他們立足於臺灣，但其影響超越了臺灣，因而他們三人（還有本文沒有論述的林于弘的《臺灣新詩分類學》[註二十]）的專著，對大陸學者也具參考價值。

鑒於臺灣由於政黨輪替造成社會動盪，再加上詩論家不專業，不能持之以恆，更重要的是有些學者存在研究對象泛化的現象：不論什麼流派和作品，只要冠之於「詩美學」名稱，什麼都可成為詩美學的研究對象，這就使臺灣詩學建設還處於耕耘期和轉型期，遠未達到收穫期。故上述三位中生代學者的論述，只是朝建構具有臺灣特色的新詩理論邁進了一大步，其著作離學科化、經典化還有一段遙遠的距離。詩學研究要保持其理論活力，成為美學的重要理論資源，必須繼續更新批評方法，改變研究策略。可以預料，學科化、經典化將是深化臺灣詩學研究的必然選擇。

注：

（註一）臺北，五南圖書公司，二〇〇六年。
（註二）其中目錄及第一章到第四章已發表，見臺北，《創世紀》二〇〇四年秋冬季號等期刊。
（註三）臺北，現代詩社，一九五四年。
（註四）臺北，藍星詩社，一九六〇年。
（註五）台南，金川出版社，一九七八年。
（註六）臺北，東大圖書公司，一九八七年。
（註七）古遠清：《臺灣當代新詩史》，臺北，文津出版社，二〇〇八年。
（註八）臺北，《臺北評論》，一九八八年五月一日，第五期。
（註九）臺北，爾雅出版社，二〇〇四年。
（註十）臺北，爾雅出版社，二〇〇七年。

（註十一）蕭蕭：《現代詩縱橫觀》，臺北，文史哲出版社，一九九一年，第六九－八五頁。
（註十二）簡政珍：《臺灣現代詩美學》，臺北，揚智出版公司，二〇〇四年。
（註十三）一九八六年一二月，柯順隆、陳克華、林燿德、也駝、赫胥氏等五位《四度空間》詩社同仁合出《日出金色》詩集，羅青以〈後現代狀況出現了〉一文做為該書的總序，文中羅青為詩壇正式標舉後現代主義，並認為在這五位年輕詩人的作品中，「可以聞到相當濃重的『後現代主義』氣息」。見《日出金色》，臺北，文鏡文化事業有限公司，一九八六年十二月，第三－九頁。
（註十四）簡政珍：《臺灣現代詩美學》，臺北，揚智出版公司，二〇〇四年，第一五九頁。
（註十五）簡政珍：《臺灣現代詩美學》封底內容簡介，臺北，揚智出版公司，二〇〇四年。
（註十六）陳大為：〈臺灣後現代詩學的評議和演練〉，珠海，北京師範大學珠海分校等編：《兩岸中生代詩學高層論壇暨簡政珍作品研討會論文集》，二〇〇七年三月自印。
（註十七）臺北，揚智出版公司，二〇〇三年。
（註十八）臺北，揚智出版公司，一九九五年。
（註十九）臺北，揚智出版公司，二〇〇六年。
（註二十）臺北，鷹漢文化企業公司，二〇〇四年。

第四節　臺灣文學關鍵字

一、臺灣文學

所謂臺灣文學，是指在臺灣地區產生和發展的中國文學之一種。除日據時期臺灣作家被迫用日文寫作外，它均以中文為書寫工具。

臺灣文學自十七世紀浙江寧波人沈光文在臺灣播下第一顆文學種籽算起，歷經了明鄭時期、清代時期、日據時期，一九四五年光復後臺灣文學邁進了另一個新時代。

臺灣文學不能自我設限為新文學的七十餘年，而應上溯明鄭的古典的詩文以及豐富多彩的民間文學。從作家成份構成看，不應以省籍作界線。不論移民先後、居台時間的長短以及土地認同的態度和族群的分屬，只要是生活在島嶼的作家寫的作品，均應視為臺灣文學。

臺灣文學的稱謂，早在日據時期就出現過，計有臺灣新文學、臺灣文學、文藝臺灣、臺灣文藝等。光復後國民黨政府採取的文化政策是徹底中國化，不許成立以「臺灣」命名的文藝團體，「臺灣文學」的稱謂從此被中華民國文學或中華民國臺灣省文學所取代。目前，由於意識形態的介入或權力鬥爭的參與，臺灣文學在不同時期有不同的含義，如在一九八〇年代，臺灣文學有時被定義為三民主義文學，或「邊疆文學」，或描寫臺灣人心靈的文學或臺灣人用臺灣話寫臺灣事的文學。進入一九九〇年代後，無論是中華民國文學還是三民主義文學，已從主流論述走向邊緣，使用頻率極低。在這一時期，最突出的是本土派對臺灣文學的界定。

一是葉石濤的論述。他在《臺灣鄉土文學史導論》中說：「臺灣的鄉土文學應該是以『臺灣為中心』寫出來的作品；換言之，它應該是站在臺灣的立場上來透視整個世界的作品。」臺灣作家「應具有根深蒂固的『臺灣意識』」。「在臺灣鄉土文學中所反映出來的，一定是『反帝、反封建』的共通經驗以及篳路藍縷以啟山林的，跟大自然搏鬥的共通記錄，而絕不是站在統治者意識上所寫出來的，背叛廣大人民意願的任何作品。」

鑒於戒嚴時期言論不自由，葉石濤只好用「鄉土文學」取代「臺灣文學」的稱謂。這裏講的「臺灣意識」，是個曖昧的名詞，此外，葉石濤突出臺灣文學在野的反抗性格，排除了另一部分順從主流社會的體制內文學。

二是李喬的論述。他在《我看臺灣文學——臺灣文學正解》中認為：所謂臺灣文學，就是站在臺灣的立場，寫臺灣經驗的文學。所謂「臺灣人的立場」，是指站在臺灣這個特定時空裏，廣大民眾的立場；是同情、認同、肯定他們的苦難、處境、希望，以及追求民主自由的奮鬥目標的立場。這裏用省籍和階級成份作為劃分的標準，把站在統治者立場的文學和非省籍作家的文學排斥在外。

三是彭瑞金的論述。他在《臺灣文學應以本土化為首要課題》中說：

> 只要在作品裏真誠地反映在臺灣這個地域上人民生活的歷史與現實，是植根於這塊土地的作品，我

們便可以稱之為臺灣文學。因之有些作家並非出生於這塊地域上，或者是因故離開了這塊土地，但只要他們的作品裏和這土地建立存亡與共的共識，他的喜怒哀樂緊繫這塊土地的震動弦律，我們便可將之納入「臺灣文學」的陣營；反之，有人生於斯、長於斯，在意識上並不認同這塊土地，並不關愛這裏的人民，自行隔絕於這塊土地人民的生息之外，即使臺灣文學具有最朗廓的胸懷也包容不了他。有人把這樣的檢視稱做「臺灣文學」的「本土化了」特質，其實這不只是一項特質而已，應該是臺灣文學建設的基石。

這個定義突破了省籍界線，乍看起來是一種超越。其實，這個定義的偏狹性比葉石濤、李喬走得更遠。為了否定臺灣文學是中國文學的一個分支的說法，彭瑞金在《臺灣文學探索》中把舊有的說法逆轉過來，說「臺灣文學」已包括「中國文學」。

四是林宗源的論述。他認為只有用台語創作的文學，才算臺灣文學。在他看來，只有擺脫漢語而用台語創作，才能使臺灣文學乃至臺灣文化擺脫「具有奴性的殖民地文學」的命運。鄭良偉所編的《林宗源台語詩選》在第十三頁引林宗源的話說：「詩必須用母語創造，因為母語是精神與感情的結晶體。無用母語，臺灣的文學永遠是具有奴性的殖民地文學」。類似的言論還有胡民祥的說法：「臺灣文學本土化的徹底完成，有待完成臺灣語的臺灣文學，並且透過臺灣文學的臺灣語，奠定臺灣語的學術地位，建設臺灣語的民族文學。」

五是某些極端學者的論述，認為臺灣文學即「臺灣共和國文學」。如晚年葉石濤在為彭瑞金《臺灣新文學運動四十年》撰寫書評時，就強調「臺灣文學是世界文學的一環，而不是附屬於任何一個外來統治民族的附庸文學。日據時代的臺灣新文學絕非日本的『外地文學』，也並非日本文學的延伸。戰後的臺灣文學也絕非中國文學的一環，隸屬於中國文學。」不屬於中國文學，當然是臺灣國文學了。

在統派中，最簡單明瞭的臺灣文學定義是陳映真所說的「臺灣文學是在臺灣的中國文學」。逆轉前的葉石濤在一九八〇年代初也過說「臺灣文學是居住在臺灣島上的中國人建立的文學」。超級統派李敖則認為沒有單獨存在的臺灣文學。在臺灣，不少人雖然使用「臺灣文學」這一稱謂，但「臺灣」在他們眼中只是地理名稱，呈中性。

二、皇民文學

所謂「皇民文學」，係發生在一九三七年八月日本擴大對華南與南太平洋地區的侵略，佔據了臺灣之後所開展的「皇民化運動」的產物。這個運動在臺灣總督府「皇民奉公會」的領導下，動員臺灣投入一切人力、財力、物力，為「建立大東亞秩序」效勞。在思想文化上，取消漢文教育、禁止使用漢字漢語、更改服飾衣著、廢除原來的寺廟神祇，禁止出版、言論、集會、結社自由，不許舉辦跟漢族有關的宗教、民俗、演藝活動，強迫臺灣老百姓改用日式姓名，以及使用日本語言、日本文字、日本服飾、日本寺廟神祇，強迫老百姓加入皇民組織，要求臺灣人民效忠日本天皇，忘掉中國人的身份去做「真正的日本人」。文學界的某些人為配合這一運動，一九四三年四月底將「臺灣文藝家協會」改組為「臺灣文學奉公會」。此後，「奉公會」與「日本文學報國會」相配合，並在總督府保安課、情報課、州廳員警高等課、日本臺灣軍憲兵隊的強有力支援下，他們除舉辦全島的「大東亞文藝講演會」外，個別作家還在《文藝臺灣》和《臺灣文學》雜誌上發表頌揚日本軍力和文化的短論及隨筆。這時為「大東亞聖戰」服務的小說家只有周金波、陳火泉等兩三個人。他們寫的作品內容單薄，藝術粗糙，小說總數量還未達到十篇，其內容多半為宣傳以做「高等」民族的日本人為榮，由此去圖解日本殖民者的政策。如周金波創作於一九四一年的《志願兵》，係首次從正面表現日本帝國主義戰時體制的小說。作品所寫的臺灣青年高進六，為了響應「聖戰」的號召，將姓名改為帶日本色彩的「高峰進六」。他認為為天皇戰死可以提高臺灣人的地位，因而寫了血書上前線當志願兵。周金波的另一篇〈水癌〉，用未受過良好教養的「母親」去象徵臺灣，用「水癌」象徵臺灣的封建迷信陋習。作者站在指導階級的立場對患者訓示皇民練成運動的重要性，肯定皇民化的合理性與神聖性。陳火泉創作於一九四三年的《道》，充分表現了主人公青楠如何把自己變為日本人時的民族自卑心態，所歌頌的也是一種皇民精神。另有王昶雄的《奔流》，比較複雜。這篇小說不贊成把中國人改造為日本人，但仍嫌棄臺灣的落後和不文明，認為只有到日本留學，才可以提升臺灣人的文明水準。這體現了作者彷徨矛盾的心態，從而表現了臺灣人的認同危機。

以周金波為代表的「皇民作家」，背叛了臺灣新文學的反帝反封建的傳統，為有良知的臺灣人民所唾棄，因而這些日據末期所出現的「皇民文學」，對當時的臺灣社會影響有限，從產生到消亡不過四年左右。

三、戰鬥文藝

一九五〇年三月，由蔣介石等十七人組成的中央改造委員會，在政綱上列入文藝工作一項，要求文藝工作者全力配合反共抗俄、反共復國的戰鬥任務。

倡導者要求文學自由主義者犧牲個人的自由，一致聲討共產黨。當時孫陵因創作反共歌詞有功，很快被委任為臺北《民族報》副刊主編，使該副刊成為臺灣第一家反共報紙副刊。在題為〈文藝工作者底當前任務——展開戰鬥，反擊敵人〉的發刊詞中，孫陵號召作家去「創造士兵文學！創造反共文學！」攻擊不願反共的作家是「聰明透頂的『上下左右的古今派』，身在漢營，心存魏闕，貪圖安逸，又想邀功！以『清高』，以『自由主義者』作掩護，自列於反侵略反賣國的陣營之外，自己怠工，還恐嚇旁人，只可旁觀，不許動手？以待『解放大軍』到來，作為邀得一官半職的資本。」

一九五五年元月，蔣介石正式出面號召作家創作「戰鬥文藝」。部分由大陸去台的文人，如陳紀瀅、王藍等相繼創作了一批反共作品，如《女匪幹》、《荻村傳》、《華夏八年》、《蓮漪表妹》、《滾滾遼河》等。其中姜貴創作的長篇小說《旋風》（明華書局一九五九年版）、《重陽》（皇冠出版社一九六一年版），曾受到胡適等人的肯定。

隨著國民黨反攻大陸的停止，這種戰鬥文藝理論及其公式化作品遂在五〇年代後期急劇衰微，至九〇年代壽終正寢。

四、三民主義文學

三民主義是孫中山所建立的政治倫理信條，是國民革命的綱領。張道藩利用三民主義的原理，把文藝運動納入反共抗俄的軌道。在〈論當前文藝創作三個問題〉中，他說：

> 以反共抗俄為內容的作品，即是三民主義的文藝作品。不僅可以消除赤色共產主義的毒素，而且導引國民實踐三民主義的革命理論。文藝的反共抗俄，是反侵略的，從而發揚我們的民族主義精神；文藝的反共抗俄，是反極權的，從而發揚我們民權主義的真諦；文藝的反共抗俄，是反鬥爭、反清算、反屠殺的，從而發揚民生主義精義。

張道藩在這篇長文中集中論述的，可用一句話來概括：「當前文藝所載的『道』，除三民主義別無其他道」。至於三民主義文藝的創作方法，張道藩認為應是寫實主義。他這裏講的寫實主義與三十年代左聯倡導的寫實主義的不同點，在於他標榜的是徹底的寫實主義，即作家不能只滿足真實地反映現實，還要通過人的思想、行為提出改造現實的思想，並使讀者接受這種思想。如不能光描寫大陸的黑暗，還要寫出大陸的重光，以激勵人民和中共進行鬥爭。張道藩這裏講的三民主義寫實主義，其初衷是要和社會主義現實主義劃清界限，但除意識形態和階級立場的根本對立外，張道藩對作家的要求和他的論敵在表面形態上並無質的差異。

張道藩獨尊「三民主義寫實主義」，認為只有通過它才能「打破一切偏蔽錮塞，趨於中正宏大」。至於三民主義工作者的世界觀，他認為應是「即不偏於唯心，復不偏於唯物」的「唯生論者的世界觀」。在張道藩看來，只有「從唯生的世界觀出發，去把握民族的、民權的、民生的諸種事件的中心，描寫其現實的質，顯示其發展的傾向，解決其各種矛盾與糾葛，能夠把握民族的、民權的、民生的諸種事件的中心，在描述上即得其要領。」在創作形式上，張道藩也有自己的規範。他指出：「三民主義文藝的形式，為著順應時代潮流與供應現實大眾的需要，第一個前提便是要作大眾化的通俗」，以「通俗的文藝形式」「寫一個階級的一切人物」。可事實上，他講的大眾化有許多前提的限制：

> 縱情的個人色彩濃厚的浪漫主義的文藝形式，非我們目前所需要。屬於新浪漫主義的唯美派、頹廢派、象徵派、神秘主義、享樂主義等文藝形式，和超現實主義的文藝形式，尤非我們目前所需要。含有人道主義色彩的理想主義文藝形式，重視思想與說教的新寫實主義文藝形式，乃至舊的古典主義、寫實主義、新的未來主義等主義形式，雖值得我們參考，但卻不能把它們的形式生吞活剝過來。

當時的「三民主義文藝」論的鼓吹者除張道藩外，尚有任卓宣、王集叢等人。任卓宣對三民主義文學的解釋有開明的一面。他所主張的三民主義文學，「從三方面來看，在民族主義，就是民族文學，站在民族立場維護民族利益，宣揚民族思想，表現民族精神和民族風格，並反對帝國主義的侵略壓迫。在民權主義，就是平民文學，是與貴族文學相反的，一切從人民出發，並具備有自由、平等的觀念，反對極權主義的統治和壓迫。在民生主義，就是社會文學，生活文學，注重生產、分配，關心農民、工人。中國國民黨第一次全國代表大會的宣言中，解釋民生主義，特別為農民、工人說話的。民生主義反對資本主義的剝削和共產主義的沒收。民族文學、平民文學、社會文學就是三民主義文學。」（《三民主義與鄉土文學》）

在鄉土文學論戰期間，鄉土文學被指責為「工農兵文學」的變種，任卓宣用三民主義為其辯護：「為農民、工人、漁民等呼籲是應該的。文學要照顧這些人及小工商業者。這樣的文學還是民族文學，因為農民、工人、漁民、小工商業等人合起來就是民族的最大多數，也就可說是民族了。」他還認為鄉土文學與工農兵文學不完全相同，暗指仍有相通的一面，如在「抵抗買辦、反對崇洋媚外、批評浮華」等方面。「因為我們還負有重大的民族任務，絕不容生活上的洋化和腐化。」王集叢的主要著作有《三民主義與文藝》。該書共分七章：〈三民主義文藝的理論基礎〉、〈三民主義創立者國父的文藝思想〉、〈三民主義文藝之史的發展〉、〈三民主義文藝的理想主義〉、〈三民主義寫實主義〉、〈三民主義的文藝政策〉。

八十年代後，隨著強人政治的瓦解和黨外勢力的興起，三民主義文藝運動很快走向式微。

五、「文化清潔運動」

五十年代初期，蔣介石發表了一系列文章和演講，其中寫於一九五三年，正式確立其為孫中山提出的三民主義繼承者兼發展者形象的〈民生主義育樂兩篇補述〉，多次論及文藝問題，提出「民生主義社會文藝政策」的重點與方向，該文指出：「書賈為了把握文學作品的暢銷，只有迎合一般群眾的胃口，便阻礙了文學走上真摯和優美的道路」，使「國民不是受黃色的害，便是中赤色的毒。」

為了貫徹蔣介石清除赤色的毒和黃色的害、黑色的罪的指示，中國文藝協會於一九五四年五月四日集合了陳紀瀅、王平陵、陳雪屏、羅家倫、任卓宣、蘇雪林、謝冰瑩、李辰冬、趙友培、何容、王藍、馬壽華、何志浩、耿修業、梁又銘、宋膺、喬竹君、王宇清、王集叢等人成立「文化清潔運動專門研究小組」，負責研究如何會同各界開展這項運動。後來決定由會方發表書面談話，暗示運動即將展開。其中中國文藝協會常務理事陳紀瀅以「某文化人士」名義在一九五四年七月二十六日的《中央日報》、《臺灣新生報》上，正式提出了「文化清潔運動」的口號。他指出：「文化清潔運動」也可以叫做「除文化三害運動」。這是兩年前鑒於不少出版商專門編印誨淫誨盜、造謠生事、揭發隱私的書籍而提出「肅清文化陣容」口號的發展。鑒於「黑色新聞」勢力非常強大，他們常依仗「誰來管，先內幕誰一番」，因而許多部門無奈他何。這次「某文化人士」談話一發表，立即受到內幕新聞雜誌的「圍攻」，但鑒於陳紀瀅的談話不代表個人，因而他並不怕別人報復。一九五四年八月七、八日，陳紀瀅和王藍以「中國文藝協會」代表人物正式亮相：嚴厲呵斥「赤、黃、黑」三害，並表明「中國文藝協會」願意充當除「三害」的「前驅」，從而正式揭開了「文化清潔運動」的序幕。

無論是蔣介石還是陳紀瀅講的「赤色之毒」，均是指宣傳共產主義及過高估計蘇聯及中國共產黨的力量。「黃色之害」是指低級下流的色情作品和誨淫誨盜的圖文。「黑色之罪」，是指用誇張渲染手法寫黑社會殺人越貨、走私販毒黑幕的作品，其中包括當時有的報紙雜誌與通訊社虛構大陸新聞而美其名曰揭發內幕的報導。主持《臺灣新生報》副刊的傅紅蓼，原是「鴛鴦蝴蝶派」的成員。他主編的副刊，均為一股黃色乃至黑色的文藝氛圍所籠罩，並影響著別的報刊。在某種意義上說，「文化清潔運動」就是針對該報的。

當局推行「反三害」運動，不僅大造輿論，而且動用行政手段，於一九五四年八月二十七日，通知臺灣省政府，立即處分下列刊物：（一）《中國新聞》、《新聞觀察》、《紐司》、《聯合新聞》、《世界評論》等五種雜誌，作停刊十個月的處分；（二）《新聞評論》、《自由亞洲》作停刊兩個月的警告；（三）《婦女雜誌》、《新希望》、《影劇雜誌》，以停刊三個月作為懲罰。

六、中西文化論戰

中西文化論戰以創刊於一九五七年十一月五日的《文星》雜誌做戰場。這是一個繼雷震的《自由中國》之後的黨外雜誌，和不時給臺灣社會帶來強烈震盪的文化刊物。

胡適去台後，在政治上不時小罵大幫忙。雷震事件之後，胡適以〈科學發展所需要的社會改革〉作為自己演講的題目，在學術討論的掩蓋下，以批判中國文化傳統的糟粕部分為名，責備執政黨缺乏現代民主的風度。敏感的李敖從中看出胡適弟子和好友所忽略的作為胡適思想核心的自由主義精神，於是不顧軍隊中掀起的一股「槍斃雷震，趕走胡適」的惡浪，寫了一系列諸如〈播種者胡適〉、〈胡適先生走進了地獄〉的文章，在為胡適講話的同時，力圖恢復胡適的自由主義者形象，借此推動自由主義在臺灣的發展。

李敖的言論，完全是對臺灣社會現實有感而發，其鋒芒所向是傳統文化和傳統勢力，這便使以民族傳統繼承者自居的執政黨深感不安。可李敖並不想就此打住，一發不可收拾地寫了〈給談中西文化的人看病〉、〈我要繼續給人看病〉、〈中國思想趨向的答案〉等火藥味甚濃的文章，列舉了三百年來中西文化衝突的歷史事實，集中抨擊封閉保守落後的中國文化，滋生了中國人落後的群體性集體意識。李敖以他過人的膽識和尖銳潑辣的文風，展現了黨外文化界新世代威猛的活力與批判的勇氣，成為繼殷海光之後指點江山、激揚文字的人物，引起了相當一部分原就對現實強烈不滿而無處發洩的知識份子的共鳴，同時也觸犯了一大批朝野達官貴人和學術權威，所謂「三大評論」（即《政治評論》、《民主評論》、《世界評論》）便紛紛起來反擊李敖。胡秋原是李敖的頭號論敵，鄭學稼、任卓宣批李的火力也很猛。

一場文化論爭終於導致法律解決，最後打贏官司的是胡秋原。這是因為李敖及「文星」的現實表現比歷史問題更可怕：李敖在一九六五年十月出版的《文星》上發表〈我們對國法黨限的嚴正表示〉，公開與當局唱對臺戲，於是當局毫不客氣給其戴上「與共匪隔海唱和」、「協助台獨」的嚇人帽子，於一九六五年十二月將出版至九十八期的《文星》封閉，其下場與《自由中國》一樣慘。李敖並未因此停止對胡秋原的進攻，終於碰得頭破血流，於一九七一年三月入獄，次年以「叛亂」罪判刑十年，蔣介石去世後減刑為八年半。

這場起於徐復觀與胡適的中西文化論戰，終於在槍桿子的干預下收場。

七、鄉土文學

所謂「鄉土文學」，是根植在臺灣這塊土地上反映社會現實面貌的文學，能表現臺灣地域特色的中國文學之一種。鄉土作家關心自己賴於生長的土地，努力表現臺灣鄉村和都市的具體社會生活，用富有地方色彩的語言和形式揭發社會內部矛盾和體現民族精神，去批判精神上和物質上殖民化的危機，從而在寶島上高高舉起民族自立自強的旗幟。

這類作家前行代有吳濁流、楊逵、鍾理和、葉石濤、鍾肇政等，後起之秀有王禎和、黃春明、王拓、陳映真、楊青矗等。他們的作品雖然多以鄉村為背景，但不限於表現田園風光和地方風俗人情，還廣泛地反映現實生活中大眾的思想感情，描寫了他們奮鬥、悲歡、掙扎和心理願望。透過這些作品，能使讀者對臺灣社會有更深切的瞭解和關切。

「鄉土」含義有多種。據王拓在《鄉土文學與現實主義》中歸納，至少有三種不同的解釋：「一是指故鄉故土，二是指生長與生活裏的現實環境，三是指相對於都市而言的農村鄉下。而把『鄉土』冠在文學上面成為『鄉土文學』時，它所指的『鄉土』是什麼意義也一直很不一致。旅居海外的人因為思鄉情切，比較傾向於第一種意義，對於能表現臺灣的中國特色的文學都把它稱為『鄉土文學』；而一般人則因為『鄉土』這兩個字的表面意義，以及有幾個本省作家以臺灣農村或鄉下為背景寫過幾篇很好的小說，所以很容易傾向於第三種解釋，而把『鄉土文學』當作是以描寫農村為主的文學。但是真正從事文學創作的人卻比較傾向第二種解釋，認為一般所稱的『鄉土文學』在精神和實質上都是一種反映現實的文學。」

臺灣的「鄉土文學」與一般意義上的「鄉土文學」不同，在於它是對外來強勢文化入侵的抵抗。作家們強烈要求獨立自主，反對崇洋媚外而擁抱生我養我的祖國大地。具體說來，一九五〇年代中期以後，臺灣文學界在西化浪潮的衝擊下，向西天取經蔚成風氣。不論外省或本省作家，差不多都強調文學非縱的繼承，而是橫的移植。這時統治文壇的是繼「戰鬥文學」後出現的以象徵主義為代表的現代主義文學。一九七〇年代後，由於國際重大事件的衝擊，臺灣社會政治和經濟環境發生了急劇變化，使得文學界和社會各界一樣，對社會、經濟、政治、文化方面作出反省。這種劇變，激發了作家反抗殖民經濟和買辦經濟的民族意識及文化侵略的強烈願望。在這種情況下，便產生了政治革新要求、經濟平等和反剝削要求，隨之而來的是文化從唯西方馬首是瞻到回歸鄉土。「鄉土文學」適時地順應了這一歷史潮流。這種「鄉土文學」，與其說是文學流派，不如說是文學潮流變革的先聲；是文學由虛假變作真實，由西方文學的附屬變為獨立自主的民族文學報春燕。

鑒於「鄉土文學」是新興的文學潮流，這就難免遭到一些人的誤解，乃至產生新舊兩派的對峙和論爭。被認為是光復後第一代「鄉土文學」代表作家的鍾肇政認為：沒有所謂「鄉土文學」。用一種比較廣泛的眼光來看，所有的文學作品都是鄉土的，沒有一件文學作品可以離開鄉土。王拓也認為「鄉土文學」的稱謂不確切。一九七〇年代後期鄉土文學論戰結束後，「鄉土文學」的合法性得到了確認，但它已被新的名稱「臺灣文學」所取代。

八、鄉土文學論戰

一九七七至一九七八年發生的鄉土文學論戰，表面上是一場有關文學問題的論爭，其實它是由文學涉及政治、經濟、思想各種層面的反主流文化與主流文化的對決，是現代詩論戰的延續，也是臺灣當代文學史上規模最大、影響最為深遠的一場論戰。

一九七七年四月，《仙人掌》雜誌製作的「鄉土與現實」專輯所發表的陳映真、王拓、尉天驄等人肯定鄉土文學的文章，引發了主流作家與西化派的圍剿，代表作有《中央日報》主筆彭歌發表〈不談人性，何有文學〉和余光中的〈狼來了〉。

綜合當時贊同鄉土文學人士的論點，在意識形態方面主要有：

一、文學家應把關心貧困者作為自己的道德標準，而工農大眾是經濟上受富人剝削的階層，作家必須關照他們、同情他們、描寫他們。

二、沿襲二三十年代反帝、反封建、反殖民主義的口號，將臺灣經濟視為「殖民地經濟」，反對臺灣工農群眾遭受帝國主義剝削。

不必諱言，是鄉土文學的擁護者首先從意識形態而非文學本身出發去進行論爭的。批判鄉土文學的一方，在許多情況下則出於歷史夢魘的驚疑，另方面也怕鄉土文學的興起侵犯了自己既得的利益，使自己從主導地位上跌落下來。

當時的恐怖氣氛，使論戰成為一場朝野作家意識形態的決鬥。這就難怪鄉土文學的聲援者照批判者的做法離開文學主題去進行政治較量。像三評余光中詩的作者陳鼓應，所持的解剖刀就不是文學，他的出發點不過是以其人之道還治其人之身。陳鼓應這一遠離鄉土文學的極端筆戰的例子，充分證明這場論戰「是一場文學見解上沒有交叉點的戰爭，只是兩種對立意識形態的對決。」

這場論戰結束後，編印了兩本代表完全不同傾向的書。一本是由「青溪新文藝學會」編印，彭品光主編的《當前文學問題總批判》，一本是尉天驄主編的《鄉土文學討論集》。

第五節　林明理的詩作與詩評

詩中有畫

試讀臺灣詩人林明理所寫的〈雲淡，風清了〉：

把愛琴海上諸神泥塑成圓頂的鐘塔
回歸
寧靜

霧靄淡煙著
河谷的邊緣
你的影子沉落在夕陽
把相思飄浮在塔樓上

啜著咖啡；青天
自淺紅
至深翠
沖淡濃潤的綠，白色的牆
耳際只有草底的鳴蟲
抑抑悲歌……

這是典型的使人娛心賞目的「詩中有畫」佳篇，其中「青天／自淺紅／至深翠」不僅有色，而且有態，有光。光蘊含在殘照的塔樓裏，體現在淡煙籠罩的河谷中。本來，「詩中有畫」，色、態均比較容易表現，最難表現的是光。光，對語言藝術來說，很難看見又最關緊要，可林明理做到了。這充分表現了詩人運用色彩的高度技巧並不亞於蘇繡妙手。對詩這種色彩美和繪畫美，古今中外的評論家都非常重視，有過許多精闢的評論。陸機在〈文賦〉中就主張，文辭既要繪聲——「音聲之迭代」，又要繪色——「五色之相宜」。對既繪聲又繪色的唐代王維的文藝作品，北宋詩人蘇東坡在評他的〈藍田煙雨〉時也說：「味摩詰（即王維——引者）之詩，詩中有畫，觀摩詰之畫，畫中有詩」。和蘇東坡同時代的郭思，在總結他父親郭熙繪畫經驗的《林泉高致》一書中，亦說：「詩是無形畫，畫是有形詩」。近代詩人聞一多，更是強調好詩必須色調美麗，具有「繪畫的美」。在外國，也有「詩是有聲畫，畫是無聲詩」（希臘詩人西蒙奈底斯語）的類似說法。這種種說法，都主張詩畫要虛實相生，取長補短。大家知道，詩是語言藝術，它的表現手法既靈活又豐富，便於摹虛；畫是空間藝術，它的材料是顏色、線條，其表現手法鮮明具體，長於寫實。但詩歌摹虛——傳情寫意宜有實態，有實態才能使讀者如臨其境；繪畫寫實——繪影圖形則貴在留有餘地，給人聯想的空間。詩情與畫意結合，即詩給畫餘味包曲的情意，畫給詩以栩栩如生的形象，便可使詩與畫這兩種姐妹藝術兩全其美。

詩情和畫意的結合，不光是色彩問題。因為色彩能構成圖畫，景物本身和思想感情也可構成圖畫。但一般來說，詩的圖畫美很難離開色彩。詩人在創造繪畫美時，往往通過色彩美的敏感來描繪大千世界的物態。林明理便是一個很善於寫濃麗色彩的詩人。在她的筆下，紅、赤、朱、碧、綠、紫、青、白、黑、黃、銀、玉等色彩詞多次出現，比比皆是。拿紅色來說，寫暮春的桃花是「花殘紅褪」，寫女人的嘴唇「似西山的繁霜秋楓」，寫夕陽是「湖面滿是薄染／將落的金光」，寫破曉時分是「胭脂魚白」，寫松林雪地配之「紅櫻矜憐」，寫秋收的黃昏是「紅霞一抹」。同一種紅色，在詩人的調色板上顯得如此五彩繽紛，變幻無窮，這用李賀自己讚美韓愈的話來說，真是「筆補造化天無功」呵。

用色彩詞表現色彩，是一種簡捷、易成的手法。但由於詩的容量有限，不允許詩人大量使用色彩詞，特別是作為語言藝術，不可能光靠色彩詞去表現顏色美，去追求造型藝術那樣確切地顯露大千世界音容物態的一切可視特徵，因而聰明的詩人，總是重視自己的語言藝術特點，不去喧奪姐妹藝術部門的職能，善於揚己之優藏己之拙。拿風景描寫來說，林明理在《丁香花開》中，往往用意象多於物象的疏筆，而不喜歡用造型止於詩型的畫面；「春天的沿石露凝」，還有「草原的生氣不再」，用不著顏色去表現物象的字眼，而不專門去追求剪紅刻翠的豔語。這樣，就做到了如歌德所說的：「繪畫是將形象置於眼前，而詩則將形象置於想像之前」。

由林明理的創作實踐得到啟示：詩的繪畫美，並不完全要求色彩上的形似。把形似當作追求的最高目標，乃至把詩的色彩弄成像教堂裏的彩色玻璃鑲嵌窗那樣眩人眼目，這充其量不過是色彩的物質特徵，而根本不是形式美的構成要素。只會將形象直接置於讀者眼前，而不會將形象置於讀者想像之前的作者，是很難邁進「繪畫美」的藝術殿堂的。

一支浪漫的笛琴

林明理近年來詩歌創作成績豐厚。她那唯美抒情的作品，感動了不少年輕人。過去寫文章她偏重於政經社會，關注的是環保議題，現在寫詩則追求純美境界。無論是繪畫還是寫詩，林明理的作品均是一支浪漫的笛琴，向那紅塵十丈輕吹：

> 我從石階前坐。望新雁低翔而過
> 細雨，花飛，冉冉炊煙
> 在夜夢裏，窗外春雪伴我眠

細雨綿綿，迷迷濛濛；花飛花落，時隱時現；冉冉炊煙，若有若無。著墨不濃卻給人清新綺麗之感，其效果遠勝於濃妝豔抹的彩繪。後面再配上飛雪，春眠，夜夢，為新雁低翔的畫面渲染了氣氛，不愧為融畫法入詩的唯美佳構。

詩人創作貴在以一當十，以不全求全。古代文論家所謂「以少總多」，畫論家所謂「意餘於象」，講的均是寓無限於有限的藝術功力。作為詩人兼畫家的林明理，深諳此中三昧，像〈等候黎明〉頭一段：「把對岸的屋宇加點光／鐵窗割切成／紙畫」，用誇張的手法勾畫了黎明前的總輪廓。說是總輪廓，其實是以屋宇加一點光的「不全」來表現「等候黎明」之「全」，也就是用遠眺的「一」表現近景的「十」。第二段寫「乃至欸乃一聲／方驚醒／今夜月光如利刃／已劃過數不盡的／年」，於屋宇中聞遠處櫓槳欸乃之聲顯得悅耳怡情，黎明前的景色變得更為可愛，這真可謂是繪聲繪色。這裏說的「繪聲」，是指對欸乃一聲的描繪；「繪色」，是指對月色的表現。詩歌要做到聲情並茂，就要把「繪聲」與「繪色」結合起來。該詩結尾「風吹散每一歎息／都那樣久遠久遠了／是明天／且期待重生／親愛的，你會來嗎」，這裏對親愛者的呼喚聲描寫比起寫人的音容笑貌更有藝術魅力。因而，相對來說，寫黎明前的暗色比「歎息」一類的「繪聲」難度要小一點，因為色彩屬空間範圍，有一定的物質形式；而歎息聲，屬時間範疇，是隨風飄散稍縱即逝的東西。它無形無色難以名狀。如捕捉不住，描寫不準，不傳神，就會削弱作品的真實感，很難在讀者心目中留下深刻印象。

靜美和壯美，是大自然兩種不同境界。作為女性詩人，林明理雖然也寫過「炮聲震過」的壯美，但顯得牽強，並不成功。應該說，她更拿手的是寫靜美，但她筆下的靜美不是近於空無，而是有「一把藍綠的小傘」作陪襯；幽暗也不等於孤獨，而是有你做伴。同樣側重寫靜美，〈秋收的黃昏〉色調明朗，在嫻雅的基調上浮動著一抹紅霞和劃破天際的歸雁，蘊含著活潑的生機；而〈默喚〉則不免帶著「孤獨的，徘徊於堤岸」的中世紀憂傷色彩，儘管還不至於如碎銀般枯寂。

本來，無聲的寂靜，無光的幽暗，有許多詩人表現過，但像〈雨夜〉這首詩中所寫的落葉的微音，燈影的幽暗，則是作者的獨到之處。林明理正是以她特有的畫家對色彩、聲音的敏感，才把握住茫茫夜路中所顯示的清冷、孤寂的境界。而這種敏感，又和她對無盡的秋風細雨的細緻觀察，對山樹底盡頭的潛心默會密不可分。

林明理身在都市，心在山水，以遊走於兩者之間的「兩棲人」姿態出現在讀者面前。她生活的城市不管有多少高樓大廈和霓虹燈閃爍，但她最心儀的還是「綠柳，荷花，海燕」。林明理永不忘自己的精神原鄉，並深入傾聽莊稼的呼喚和不忘走盡田隴的老農，這就難怪她筆下不是「丁香花開」，就是「愛的禮贊」：一派質感親和，情深綿邈。

她繞過了冬烘式學院派泥潭

近三十年來，臺灣現代詩的研究尤其是賞析：從現代派到寫實主義，從外省詩人到省籍詩人，從前行代到新生代……用得著汗牛充棟四個字去形容。毫無疑問，這些詩作的賞析和評論獲得了空前豐收，以至有些詩人的詩作只有八斗，而得到的評論卻有一石。

這些林林總總的評論所構成的斑爛複雜的詩歌地圖，極易使人目迷五色，看不清前進方向。可喜的是，最近由文津出版社出版了林明理《新詩的意象與內涵——當代詩家作品賞析》，在筆者看來為讀者在有限的時間內欣賞到眾多的優秀作品，真正起到了指點迷津的作用。

臺灣詩人大都會使「雙槍」：既寫詩又寫評論。來自南部的林明理，正是這樣一位評論家。她的評論雖然比她的詩作少一些，但她厚積薄發，在《新詩的意象與內涵》以及來不及收到書裏的篇什中，可看出她的詩藝修養。

詩人的評論和專業工作者的評論不同之處，在於不從概念出發，而是從詩作實際出發；不求翻箱倒櫃論證，只把自己從詩作中獲得的直覺印象完整地傳達出來，如林明理對《辛牧詩選》封面背後一首詩的分析，便帶有詩人氣質和抒情色彩，有助於幫助讀者從中尋找作者靈魂顫動的軌跡。這是一種直覺還原型的批評，其印象加即興的寫作方式，令人耳目一新。

不是專業批評家的林明理，能自覺地將微觀分析與宏觀研究結合起來。長期以來，辛牧的詩作很少有人做過系統的分析，更缺乏從詩史意義上加以總結歸納，可林明理做到了，如她對研究辛牧三種意義的概括，使其研究彷彿插上了翅膀，飛到高空作鳥瞰狀，從而改變了過去對辛牧的評論成為創作附庸的局面。我猜想，辛牧讀了後一定會產生喜逢知音的愉悅，認為林明理對《旋轉木馬》、《約翰》等詩的分析，正像一把理解其創作奧秘的鑰匙，洞察了他的不少心靈細節。筆者去年由臺北文津出版社出版的《臺灣當代新詩史》，對辛牧的詩作沒有引起足夠的重視，希望以後能有機會彌補。

讀林明理評莫渝的文章，自有股詩香撲鼻而來。與當下拖著長長注釋尾巴的學院文章不同，作者對莫渝詩作的分析懇切生動，沒有掉書袋，沒有故作高深的文字。作者真的很認真進入本土詩人莫渝所締造的藝術世界，所評作品不多，但很有代表性，能看到莫渝整體創作風貌。尤其是評文開頭用「審悲」與「審美」去概括莫渝詩作兩個美學特徵，還用「苦難」與「甘美」去說明莫渝詩作的思想與藝術的魅力，可謂一語中的，堪稱知音的品評。

作為一部賞析集，《新詩的意象與內涵》彙集了臺灣當代詩壇上重要詩人的生平和代表作資料，實現了抽樣介紹臺灣新詩藝術成就的要求，那如行雲流水的文字讀起來賞心悅目，文字簡直像一泓清泉那樣惹人喜愛。許多著名詩人就好像作者胸中一個個耳熟能詳的故事，筆觸所到之處，讓讀者好像聽到著者在侃侃而談，從而得到美的享受。時下不少詩評文字，不是後現代就是後殖民，名詞術語一大堆，語言艱澀無味，而林明理的詩評，沒有掉書袋的毛病。她對詩作的詮釋，有的像啟人心智的隨筆，有的似搖曳多姿的小品，有的則像散文詩：「初讀愚溪的詩，是人與自然交相輝映的協奏，真誠而獨特：無論是情意繚繞，或心懷松風，其清音迴蕩四山，千巒起伏盡在足下；是莊嚴的靜穆，使讀者感覺深厚的內在力量、種罕見的崇高的美。文字宛若一條寶石般湛藍的庫車河，委婉流暢、優美動人；有如雲棲竹徑，在幽邃清雅中充滿著濃郁的文學氣息，讓絕對的真與美在精神上的清白中，表達出自己的智慧結晶。全詩韻味深遠，可讓純潔的心靈認識世界，瞭解生活。」又如她這樣評非馬：「非馬的詩，清澈明快，極輕盈、雋美，致力於追求一種高貴與詩意的情操，呈現出敏銳靈躍的感受力的特質。其實，非馬的靈躍，似大自然本身一樣單純。如果，在學與思之間測量一個自由度，那麼，非馬的藝術世界就影射著在他心靈的展望中翱翔天際的航線。」

標題的提煉也可看出作者的功力，如評方明稱其詩風如「雲山高風」，說張默的詩如「溪山清遠」。還有把周夢蝶的詩比作「江行初雪」，說薛柏谷的詩如「不凋的漂木」，管管的詩如「小鳥般的樸真」，稱大荒的詩為「鷹的精神」，既準確生動，又亮麗耀眼。

豐富的選題，精美的內容，富有現代感的裝幀設計，使得《新詩的意象與內涵》成為一部厚重的精品。作者能詩能畫，以非傳統的解讀配上精美雋雅的封面，可謂相得益彰。可以說，封面畫起到了對《新詩的意象與內涵》揭示的補充和延伸作用，能夠將當代詩家精品鮮活地介紹給廣大讀者，從而使《新詩的意象與內涵》稱得上是一部兼備學術性和普及性的力作。

對藝術真諦孜孜不倦的求索

《藝術與自然的融合——當代詩文評論集》（臺北，文史哲出版社二〇一一年），是林明理繼《新詩的意象與內涵——當代詩家作品賞析》後又一本評論集。評論對象主要為臺灣詩人如商禽、魯蛟、林煥彰、辛牧、愚溪、張默、周夢蝶、涂靜怡，也有海外華文詩人鄭愁予、非馬、楊允達，更難得的也有大陸作家屠岸、吳開晉。對這些作家的評論，充分反映了林明理對詩歌創作的種種理解，堪稱其文學評論成績的一次出色檢閱，同時也是臺灣當代詩文評論的重要收穫。

六〇後的高雄文壇新秀林明理，是一位既寫新詩又寫評論，還有第三隻手從事繪畫工作的文藝家。她近年來專事寫作，筆耕不止：不只用心靈而且用生命在寫讀書筆記，把創作與廣交文友當作自己生命的重要組成部分。她由法學轉行到文學，初衷既簡單又質樸。在這個物慾橫流、速食文化嚴重衝擊高雅文化的年代，林明理沒有跟著市場走，更沒有按照大眾口味寫作。她堅守自己的文學理念，是本雅明所說的正在逐步消失的「孤獨的個人」。

作為一位兩岸三地當代詩文的閱讀者，我們享有尋找自己喜歡的作家作品的自由，卻缺乏有深度的作品吸引我們，更缺乏有個性的評論指導廣大讀者。正是在一片世俗的喧囂聲中，我們讀到了林明理對商禽詩的意象表現的深入剖析，對龔華詩美學的沉思，對辛牧詩化人生的闡析，對周夢蝶澄明的禪思的評述，還有對古月詩世界的漫遊，對狄金森詩歌研究的綜述，從中可看到作者對詩歌的摯愛和對文藝這塊淨土的守護，使其當代詩文評論帶有文化傳承的嚴肅使命。在她對文藝發展史的領悟中，同時可看到她承載著弘揚人文精神的重託。

當過大學教師，還為報紙寫過社論的林明理，最稱心如意的寫作是為朋友們寫讀書心得。她評論的既有重要而不一定具有經典價值的作家作品，更多的是優秀但不一定重要的非經典作家作品；有行文如流水般暢快的作品，也有不少無法一讀就懂的新詩。像優秀但在詩史上不一定重要的醫生詩人徐世澤的作品，林氏評論時兼融高雅與通俗，以避免小眾與大眾的糾葛，而給讀者提供另一種評論天地，這實在是一種難得的創造。至於文學史上重要而又優秀的周夢蝶的詩，字裏行間佈滿了明雕暗堡，特難攻進去，可林氏不畏艱難，將其詩作一一破譯，如她認為周夢蝶的代表作《孤獨國》「是詩人在剎那間超越了時空的限制，把夢裏所感同過去的回憶與自行構築的孤絕想像世界想像聯結」。像這種分析，非常到位，對讀者進入周夢蝶所締造的藝術世界，提供了一把鑰匙。

和專業詩評家不同的是，林明理是一位出版過詩集和繪畫的評論家。在評丁雄泉、涂靜怡等人的作品中，我們不僅看到了作者在總結被評者的創作經驗，而且也溶入自己的寫作體會。正是這兩者的結合，使林氏的評論站到了一個新的高度：不是就事論事的評論，而是對新詩、散文等文體的本質進行深入的探索和思考。雖然她還未能形成系統化的理論，但我們通過這吉光片羽，可以看到林明理對藝術真諦孜孜不倦的求索。她所擁有的文學觀念和對真善美的藝術追求，是如此讓人動容。

末了，《藝術與自然的融合》的評論文風也值得稱道。書中任何一篇文章，沒有從西方抄來的深奧難懂的概念術語，沒有讓人讀來如丈二和尚摸不著頭腦的學理，讀起來一點也不覺得累和悶，就似一本優秀的散文隨筆集那樣雋永，那樣「明理」，那樣耐人尋味。

低迴婉轉之作

我帶著驚異的眼光讀林明理的《回憶的沙漏——中英對照詩集》。

我驚異的第一個原因是林明理的個人氣質曾給我留下難忘的印象。記得二〇一〇年在阿里山初次見面時，同行的深圳文友說她打扮得像一位日本姑娘，一點都不像中年人。她氣質優雅，就似在人們休閒的地方出現的岸畔之樹。她給人的印象是杉林溪的風，是帶著清涼鈴鐺的流熒，是閃爍於萬巒峰頂的千燈。

我驚異的還有一個深層的原因：林明理在大學裏教過《憲法》及《國父思想》等課程，以為在她詩中一定會留下其政教的痕跡。她一定會意氣風發，慷慨高歌大寫那些關懷社會、抨擊時弊的題材，可翻遍《回憶的沙漏——中英對照詩集》，均找不到這樣的政治詩，找不到她當年為《民眾日報》等報刊寫社論時為民請命亂石崩雲般勁健奔放、磅礴有力的氣魄，而有的是《夏荷》、《雨夜》、《流星雨》、《拂曉之前》、《秋暮》、《牧羊女的晚禱》、《早霧》這類如雲，如霧，如幽林曲澗，如珠玉之輝的低迴婉轉之作。在她詩裏，人們聽到的是樹與星群齊舞的足音，所看到的是急緩地往雲裏行和在煙波細雨中南飛的大雁。

我驚異的第三個原因是林明理每首詩均很短。她絕不和別人比「長城氣勢」，看誰寫得長。其作品所選取的多是一朵感情的浪花，一點飄渺的思緒，一個生活的鏡頭。但短小並不完全是從形體著眼——諸如句短、段少、字少之類。因為短小不只是指它的形式，同時也是指它的內容。小詩作者在處理題材時，必須使內容集中概括，形體凝聚。既短小而要寓意高度濃縮，使意象豐厚鮮活，這就要求作者有精巧的構思，要讓它的內容帶一點跳躍性，句與句之間有較大的彈性與張力。試讀林明理的《回憶的沙漏》的下半段：

……
大地上一切已從夢中醒覺
山影終將無法藏匿
我卻信，我將孤獨痛苦地
漫行於沙漠世界
夜，依然濃重
徜徉於
白堤的浮萍之間

這裏寫的是一剎那的意境，無疑有不可明言的「孤獨痛苦」的內容，可作者並沒有將「濃重的夜色」和盤托出，其中「漫行於沙漠世界」所抒發的人生體驗，具有不使人動情卻令人思索的特色。

關於小詩，一直有種種誤讀，如有人認為隨意捕捉幾個意象便可敷衍成篇。其實，小詩要寫好，不在構思上下一番苦功，是無法打動讀者的。林明理的經驗證明，要寫好小詩必須有清俊、秀逸、雋永的風格。

以海洋為師，以星月為友，以書籍為伴的林明理，她寫詩所追求的正是清新俏麗，含蓄雋永。這裏不妨再舉一首她寫的〈雨後的夜晚〉；

雪松寂寂
風裏我
聲音在輕喚著沉睡的星群
梧桐也悄然若思

路盡處，燈火迷茫
霧中
一個孤獨的身影
靜聽蟲鳴

作者在這裏用婉轉的歌喉、纏綿的情調譜出了一首「悄然若思」的衷曲。讀林明理這類娟美而富於生活情趣的小詩，就好似繁星滿空的夜晚推開小窗，習習涼風飄了進來；又好似一彎潺潺的細流，緩緩地流進讀者的心田。林明理從學校提前退休後沒有生活在「藍」「綠」爭鬥的漩渦中心，與現實鬥爭相距較遠，但由於她的小詩處處顯示著女性的細膩、溫婉的特徵，風格含蓄典雅，清麗雋永，故仍為不同營壘的讀者所鍾愛。

林明理是近年崛起的詩壇新人。她成長於一個獨特的環境，那是臺灣著名詩社「創世紀」的誕生地左營。那裏海浪翻騰，地處偏遠。南部詩人在這裏生生息息：從張默到林明理，形成了一種獨異的左營人文景觀。

末了，我衷心祝明理在秋日的港灣裏譜出更多的「北浦夜歌」；在行經木棧道時，在蟲鳥細鳴的陽光裏，「只對老街、小巷，為明天擁抱天空！」

第三章

香港文學

第一節　六十年來的香港文學及其基本經驗

香港以資訊發達和物質豐富而聞名，文學在那裏顯得無足輕重，但文學確實構成這個東方明珠的一道風景線。作為中國文學在境外的延伸和拓展的香港文學，以香港文學的主體性和本土特徵、新派武俠小說豐富了中國文學的內涵，參與了中國當代文學的建構。

從一九四九年底算起，香港文學已完整地佔有六十年的歷史。這六十年是香港文學山頭林立、激烈多變，並在通俗文學擠兌嚴肅文學中取得了重大收穫的階段。每行進一步，幾乎都有過伴隨著亢奮的隱憂，伴隨著繁榮的爭論，比如何謂香港文學？一般認為，在香港生或雖不是土生但土長的作者在港內外發表的作品，是為香港文學。沒有香港身份證但在香港居留過七年以上的作者所寫作品，亦是香港文學。（註一）按照後種定義，相當一部分「南來作家」或像余光中那樣「客卿」式的「旅港作家」寫的作品自然屬香港文學。何為「文學」也爭論不斷，如有人認為框框雜文、武俠小說均不是文學。其實，這兩種屬「文化沙漠」中開的豔麗的紫荊花，學名為「通俗文學」。至於香港大量生產的政治人物傳記，筆者則認為屬政治讀物和歷史學範疇，不在本文論述之列。

從「美元文化」到新派武俠小說

自一八四二年開埠至二十世紀三十年代，香港的文學乏善可陳。到了抗戰興起，南來文人大批來港，可茅盾、蕭紅們的作品只是「出現／產生在香港的文學」而非「根植／屬於香港的文學」（註二）。這種情況，一直到一九四九年後才有變化。這變化和當時的政治局勢有極大的關係。

當五星紅旗在天安門前高高升起的時候，有大批不滿新政權的居民來到香港，僅作家就有徐訏、徐速、李輝英、黃思騁、易君左、盧森、黃霞遐等人。這時的香港文壇，成了「難民作家」或曰右翼文人的天下。在國民黨眼中，「臺灣寶島是反共的大本營，五十年代的香港卻是反共文學的最前哨」。（註三）難怪這裏的出版物絕大部分為港臺作家的反共作品，如司馬璐的《鬥爭十八年》、林適存的《駝鳥》。評論方面僅丁淼一人就有《中共文藝總批判》、《中共工農兵文藝》等三種。當然，「反共文學」並不是香港文學的全部。尤其是散文和詩歌，還有不少懷鄉作品。

自抗美援朝戰爭發生後，美國改變對華政策，即由消極觀望到積極進攻。具體表現在文化上由亞洲基金會出面，決定每年拿出六十萬美金資助香港的文化事業。這種「美元文化」在扼殺自由局面的同時，客觀上促進了香港文學的發展，如打開了香港作家的眼界，讓他們從固守傳統中接觸到美國新詩、文學理論等西方文化。尤其是用美鈔作後盾的《中國學生週報》，成了香港新生代作家的搖籃，培育了像西西、也斯、小思、亦舒、昆南、鍾玲玲等新一代本土作家。對張愛玲在香港寫作的《秧歌》、《赤地之戀》，也不能只強調是「美元文化」的產物，而應正視張愛玲作品提供了另一種不同於主流文學的藝術特質，表現了真實動人的人生慾望，寫亂世男女物質世界時透出一股悲涼氣氛，有不同凡響的民間文化形態，並啟發高曉聲後來寫的以農村為題材的作品。

在右翼文藝成主流的年代，左翼文人仍發出自己的聲音。這方面的作品有宋喬揭露國民黨黑暗面的《侍衛官雜記》、唐人即阮朗的《人渣》、《金陵春夢》，散文有曹聚仁表現新中國面貌的《北行小語》等。這類作品，政治大於藝術，遠不如與政治無關的通俗文學和「港式小說」影響大，如高雄的《經紀日記》，用文言、白話和粵語混雜的「三及第」文體寫商場中做經紀的小夥計每天跑生意的情況，從中折射出香港社會紛紜複雜的風貌。作者用文言不求深奧，用粵語不至艱澀，用諧謔手法不流於油滑，寫日常生活而不有聞必錄，堪稱香港通俗文學的上乘之作。

香港新文學是中國新文學的有機組成部分。香港的著名作家黃谷柳、侶倫等人繼承了五四新文學同情弱者、關心下層民眾生活與命運的優良傳統。尤其是作為香港文壇拓荒者的侶倫，是大陸以外寫底層經驗，為弱勢群體發言的典範。他的代表作《窮巷》，通過描寫第二次世界大戰結束後的香港，職業不同、身份有異的小人物共同生活在一起的悲苦生活，體現了作者的人文關懷和道德理想。

作為香港新文學開拓者的侶倫，對香港文學的貢獻在於比別的作家較早發現並描寫了香港社會華洋雜處、中西混合的一面。這時期語言較純淨的通俗小說，有傑克的《改造太太》、依達的《別哭湯美》等。值得注意的是一九五〇年中期出現的既有刀光劍影的武功擂臺，亦有俠骨柔情的男歡女愛的新派武俠小說，如多採用章回體結構的梁羽生《龍虎鬥京華》、《白髮魔女傳》，金庸的《書劍恩仇錄》、《神雕俠侶》。梁氏作品具有文人雅趣，金氏作品注意向現代小說取經，以表現人生的艱難與存在體驗。與金庸先後創作武俠小說的作家有許多，其中有些人在氛圍的特殊、情節的譎異、武術招式的翻新方面可能比金庸還出色，但在總體成就、影響及號召力方面，金庸無疑超出同輩。在臺灣，有「金學」之稱，並有「金學學會」組織。他的小說，突破了傳統文體的界限，消除了純文學與雅文學之間的分野。他的讀者，遍佈海內外，從國家元首到普通市民、學生，「金迷」多得不計其數。正如北大教授嚴家炎所說：金庸的藝術實踐使近代武俠小說第一次進入文學的宮殿，這是一場靜悄悄的文學革命。

一九五〇年代基本上是「南來作家」的天下。徐訏還在上海時就以《鬼戀》一炮走紅，到香港後又創作了長達五十多萬字的《江湖行》，此書時間跨度大，場景也很可觀。作者藉這齣人生悲劇，寄寓「命運註定，造化弄人」的感慨。徐速的長篇《星星、月亮、太陽》，寫動盪年代的羅曼蒂克愛情故事，作者分別用星星、月亮、太陽作為三位女性的象徵，用真善美的三種戀愛方式，表現崇高的文藝精神。這部奠定徐速文壇地位的作品，在港臺和東南亞影響巨大。曹聚仁的小說《酒店》，通過「南來文人」落難香江的生活，表現了當時的社會風貌。他的傳記文學《魯迅評傳》，不拔高，不神化，難能可貴。作為東北流亡作家的李輝英，去港後創作的《人間》、《哈爾濱之戀》，影響不如他的《中國現代文學史》。同是「南來文人」，趙滋蕃的長篇《半下流社會》，寫一群大陸知識份子南逃香港後的流亡生活，寫得很真實，以致一時洛陽紙貴。另一本土作家夏易的處女作《香港小姐日記》，寫嬌生慣養的女孩與兩個男人的故事，表現了社會風尚和愛情心態，能啟迪讀者反思人生價值。

在海峽兩岸意識形態制約下的香港詩壇，「難民文學」與左翼文風對峙，寫實與浪漫並存，現代與傳統抗衡，港臺兩地詩風互為激盪，詩風以力匡和馬朗為代表。力匡的作品，不講究雕飾，少用嚴謹的對句，讀來親切自然，富於音樂美，而馬朗的詩不拘形式，他和盧因、王無邪等作者，採用的是嶄新的現代主義創作方法。殖民地重英輕中的教育政策，使這些作者比較容易呼吸到西方的自由空氣，接觸到對許多人還頗為陌生的現代派技巧。

這時期的的散文多寄生在報章上。休閒野趣、諷刺社會的雜文及「怪論」，見解獨特加港式語言，因而有廣大的讀者群。這裏講的「怪論」，是指用唱反調來說理的雜文。「怪論」雖非高雄開創，但其嬉笑怒罵的手法運用得嫻熟，用旁敲側擊的手法抒發政見顯得爐火純青，成了這類通俗化雜文的一枝獨秀。其他親台文人的專欄作品，多為懷鄉之作，文風顯得荏弱、空洞，有的甚至表現為囈語式。左翼作家黃蒙田、吳其敬、張千帆的散文參與意識多於閒暇，愛國情懷躍然紙上。（註四）

現代主義風行一時

一九六〇年代的香港，已從國共內戰及抗美援朝的動盪中安定下來。雖然有大陸「文革」引發的「街頭游擊戰」，香港經濟也遠未達到後來突飛猛進的地步，但整個社會趨向和諧，「反英抗暴」引起的衝擊波不久便歸於平靜。在這種人心安定，市場繁榮的環境下，年輕一代所受的是突出英文、輕視漢語的殖民地教育，加以當時不是「東風壓倒西風」就是「西風壓倒東風」的冷戰氣候，無論是左派還是右派，仍像一九五〇年代那樣在香港華文社會爭奪意識形態陣地。在這場爭奪戰中，港英政府基本上奉行不介入政策，在文化上則不提倡作家用英語創作，對華文文學創作同樣不鼓勵任其自生自滅。這種無民主、但有高度自由的統治方式，使得左右兩翼的政治勢力及其文化活動，均可以得到寬廣的發展空間，甚至連海峽兩岸都不容許存在的托派，也可以在這個自由港發展組織、成立出版社和創辦刊物。香港這種「公共空間」的特色，使年輕一代可以拋開左右兩種勢力的支配而追求自己的獨立發展。（註五）

這種既不封閉也不保守的環境，加上資訊的先進和四通八達的運輸網，使香港接觸外來的新思潮比大陸甚至比臺灣有更便利的條件。繼《文藝新潮》後，《香港時報》推出由劉以鬯主編的《淺水灣》副刊。這個副刊多發新銳的小說和現代新詩，向傳統文藝提出挑戰。一九六三年三月，昆南和李英豪又輪流主編了半月刊《好望角》。該刊除網羅了本地眾多新銳作者外，還引進了臺灣的鄭愁予等人的詩作，充分體現了該刊海洋文化的特色。它以富於鋒芒的理論批評和有創意的現代詩作和小說，為現代主義在香港紮根打下了基礎。

論及香港的文學發展，離不開文社組織。它最早出現在一九五七年至一九五八年間。那時一些愛好文學的青年，不滿足於不定期的聚會，還要求結社，這便造成大專學生中，文藝運動以文社結集的方式體現出來。到了一九六〇年初期，青年文運陷入低潮。一九六三年後，文社再度興起。文社的作用除為文學青年練筆提供園地外，還對後來香港文學的發展起過啟蒙作用。

這時期的香港小說有昆南的《地之子》，另有以實驗小說聞名的劉以鬯。他在創作上主張探求內在的真實，捕捉物象的內心，不固守傳統的現實主義。他是最早用意識流寫小說的作家，其《酒徒》對社會的鞭笞，對維護人的尊嚴的表達，均通過「我」的無規則流動的意識和富於詩化色彩的語言表現出來。劉以鬯還用現代手法改編《白蛇傳》一類的故事。《寺內》、《蛇》、《蜘蛛精》

均是魯迅式的「故事新編」。徐訏長篇小說《悲慘的世紀》，仍運用說故事的手法寫十年動亂給大陸帶來的無窮災難。他習慣寫浪漫的軟性小說，現轉向表現時代風雲的「硬性小說」，人物的心理描寫不夠充分，對「文革」不熟悉還出現了「隔」，但仍不失為寫「文革」題材的最初嘗試。舒巷城的長篇《太陽下山了》，是香港作家本土意識轉化的開始。作品中不僅寫了涼茶鋪、糖水擋這些具有香港特色的事物和使用了「番工衫」一類的粵語，而且從地域描寫表現本土意識，體現了作者對在泰南街舊樓生活中掙扎的市民尊敬之情。

在大陸一直被打入冷宮的科幻小說，在倪匡手上得到重大發展。他雖然寫得很雜，陸續出版有武俠、科幻、奇情、偵探、神怪、推理、文藝等各類型的小說及雜文、評論、劇本，但他以衛斯理筆名發表的科幻小說《鑽石花》、《無名髮》，情節曲折，有神秘莫測的奇觀和撲朔迷離的氛圍，以致使「科幻」與「武俠」、「言情」三足鼎立。

這時的新詩作者由於不像過去大都具有被迫離開家鄉的放逐者特色，因而反轉過來把當年的「過客」和「難民」作為觀賞和調侃的對象，如昆南的《木屋》。「南來詩人」不再是詩壇重鎮，現代主義已位居主流地位。雖然也有像江詩呂這樣十分關懷香港小市民生活的作家，有像溫健騮這樣的左翼詩人出現，但畢竟無法和臺灣隔海唱和的現代詩抗衡。尤其是經過文社潮的洗禮，不少有志於開拓文藝新疆土的青年作者，已開始意識到在左右政治夾縫中尋找抒情加口語（註六）的新出路重要性，這便為「本土意識」詩歌的產生埋下了種子。

關注香港命運，本土意識抬頭

在五六十年代，香港人心中無祖國，口中無階級，也說不上有什麼集體意識和共同文化。一九七〇年代後，大陸政局的變化和香港經濟的起飛，逐漸改變了這種情況。這時期金融業、地產業、旅遊業迅猛發展，社會福利的改善和言論的充分自由，使那些抱過客心態，把香港當成瞭望站的文人，逐漸認同了這個「既非異國，亦非故土」的香港。在文化上，無限膨脹的大眾傳媒及圍繞著它們的節目和生活方式，是培育本土意識和營造香港獨特文化的重要途徑。一九七二年，香港電臺製作的《獅子山下》開始為貧民百姓寫照，後來電視的普及又引發了粵語電影和粵語流行歌曲的興起。接著而來的大會堂的建立，都是為了培植本土意識，藉以弱化港人的民族情感。這種種現象表明，一種對香港重新認識的思潮正在形成。這種思潮，不是躲避戰亂的流亡心態，也不是崇洋的西化之風，而是一種將香港與海峽兩岸的文化加以明確區分的香港意識。和這種趨向相聯繫，許多作者努力反映香港社會的變貌，表現年輕一代的思想心聲。雜誌則有一九七二年創刊的《詩風》，一九七五年問世的《大拇指》及稍後創刊的《素葉文學》。

在臺港，以小學教師為職業的有兩位著名作家，一是臺灣的葉石濤，二是香港的西西。西西在從教之餘寫的均不是「小兒科」作品，她的長篇小說《我城》，可稱「大」書，其背景可以泛指任何城市，但香港的影子畢竟十分突出。小說沒有驚天地泣鬼神的故事，而用作者特有的「童話現實主義」，透過有趣的細節或場面將「我城」的歷史性變化寫了出來。西西後來的「肥土鎮」系列，使其成為最關注香港命運和極富於創新意識的作家之一。陳若曦在香港工作期間發表的《尹縣長》，是大陸字裏行間斑斑淚痕的「傷痕文學」先聲。新移民作家陶然《表錯情》在反映人生的喜怒哀樂和世態炎涼方面，獨樹一幟。其中一些借古喻今的篇什，從人性角度挖掘古人的現代性格，吸收了荒誕派、魔幻派的長處。

人們常將臺港文學並稱，其實兩地無論是社會風俗還是文學風貌差異甚大。經濟上它們雖然同屬資本主義，但港人對臺灣人頗有「心病」。且不說語言上的隔閡——一地說閩南話，一地說廣東話，單說出入境直至一九八〇年代臺灣對香港防範之嚴簡直是神經過敏。在作家隊伍構成上，香港沒有臺灣的「軍中作家」群，但有臺式的「學院派」。一九七〇年代中期以後十年間，座落於沙田的中文大學文士之多，文章之盛，「可以說是香港高等學府文學園地空前的一段花團錦簇」。（註七）代表作家有從臺灣來的余光中，另有臺灣讀書返港的金耀基、黃坤堯，以及當地作家林以亮、思果、黃維樑、梁錫華、黃國彬、小思、黃繼持等人。香港大學的作家雖沒有中文大學那麼多，但也有佼佼者和好作品，如也斯的《剪紙》，係香港首部魔幻現實主義小說。作品通過代表新潮的「喬」，代表傳統的「瑤」這兩個人物的命運，反映了中西文化衝突和港人的歸屬感。非學院作家海辛推出的三部短篇小說集，完全取材於本地生活，探索了殖民地社會新貌。作為現代主義詩論批評健將的李英豪，鋒芒不及十年前，但仍有評論文章和散文發表。沒有本土色彩的葉靈鳳的讀書劄記和文藝隨筆，不施粉黛，淡而有味，清新雋永。司馬長風的散文追求獨、純、煉、樸的境。他影響最大也是爭議最多的是《中國新文學史》三卷。他把自己「尚抒情，崇文藻」的筆法運用在學術研究中，在掩蓋其史料錯誤之多的同時，使流水賬式的文學史實驟然變得靈動起來。在無前例借鑒的情況下，還出現了有拓荒意義、由林曼叔主筆的《中國當代文學史稿》，為大陸重寫當代文學史開了先河。

關注香港命運的作家不僅有本土詩人，也有外來作家。戴天這位以長江做筆的詩人，其新詩具有開拓性，語言精純，有的地方還富於港味。他注重文化身份的探求，總不忘記把港人的命運注入中國文化的葉脈中。其詩受存在主義、超現實主義影響，主題多義，後轉向明朗，不再艱澀。從遁世走向入世，從內心世界走向外在社會的溫健騮，不少篇章具有強烈的現實感，諷世意味突出。和蔡炎培受馬拉美影響過於深奧不同，秀實的詩平淡清遠。新移民作家寒山碧，獻出了香港首部散文詩《星螢集》。綜觀這時期的香港新詩，通過對「難民文學」和現代主義的深刻反省，既不囿於新月式的浪漫抒情，也不盲從西方現代派，以香港作為立足點，關注中華民族的命運，詩風從晦澀走向明朗，存在主義色彩弱化，具有本土意識的詩刊及其詩作得到蓬勃發展，香港詩人的文化身份由此從曖昧走向認同地位。這是一個從抒情走向描述的轉型時代，也是香港新詩踏上一個里程碑的開始。

「九七」情結與家國想像

自一九八二年九月二十二日英國首相柴契爾夫人訪華，揭開香港前途會談的序幕以來，香港進入了一個歷史轉變期，香港文學從此也邁進了一個新階段。

結束一個半世紀米字旗升的恥辱歷史，把割讓與租借出去的島與半島在「一國兩制」前提下縫合回母體，這無疑是值得大書特書的事。但鑒於殖民地教育，有相當一部分香港人一談到政治問題必打上某種烙印，比如談及「九七」問題便認為是什麼「大限」臨頭，感到恐懼或無所適從。在短篇中最早接觸「九七」題材的是劉以鬯的《一九九七》，作品反映了中產階層對前景的態度。葉娓娜的《長廊》、陶然的《天平》，也是以「九七」為題材的短篇小說，主人公的出路亦離不開移民。長篇小說在反映「九七」前夕的香港人情世態方面也做出了努力。白洛的《福地》，描寫了商界在「九七」前夕為香港前途擔憂的種種現象。陳浩泉的《香港九七》，將政治事件與愛情糾葛穿插起來，並借留英學生唐明森的口表達了作品的題旨：「我想，對香港的前途問題，香港人過分的驚慌了。」梁錫華的《頭上一片雲》，亦是將愛情與「九七」問題交織起來寫，所不同的是還加上了香港常見的基督徒的反應。他的另一部長篇《太平門內外》，則比較了中西不同社會制度的優劣處。

具有「九七」情結的小說，不論是採用傳統手法還是現代手法、超現實手法，不論是喜劇結局還是悲劇煞尾，它們均把香港命運與中國命運緊緊聯繫在一起，有著時代精神的投影。此外是政治意識的強化。香港作家的文藝觀，相對而言，大都強調作品的藝術性，注意形式技巧的創新。而描寫「九七」題材的作品，政治分析與社會分析的能力在增強，作家們從來沒有像現在這樣憂國憂民。

在香港這片借來的土地上，香港人普遍沒有昨天，也沒有明天，有無根的感覺。但由於港人與大陸尤其是廣東有割不斷的親緣關係，這就使他們有濃厚的故鄉情結。在香江，「港獨」難於找到生存的空間，以嶺南文化為主要表現形態的香港文化一直與中華文化有割不斷的聯繫，並成為當地的主流文化。在西西、也斯、李碧華、鍾曉陽的作品中，他們均用不同藝術形式反思家國身份。在首部以香港文學為探討對象的《香港文學初探》中，黃維樑視香港文學為中國新文學一個特殊組成部分，並把評論對象從嚴肅文學擴展到通俗文學，從小說拓展到散文、新詩乃至文學評論領域，有意識對香港文學作全方位的研討，由此成為第一位專事研究本土文學的評論家。

瓊瑤可謂是兩岸三地文壇中言情小說的翹楚。在香港也有追隨者：有直面人生的亦舒，有林燕妮的「另類浪漫」，有現代氣息濃厚的岑凱倫，有被歸入「閨秀派」的嚴沁，至於李碧華，嚴格來說不屬於言情小說派，但她的第一個長篇《胭脂扣》有許多言情的內容，作品寫一個已去世的煙花女子死而復生回到陽間尋找情人，未能如願後表示要與這個不可思議的世界決裂，後重回陰曹地府。小說有詭異風格和神秘氣氛，懷舊色彩還觸及了本土意識。李碧華另有寫男人身份迷失的《霸王別姬》，並不僅僅是一個男人對另一個男人泥足深陷的愛情故事，而是包藏對自身文化的追尋，有鮮明的中國色彩。鍾曉陽的成名之作《停車暫借問》，寫東北姑娘趙寧靜的愛情經歷顯得有張力，其象徵手法的運用不亞於錢鍾書的《圍城》。新移民作家顏純鉤的「創傷小說」，表現了大陸來港知識份子的命運。文壇多面手和高產作家東瑞，則寫了許多娛樂圈陰暗面的作品，可讀性甚強。

香港的文學創作總體成就雖然難於跟臺灣、大陸比肩，但在某些文體方面仍有「單打冠軍」，如董橋的散文，文筆自由奔放，有一股野趣。用反諷手法寫的《中年是下午茶》，用詞精巧，比喻尖新，運句雅致。但董橋並不專寫頗具英國紳士風度的閒適小品，也寫批判性專欄和關懷天下大事的雜文。這些雜文，從骨子裏透出沉重，其情緒的激奮為大陸讀者少見。在各種文體四面出擊的梁錫華，其散文求真、求知、求文。他雜文中的真誠，主要是指心誠、情真，這是梁錫華準確地表現社會生活，達到高度藝術真實的重要條件。正因為他精誠由衷，故其文感人至深；正因為他是為情造文而不是為文而造情，故他的文章才能在社會上引起反響。他常用漫畫手法，抓準表現對象的特徵加以「廓大」，遺貌取神地將其本質用誇張手法描述出來。羅孚的《香港文壇剪影》，將文壇史實與文學研究融會貫通，給人廣博和儒雅之感，像獨具風采的散文。曾敏之和彥火也不是單純的所謂文學活動家，前者的《文苑春秋》及後者寫焦點文人、焦點文化，亦為文壇留下珍貴史料。

香港學者散文成就突出，這是大家公認的，而學者新詩也不甘落後，如本土詩人也斯經常出入於中西文化、現代與後現代之間。他在題材、形式和語言上作多種現代實驗，在詠物詩、頌詩及都市詩的探索方面取得驕人的成績。

七八十年代的「南來詩人」，有僑眷，有僑生和港澳居民的子弟，以及從東南亞回國升學的青年。他們大都通過探親、繼承遺產等合法手段移民，也有少數人因家庭出身受歧視等原因冒著生命危險從深圳河泅渡到香港。他們大都在大陸受過社會主義的高等教育，也有一些是知識青年。他們中除一九六〇年代因父親在臺灣遭冷眼而自我放逐到香港的藍海文外，均不同於力匡基於對新中國建立不認同的政治放逐。他們中有少數人較快融入當地社會，更多的人一直「水土不服」。他們多半到香港後才出版詩集，其價值判斷、藝術手法與本土作家有不小的差異。其中犁青的《踏浪歸來》，以久別重逢者的身份寫出了自己對香港的獨特感受。情感濃烈，氣勢浪漫，形象生動，是它的基本特色。藍海文喜歡將歷史、傳說、故事，或古代經典、昔日詩文熔鑄在詩中，他所走的是傳統路線。黃河浪寫了許多「用腳步丈量歷史」的旅遊詩，這方面的作品表現了他銳敏的審美感受。秦嶺雪的作品語言典雅，情調浪漫，其捉形寫意的筆法常常使讀者動容。從澳門來的鍾偉民所寫的長篇敘事詩《捕鯨之旅》，引起廣泛關注，以至成了「鍾偉民現象」。

表現香港百年滄桑的命運

一九九七年香港回歸中國，是劃時代的重大事件。在這之前，許多本土作家和詩人作過種種猜測，普遍認為「九七」後創作自由將得不到保障，原先建立的香港文學主體性會像柏林圍牆一樣消失。從「九七」後的創作看，香港新詩創作的勢頭不但沒有減弱，其香港特色不但沒有消逝，反而顯得更加豐富多元。新詩和整個香港文學一樣，與大陸最大的不同是沒有納入體制內，這一特點在「九七」後仍得到保留，並在某些方面有所發展。

香港新詩從一九七〇年代起，創作題材離不開歷史意識、家園想像和本土意識的建立。在創作方法上，現代主義一直有強大的生命力，還一度居主流地位。到一九八〇年代前期，香港後現代主義詩作開始產生，如梁秉鈞的「游詩」，建立了一套富於後現代主義色彩的觀照事物和表述方法。羅貴祥的《在報館內寫詩》，尋求擺放私人空間與公共空間的位置，表現了語言物化後逃離現實的陌生感，尋求出一種後現代表述的可能。（註八）游靜的詩集《不可能的家》，在中文裏面大量夾雜洋文，在歐化的同時又使用通俗的俚語，其語言不純使人想到回歸前的殖民地文化。

一九九〇年代以後的香港，以簇新的投資和生產模式，重新解構社會的空間秩序。由一九六七年左派的暴動從反方向催生香港成為國際金融中心，延至一九九〇年代香港更升級到全世界為之側目的資本主義後工業都會。由此產生的後現代文化，與工業生產和商品已難捨難分。作為一種跨國性的現代主義思潮，和作為工業化、商業化、都市化這「三化」已實現的香港，其詩作與都市的關係更為緊密，反思或反叛城市的方式更是接連不斷。不屬「後現代」的葉輝，其詩寫國際大都市的小人物，表現出一種悲憫誠篤的情懷。在多音複調、顛覆解構的潮流中，王良和仍固執地寫自己感動、喜悅的詠物哲理詩，並嘗試運用各種敘事語言，表達他獨有的「自家風景」。洛楓寫愛情或寫城市，既有女性的輕柔，亦有騎士的俊逸。從京滬來的「雙子星座」式的評論家黃子平、許子東，在研究革命歷史小說和文革敘事方面做出新成績。活躍於詩壇的「南來詩人」，則主要有張詩劍、傅天虹。綜觀一九九〇年代以來的香港詩壇，並未因「九七」回歸導致「大中華詩壇一體化」和香港新詩主體性的消失以及創作自由的失落，反而由於有「藝術發展局」的資助，詩刊、詩集的出版顯得更加豐富多元。在詩體建設方面，頌歌的勃興和散文詩的崛起，是最值得重視的現象。「立足香港，胸懷祖國，放眼世界」的香港新詩，就這樣以自由的獨特風姿屹立在新世紀的兩岸四地詩壇中。

半世紀以來，幾代作家對香港文學建設傾注了巨大熱情，創作了一系列有香港味的作品，其中之一便是以「漂流異國」和「此地他鄉」的題材，即許子東所說的「失城文學」。（註九）這方面的作品可以黃碧雲的短篇《失城》為代表。它寫陳路遠、趙眉一家為逃避回歸遠走北美，後發現加拿大也是一座囚籠而再次漂流。後來，在海外漂泊的故事和感慨「此地是他鄉」的作品在逐漸減少。就是有懷舊感慨也斯的《後殖民食物與愛情》，其體現的仍然是「香港意識」及隨之而來的身份認同問題。此外，另一重要的收穫是施叔青由十一篇系列小說組成的「香港的故事」，可視為白先勇《臺北人》的香港版。她影響更大的是「香港三部曲」，由《她名叫蝴蝶》、《遍山洋紫荊》、

《寂寞雲園》組成。作者以自己的臺灣文學經驗融入香港社會，用作品主人公的生命史植入香港史的方式，從一個側面去表現香港百年滄桑的命運，去體現香港歷史的後殖民理論。正如李小良所說：「施叔青的香港敘述，真正是把殖民者銘刻於性別架構的殖民歷史，從後殖民的批判導向，重新寫書」。（註十）

香港文學之所以能前仆後繼運行，一個重要原因是有新生力量的加入，且不說對圖書市場發起排炮式攻勢的梁鳳儀的財經小說，單說新世代董啟章創作的《安卓珍尼》，便是一部優秀的女權主義小說。它通過講述女主人公到大帽山探險的故事，觸及了性別問題的核心，表現了一個不存在的物種的進化史。後來創作的《地圖集》，企圖在「九七」回歸前夕重繪他心目中的香港地圖。另一部作品《V城繁勝錄》，不僅解構了自己，也解構了傳統的香港城市小說的寫法。這類屬跨越文類的後現代小說還有也斯的《記憶的城市•虛構的城市》、心猿的《狂城亂馬》。（註十一）不是新世代的張君默的《玉玦》，不屬於平庸的寫實主義。前行代林蔭的《九龍城寨煙雲》在表現市井生活方面，不少地方超越了侶倫的《窮巷》。王璞的懷舊小說和韓麗珠表現「城市異化」的實驗小說，也很值得重視。

香港的報刊專欄之多，許多名家跨欄數之眾，其欄齡之長，讀者之廣，影響之大，都是兩岸三地未有過的。正如余光中所說：「香港的副刊往往分割成許多專欄，大的像棋盤，小的像算盤，各據一方，成為粵語所謂『販文認可區』。美國人見了，會覺得像一盤分格的電視速食。古人見了，會說它像井田。」（註十二）這種報紙副刊「裂土分疆」的現象的產生，是因為報刊負責人深知辦報「靠新聞攻，靠副刊守」，尤其是靠有「新聞尾」之稱的專欄去穩住讀者不被電視奪走，故這時期欄目多，作者眾，讀者一大群。最有特色的是《信報》「封建割據」式的專欄：大鳴大放，各抒己見，不受任何意識形態的約束。其中陶傑在《明報》寫的雜文，諷喻世情，軟硬兼施。女性作家的雜文，經營意象，時見匠心。岑逸飛、馬家輝、徐詠璇、阿濃、黃子程也是專欄寫作的「勞動模範」。另一種由白話文、方言及外語結合而成的「新三及第」，取代了「舊三及第」。這裏講的外語，不僅指英語，還有些是日文詞語，「成為二十世紀香港文字界的『特色』」。（註十三）

後殖民語境中的創作

新世紀的香港是港人治港，談不上有殖民者，但殖民時期留下的「遺產」非常豐厚。這就使我們談香港文化不能離開殖民地背景，誠如黃碧雲出版的書名所說《後殖民誌香港》（註十四）。表現在文化上，純文學在急劇的社會語境中依舊處於邊緣狀態，「以通俗、娛樂為榮」的主流文化未有絲毫改變。正是在這種「以不變應萬變」的情勢下，香港的「新世紀文學」在後殖民環境下無重大突破，其創作特徵與「九七」回歸後並無本質不同，「香港文學館」也不因為回歸就可建立起來。

香港主權移交中國後，香港並沒有發生翻天覆地的變化，至少「英皇道」沒更名為「人民道」，「維多利亞公園」未變成「解放公園」，這就不難理解為什麼以回歸為題材的作品在減少。作家們像過去那樣對政治、對社會變遷持一種漠然的態度，如新千年前後在香港發生的亞洲金融危機、香港居留權問題、非典肆虐的社會事件，許多作家均視而不見，仍我行我素寫自己感興趣的題材。另方面，嚴肅文學創作一直處於不景氣之中，作品讀者少，無法在社會上造成震動，故作家只好寫個人生活或局限於「力比多」之中。這種不是「向外看」而是「向內轉」的傾向，正如有的論者所說，與香港社會多年的殖民化有內在的聯繫(註十五)。具體來說，本土意識弱化的作家們讓負荷過重的代言職能消失，恢復原先寫男女情愛和日常瑣事，情色小說尤為流行。如曾以《失城記》走紅的黃碧雲，「九七」後寫的《桃花紅》、《無愛記》，裏面表現的慾魔情魔和憧憧鬼影，讀之心驚肉跳。王良和的《魚咒》，所敘述的是成長過程中的性愛經驗，萌動的春心與父女情結交匯在一起。余非的《煮一碟義大利粉的時間》所寫的女商人關玲，所關心的是如何賺錢，如何獲取更多的個人利益，至於政治和社會的變動，均不在她的視線之內(註十六)。羅貴祥的《有時沒有口哨》，寫一對男女在旅途中各奔東西的經歷，所採取的是僅有段落劃分而無章節的「對倒」形式，和他的後現代詩手法相似。文學新人葛亮的《迷鴉》，寫的是一則宿命的故事。這種排除了傳奇色彩的故事，符合生活真實，更使人覺得這種故事常在自己身邊出現。

從劉以鬯到陶然，從黃仲鳴到陳寶珍，均喜歡改寫古代故事。這種「故事新編」，在新世紀仍然流行，其主旨仍離不開借古諷今，微型小說這時也比過去活躍，主要作者有東瑞、秀實、阿兆等。

如果說新世紀的文學與世紀末的文學有什麼不同，那就是純文學與俗文學不再像過去那樣壁壘分明。受現代派、後現代主義、後殖民主義影響的嚴肅文學作家，為追求市場效應，在大眾媒體上發表散文時「扮俗」：注重可讀性和娛樂性，而以通俗著稱的作家為使文章短小精悍，常常「裝雅」：省略主語，留下不少空白讓讀者思索。專欄文字比以往減少，尤其是黃維樑、潘銘燊所習慣寫的文學性的「框框雜文」所占的比例越來越少，這與影視文化尤其是網路文化的「入侵」，有很大的關係。

「九七」前曾有學者預言，香港文學由於與大陸文學加強互動和交流，香港文學可在大陸得到更大的發展。可由於大陸文學市場化，再加上大陸文學品質在不斷提高，故香港文學在流通方面並沒有多大的突破。這包括黃仲鳴的《香港三及第文體流變史》、寒山碧的《香港傳記文學發展史》讀者少，市場窄，遠不如劉達文胡編亂湊的《大陸異見作家群》一書發行量大。這種現象，不是短期之內能解決的。

對過去猜測回歸後的變化及由此帶來的不安與恐懼感，在香港新詩作者那裏幾乎成了被遺忘的記憶。多年寫詩未結集的詩人出版處女詩集的在增多。這和特區政府繼續執行對作家補助的政策有一定的關係。詩評集也比過去有起色，至少在整理香港新詩史料方面關夢南、葉輝做出重大的成績。至於創作題材，仍以城市的詠唱為主，夏馬等人的散文詩創作尤為活躍。對詩的研究與推廣，也比以往重視。

香港的文學社團，多半不是隔閡、猜疑、排斥，就是漠視、中傷，香港詩壇中的「本土」與「南來」這兩大板塊也差不了多少，同樣是彼此無視對方的存在，仍像過去那樣不相往來。這兩大創作群體雖不像臺灣的「外省作家」與「省籍作家」那樣矛盾衝突白熱化和政治化，但其中確實潛藏著「香港意識」與「中國意識」的分歧和藝術觀的重大差異。這時期曝光率極高的「南來詩人」，有盡情謳歌回歸的新左翼作家王一桃，另有高產的新秀麗莎。

散文的題材仍保留了多樣化的趨勢。無論是財經、科技，還是旅遊、時尚、綜藝，均在許多專欄作家的作品中出現。戴天的「港式專欄」仍在堅持，比過去增多了時事評論。在香港新移民中，龍應台的雜文尤其引人矚目。她發揚當年的「野火」風格，熱烈地擁抱著自己所愛，毫不留情地抨擊自己所憎。她不少以香港為題材的散文，對香港文化的主體性提出質疑，顯示出作者銳利的目光。比龍應台更具香港文化身份的李歐梵《我的哈佛歲月》、《清水灣畔》，劉紹銘的《文字還能感人的時代》，黃國彬的長篇散文《中大氣象》，書卷氣突出，文字清新感人。林行止有關財經的短論，文筆靈活鬆動。

在文學刊物方面，有充足經費作支撐的《香港文學》月刊，新千年後改由陶然接棒後，刊物的作者面有所擴大，內容更豐富多彩，所堅持的仍是劉以鬯所開創的立足香港、面向世界的開放作風。先後受「藝術發展局」資助的刊物則有《當代文藝》、《純文學》、《文學世紀》、《香港詩刊》、《詩網路》、《文學與傳記》、《圓桌》詩刊、《城市文藝》、《百家》等。不過，一旦停止資助，大部分刊物只好關門大吉。香港作家協會主辦的《作家》月刊及香港作家聯會主辦的《香港作家》，另有《香港文學報》、《香港文藝報》則靠自籌經費出版，其中《作家》已無疾而終。受「藝術發展局」資助的文學評論刊物有已停刊的《香江文壇》及林曼叔主編、二〇〇九年出刊的《文學評論》。這兩個刊物對活躍評論尤其是強化香港文學研究方面，起了促進作用。

香港文學創作和大陸一樣，文學大師仍然缺席，經典文本難產。小說方面有寒山碧反映大陸政治運動的長篇《還鄉》、林曼叔以文革為題材的小說。周蜜蜜的短篇小說集《香江情式》，其鏡頭轉向本地風光，把或奇形怪狀，或活色生香，或五味俱全、文武兼備的眾生相寫得淋漓盡致，把讀者牽引進萬花筒中，進入奇趣之境。尤其值得重視的是本土作家董啟章的「自然史三部曲」：第一部《天工開物・栩栩如生》，曾獲華文世界三大重要好書獎。第二部《時間繁史・啞瓷之光（上、下）》，第三部《物種源史》也獲好評。這部逾百萬字的小說吸納了香港豐富的文化資源，其展說故事的能力令人歎為觀止，尤其是出自「新生代」作家之手，更值得重視。

香港文學的香港經驗

香港自一九五〇年代與大陸斷裂後，作家們在殖民者統治之下從事創作，這種社會背景和文化生態造成與大陸不同的特色。如果用關鍵字來表示，大陸文學與文聯作協、深入生活、工農兵文藝、社會主義現實主義、樣板戲、撥亂反正、新時期、朦朧詩、傷痕文學、新世紀文學等概念聯繫在一起，而香港文學則與難民文學、美元文化、新派武俠小說、文社、本土意識、框框雜文、九七回歸、後殖民寫作聯繫在一塊。

嚴肅文學在夾縫中生存，而通俗文學成為「港式文化」的一個重要組成部分。香港通俗文學的發達，在兩岸三地均首屈一指。那些「蝸居高樓一角，街肆深處，從事字字句句的手工業」（註十七）的作家們所創造的專欄文字以及新派武俠小說，是中國小說史上的一支奇葩，它借鑒西方近代文學經驗和中國現代小說的長處，從思想到藝術都表現了簇新的面貌。這是嚴肅文學融入流行小說所獲得的成功，金庸小說無愧為二十世紀中國文學中的傳世之作。

香港文學從一九五〇年代初表現沈鬱的懷鄉情結，一九六〇年代強調個人的獨立和對家國的疏離感，一九七〇年代尋找香港文化成份，到「九七」回歸後香港文學的主體性仍然存在：不論是現代主義蝙蝠或後殖民蝴蝶，都能在這裏共存共榮。在「一國兩制」語境下的香港文學，是全球華人寫作最自由的地區。它從不與體制合作，沒有被殖民地文化所同化，沒有為殖民者服務的英語文學，沒有政治上圖書審查制度，特區政府也不制定作家應寫什麼不寫什麼的文藝政策，作家們均以個體為單位進行藝術創造。保持文學的獨立性，這是中國文學家多年來夢寐以求的理想境界，屬香港文學的一個重要經驗，也是它至今仍能成為兩岸三地的「公共空間」、不因「九七」回歸成為「特區文學」的一個重要原因。正是憑藉香港作家努力及其積累的香港經驗，豐富和拓展了中國當代文學，使中國文學不至於過分單調而真正成為多元共生百花齊放的苗圃。

注：

（註一）劉以鬯：《香港文學作家傳略》前言，香港，市政局公共圖書館，一九九六年。

（註二）黃繼持：〈香港文學主體性的發展〉，載瘂弦等主編：《四十年來中國文學》，臺北，聯合文學出版社，一九九五年。

（註三）南郭：〈香港的難民文學〉，臺北，《文訊》，一九八五年，第四期，第三十四頁。

（註四）盧瑋鑾：〈香港散文身影——五六十年代〉，載《香港散文選（一九四八—一九六九）》，香港中文大學，一九九七年。

（註五）鄭樹森等：《追跡香港文學》，香港，牛津大學出版社，一九九八年。

（註六）黃燦然：《香港新詩名篇》，香港，天地圖書公司，二〇〇七年。

（註七）梁錫華：〈沙田出文學——香港文學史料一則〉，香港，《大公報》，一九九三年十一月三、十日。

（註八）陳炳良主編：《香港文學探賞》，香港，三聯書店，一九九一年，第一五〇頁。

（註九）許子東：《香港短篇小說一九九八—一九九九》序，香港，三聯書店，二〇〇一年。

（註十）李小良：《「我的香港」：施叔青的香港殖民地》。

（註十一）朱耀偉：〈小城大說：後殖民敘事與香港城市〉，載《香港文學@文化研究》，香港，牛津大學出版社，二〇〇二年。

（註十二）余光中：《憑一張地圖》，臺北，九歌出版社，一九八八年，第六一頁。

（註十三）黃仲鳴：《香港三及第文體流變史》，香港作家協會，二〇〇二年，第二二五頁。

（註十四）香港，天地圖書公司，二〇〇四年。

（註十五）（註十六）趙稀方：〈後殖民時代的香港小說〉，《香港文學》，二〇〇七年七月號。

（註十七）王德威：《香港：一座城市的故事》，二〇〇一年在香港嶺南大學的演講。

第二節　國民黨中央黨部為什麼不認為《秧歌》是「反共小說」

《秧歌》於一九五四年四月在香港問世以來，一直爭論不休。旅美學人夏志清、王德威以及未參加一九五〇年代「反共文學」大合唱的本土評論家葉石濤，均一致認為《秧歌》是「反共小說」。（註一）大陸的袁良駿、何滿子、陳遼也隔海唱和，認為《秧歌》是不折不扣的「反共小說」（註二）。在對張愛玲小說的政治定性上，兩岸似乎早就「統一」了。

已有不少學者指出，不能簡單化看《秧歌》這部作品。寫《秧歌》的張愛玲並沒有推翻中共政權或批判中共的意圖，雖然作品中對大陸政權有強烈的不滿，其客觀效果對中共也十分不利。張愛玲就曾申辯過，不同意夏志清離開故事情節從反共意識形態分析其作品。（註三）

下面，從有限的資料中提供國民黨中央黨部對此小說的片斷看法：

（一）蔣介石撤退到臺灣不久，國民黨中央黨部正式下令：凡共產黨員或非中共而留在「淪陷區」的學者、作家的著作一概查禁。大陸解放後張愛玲沒有隨國民黨到臺灣，在國民黨中央黨部看來，張愛玲這種行為顯然是對「黨國不忠」。這就難怪有臺灣作家說：「張愛玲當年如果來臺灣，一定會很慘……張愛玲這一輩子做了許多錯誤選擇，包括和胡蘭成在一起。唯一做對的事情，就是沒有到臺灣來。」（註四）如果到了臺灣，在一九五四年開展的清除赤色、黑色、黃色的文化清潔運動中，她的作品至少會當灰色或黃色加以清除。當然，她不是「共匪文人」，但她在上海解放後生活過兩年多時間，屬「附匪」或「陷匪文人」，這就難逃其作品在戒嚴初期全部被禁的命運。

（二）著名反共作家朱西寧在《論反共文學》（註五）中，十分不滿國民黨中央黨部查禁張愛玲的作品，後來不再查禁可又不重視和推廣《秧歌》，他們的理由是張愛玲「未能把老共幹王霖和新共幹顧罔寫得青面獠牙，毫無人性，農民也未明顯的心向國民政府。」

（三）臺灣作家王鼎鈞在「反共復國」年代，曾向臺北某電臺推薦《秧歌》，希望能改編為廣播小說，可官方回答說：「書中有很多地方為共匪宣傳」而拒絕廣播和改編（註六）。這句話和上段的回答一樣，都不是虛以應付之詞，而是經過仔細的作品審讀所得出的結論。

（四）《秧歌》的姐妹篇《赤地之戀》後來不再查禁，但也被國民黨中央黨部認為不符合「反共文學」的要求，要刪改後才能出版。（註七）

下面，筆者試圖「摸擬」國民黨中央黨部御用文人的口吻點評和批判《秧歌》，對「書中有很多地方為共匪宣傳」做出詮釋：

（一）書中五次出現「毛主席萬歲」的口號。

1. 第二章寫譚大娘與時代節奏扣得緊，讚揚起中共領袖毛主席有腔有調：

咳！現在好囉！窮人翻身囉！現在跟從前兩樣囉！要不是毛主席，我們哪有今天呀。

譚大娘文化不高，有時把共產黨稱做革命黨甚至國民黨——如果是國民黨，那它領導窮人翻身，更是牛頭不對馬嘴，人家還有可能認為這個國民黨是大陸的民主黨派「民革」即國民黨革命委員會呢。以張愛玲這樣的資歷，寫出這種人物對話，是不可原諒的。

2. 張愛玲左傾是有前科的，在一九五〇年創作的《十八春》中，她按照中共的調子寫作。在一九五一年創作的《小艾》中，用「蔣匪幫」咒罵國民黨。正因為如此，在《秧歌》第六章中，張愛玲又借譚大娘之口讓「要不是毛主席，我們哪有今天呀」這個頌詞再重複一遍，並在「毛主席」後面加上「他老人家」，以示特別親熱敬重。不管張愛玲主觀動機如何，這樣寫在客觀效果上就是為中共宣傳。

3. 在第六章中，《秧歌》第三次出現「毛主席萬歲」的口號，同時還有「史大林萬歲」的吶喊。雖然以眾多呼口號者向高空拋帽子的滑稽劇做了解構，但這種解構力度嚴重不足，是典型的正不壓邪。

4. 同是第六章，後面寫共產黨幹部王霖召開幹部會時，「連一張放大的毛主席像都找不到」，便親筆書寫「毛澤東萬歲」代肖像。在寫會場佈置過程中，沒有任何批判文字，這種寫法與「反共小說」喊「蔣總統萬歲」是針鋒相對的。

5. 第十章描寫中共新幹部顧岡幫老百姓寫春聯時，第五次出現「毛主席萬歲」的口號，所不同的是還多了一個「共產黨千秋」。後面緊接著出現下列讚揚文字：「對仗也很工整，一個個黑潤光圓的字寫在紅紙或珊瑚箋上，也仍舊非常悅目，但是和從前的『聚福棲鸞地，堆金積玉門』之類比較起來，總彷彿兩樣一些。」這「兩樣」含義是什麼，新舊對聯如何區別，作者均沒有明說，這不妨理解為張愛玲認為新春聯有時代氣息，比陳腐的舊對聯更有欣賞價值。

（二）公然頌揚「共軍」。

1. 第十一章王同志說：

> 沒有人民解放軍，你哪裡來的田地？從前的軍隊專門害老百姓，現在兩樣了，現在的軍隊是人民自己的軍隊，軍民一家人了！

2. 第六章寫共產黨幹部王霖路過妓院，作者不但不寫「共軍」被這尋花問柳之處吸引，反而寫他們天生對此就有抵抗力：

> 這些婊子也傻，不知道對新四軍兜生意是沒有用的。

3. 第六章寫「共軍」駐紮在廟裏時，「並沒有破壞那些偶像，也容許女尼姑繼續居留。」

如果是「反共作家」來寫，一定會寫新四軍像後來的紅衛兵那樣把寺廟當作宣揚封建迷信的堡壘砸個稀巴爛，或寫新四軍非禮乃至強姦女尼姑，可張愛玲只讓「年輕的尼姑都逃跑了」，使這類書寫無從展開。

4. 同是第六章寫「共軍」撤退時，歌頌他們紀律嚴明，軍民關係良好：

> 撤退的命令來到的時候……兵士借用的農民的對象，都得要拿去還人家，因為他們的口號是「不取民間一針一線」。到處可以聽見他們砰砰拍著門，喊著：「大娘！大娘！」一個老婆婆睡眼朦朧扣著鈕子，戰戰兢兢來開門，兵士交給她一隻折了腿的椅子，或是一隻破鍋，鍋底一隻大洞。他向她道謝，借給他們用了六個月。

這「戰戰兢兢」並不是害怕「共軍」，而是因為不知道來者是誰。寫「共軍」如此守信用有借必還，又說「共軍」撤退後還要回來而不是被「國軍」擊潰回不來。

5. 張愛玲在紅色政權生活時間雖然不長，但她對大陸的紅色歌曲耳熟能詳，「中毒」太深，以至在第七章寫上冬學時，又寫月香學會了唱《東方紅》、《打倒美國狼》。這《東方紅》有「毛主席是人民的大救星」的頌詞。把軍事援助臺灣的大恩人美國說成是「狼」，也說明《秧歌》受了中共反蔣文藝政策的影響。

6. 第二章公然頌揚《八路軍進行曲》給老百姓帶來歡樂，豐富了他們的精神生活：

> 費同志提議，叫新娘子唱歌……金花面對著牆，唱了《八路軍進行曲》。
> 「再來一個！再來一個！」費同志劈劈啪啪鼓起掌叫了起來，大家也都回應他。……

磨了半天，新娘子還是屈服了。這一次她唱了在冬學班學會的一支新歌：

「嗨啦啦啦！嗨啦啦啦！天上起紅霞啊呀！地上開紅花啊呀！」

像這種軍民魚水情的場面，一點也不像出自「反共作家」的手筆。頌揚了《八路軍進行曲》還不夠，又補上「天上起紅霞啊呀！地上開紅花啊呀！」這種「雙紅」詞句，國民黨的藍色豈不被共產黨的紅色覆蓋完了。如果說《秧歌》是「反共小說」，可從頭至尾都沒有出現國民黨的黨旗和黨歌、軍歌。

（三）歌頌中共紅色政權。

1. 第四章王同志說：

金根嫂，你這次回來一定也覺得，鄉下跟從前不同了，窮人翻身了。現在的政府是老百姓自己的政府，大家都是自己人，有意見只管提。

這段話儘管在後面被農民暴動所消解，但張愛玲作為「反共作家」顯然不及格。像這種語言和思路，只有「陷匪文人」才寫得出。要是臺灣的「反共作家」來寫，緊接著就會作出批判，而不是後來做補救。

2. 藉中共電影歌頌新社會如何出現眾多奇蹟：

許多影片關於工程師和老工人怎樣合作，完成許多奇蹟。他們修好一隻爆炸了鍋爐；一隻車床年代久遠不能冉用下去了，他們又給它延長了生命；紗廠缺少一樣重要的零件，以前是從美國輸入的，現在無法添置了，他們有辦法利用廢鐵，造出新的來。

3.在第十一章中再次出現「現在的政府是老百姓自己的政府」的詞句。這王同志雖然是以說教的口吻講的，但就內容本身來說是在歌頌「偽政權」、「偽政府」。

（四）宣揚中共實行的土改給農村帶來新面貌，給農民帶來幸福，使農民感激不盡。

1.在第三章寫「現在鄉下好嘍！窮人翻身嘍！」時，談到分田地分地主的財產如何使農民笑顏逐開：

他們又告訴她，土改的時候怎樣把地主的傢俱與日用器具都編上號碼，大家抽籤。譚大娘她們家抽到一隻花瓶，一件綢旗袍，金根這裏抽到一隻大鏡子。……譚大娘說：「金根嫂，你們那鏡子真好啊！真講究——」

2.寫倆口子觀看中共發的新田契時，只見——

紙上的字寫得整整齊齊時，蓋著極大的圖章與印戳。數目字他是認得的，他又指給她看他的名字在哪裡。他們仔細研究著，兩隻頭湊在那蠟燭小小的光圈裏。

她非常快樂。他又向她解釋，「這田是我們自己的田了，眼前日子過得苦些，那是因為打仗，等打仗完了就好了。苦是一時的事，田是總在那兒的。」

土改使農民「非常快樂」，這與後來寫的「過了春荒還有夏荒」完全自相矛盾。像這種頌詞純屬多餘，如是「反共作家」一定會刪去。另方面，這是為中共不顧人民死活造成老百姓的苦開脫。

3. 第七章，又出現了這樣的對話：

真是感動人——這些農民分到了農具的時候，你沒看見他們那喜歡的神氣。

後面雖然加了一句「可是翻身農民的歡樂已經過了時」，既然過時了，就沒有必要寫。

4. 和歌頌土改相聯繫是寫中共的農村工作做得十分周到，處處為老百姓著想，如辦冬學，幫農民提高文化水平：

把生產搞好了，還要學文化。趁著現在冬天沒事的時候，大家上冬學……現在男人女人都是一樣的，你們夫婦倆也應當和大家比賽：他當了勞動模範，你也得做個學習模範。

5. 宣揚農村有婦女會，可為婦女翻身撐腰。作品還寫新農村「新」在移風易俗，新娘子出嫁不用坐轎子，「不論十里二十里，都是走了去。……所以我說，現在時世兩樣咧！」

6. 在歌頌新農村時，還不忘歌頌中共控制下的城市：

> 因為現在正鼓勵勞工回鄉生產，所以現在上海街上三輪車夫都少了許多，黃包車夫是完全絕跡了……如果兩個人都到上海去，金根是一定不會肯去的。才分到了田，怎麼捨得走。

這土地是農民的命脈。如此看來，中共的土改無疑滿足了農民對幸福生活的渴求。

（五）美化中共幹部。

1. 《秧歌》前後寫了費同志、王霖、俞同志、沙明、顧岡等中共新老幹部，大都將其寫得對老百姓十分友善：

> 費同志人很和氣，興致也好，逐一問在座的客人們今年收成怎樣……
>
> 吃完了喜酒，照例鬧房。不過今天大家彷彿都有點顧忌，因為有幹部在座。但是費同志顯然是要「與民同樂」的樣子，還領著頭起哄，因之大家也就漸漸地熱鬧起來了。

這裏寫中共幹部毫無架子，與老百姓打成一片，完全不像「反共小說」中所寫的姦淫擄掠，無惡不作。

2. 在第二章寫中共幹部如何胸懷寬廣，不計較個人得失：在鬧新房時，新娘子不小心把費同志撞到桌子上，而費同志不反擊，只是有點猶豫：

> 譚大娘說：「你瞧人家費同志，多寬宏大量，一點也不生氣。」

3. 對來自上海的文藝家顧岡，與曾在上海做傭人的月香產生一種奇異的親切感，這也把顧岡人性化了。按照「反共文學」的模式，中共幹部只有獸性沒有人性，張愛玲至少應該寫顧岡與月香的曖昧關係，可她在這方面溫情脈脈，不敢動顧岡一根毫毛。

4. 第六章寫中共幹部如何艱苦樸素：

> 清晨的陽光從門外射進來，照亮了他腳邊的一筐米與赤豆，灰撲撲的蘑菇與木耳，還有大片的筍衣，發出那乾枯的微甜的氣味。女幹部在櫃檯上大聲談講著，捲起她們的鋪蓋。他們昨天晚上就睡在櫃檯上。

這裏用詩的語言歌頌中共辦的合作社充滿了陽光，物資如此豐富，並用這種「微甜的氣味」襯托中共女幹部艱苦樸素的作風。

5.從事集體屠殺的王霖被美化為面對暴徒臨危不懼的英雄，他在事發前振臂高呼：

「老鄉們！大家冷靜點！這是人民的財產！人民的財產動不得的！」王同志嚷得喉嚨都嘶啞了。「我們大家來保護人民的財產。」

王霖被暴徒用扁擔擊倒，掙扎起來又為保衛國家財產奮戰。這哪裡像鎮壓群眾運動的劊子手，簡直是英雄，烈士般的傳奇人物。

（六）張愛玲寫農民暴動沒有寫出他們的政治目標。在她筆下，所謂暴動，純粹是一群餓鬼搶糧，而不是以推翻中共統治為目的。如果換臺灣的「反共作家」來寫，一定會寫行動前的組織動員，會寫在現場散發「打倒共產黨」的傳單，可張愛玲的作品沒有出現這些。

集體屠殺是《秧歌》全書的高潮和重點，可作者只用「他很快地重新裝上子彈，又射擊了一通。人堆裏被他殺出一條血路來」一語帶過。這裏沒有出現屠殺現場如何血流成河，屍橫遍野，這是有意為執政黨的暴行塗脂抹粉。接著張愛玲又寫王同志承認「只是一時意志薄弱，信仰發生了動搖，共產黨是失敗了」。其實，王霖的信仰何曾動搖，他也無任何叛黨行為。張愛玲如此寫王霖為自己的行為後悔，是在同情沾滿群眾鮮血的劊子手。聯繫張愛玲的一貫創作態度看，她厭倦政治，缺乏政治責任感，她只是為高稿酬迎合美國新聞處的口味而寫作，而非自覺地反共反毛。

或曰：「你這種『模擬』和分析完全是斷章取義。」眾所周知，圖書審查不是學術研究，它是為政黨服務，在某種意義上說來是專門整作家的，這就少不了深文周納，用斷章取義和無限上綱的辦法，不管是臺灣的國民黨還是大陸的「四人幫」，無不是如此。《秧歌》不是「反共小說」，如果是，那新時期出現的眾多寫大陸陰暗面的作品，如寫反右鬥爭的《天雲山傳奇》，揭露極左政治對農民最基本生存權利剝奪的《李大順造屋》，還有《犯人李銅鐘的故事》，又該作何解釋？《秧歌》既然不是「反共小說」，那是什麼小說呢？是一種對紅色政權不關心人民疾苦，亂攤派，亂抽稅，造成老百姓生活一天不如一天，以致「看見吃的東西，就像蒼蠅見了血一樣」的自由主義小說。作品描寫饑餓和不滿苛捐雜稅太多，並不是將矛頭指向中國共產黨，而是怪其政策不好，希望其改進，是恨鐵不成鋼。至於王霖帶頭開槍打死眾多群眾，在作品中只是個別事件和偶然現象。作者還讓王霖做檢討，意在中共要吸取教訓。如是「反共小說」，王霖的級別至少是區長或縣長，而不是小蘿蔔頭。只有寫大幹部，才能典型化，才能說明中共政權的本質。而王霖開槍只是一時衝動，屬個人行為，而非奉上級指令。他在本質上還是愛人民的，只不過是好心（為保衛國家財產）辦壞事罷了。

不管國民黨中央黨部如何不認同《秧歌》是「反共小說」，但《秧歌》確有醜化共產黨的地方，尤其是寫官逼民反，聚眾搶糧，還造成嚴重的流血事件，對中共的威望無疑是有極大的影響。作品還認為共產主義沒有前途，但這些看法，就像張愛玲在《秧歌・跋》所說「作者一時認識不清，立場不穩，竟也附和他的論調，感到革命理想破滅的悲哀，而且把這事件據實寫了出來」。退一步說，這本小說確有反黨聲音，那也像小說結尾寫的：

> 那鑼鼓聲就像是用布蒙著似的，聲音發不出來，聽上去異常微弱。

再微弱也是聲音。這就難怪大陸的左翼評論家和臺灣的右翼評論家聯手將其打成「反共小說」。但張愛玲畢竟不是臺灣的反共文人，她是在香港用自由主義立場書寫兩岸政權都不喜歡的厭共怨共但未必仇共同時又混雜有擁共內容的複雜作品。

注：

（註一）夏志清：《中國現代小說史》，哥倫比亞大學一九六一年英文版；王德威：〈重讀張愛玲的〈秧歌〉與〈赤地之戀〉〉，香港，《現代中文文學學報》，一九九七年第一期；葉石濤：〈臺灣文學史綱〉，高雄，《文學界》雜誌社，一九九一年。

（註二）袁良駿：《香港小說史》第一卷，深圳，海天出版社一九九九年；何滿子：〈這不是反了嗎？〉，天津，《文學自由談》，二〇〇六年第二期；陳遼：〈「張愛玲熱」要降溫〉，載《天津文學》一九九六年第二期。另見北京，《作家文摘》一九九六年四月十九日，第一七二期；《文藝報》一九九六年五月三日（總九九六期）。

（註三）張愛玲：《張看・憶胡適之》，臺北，皇冠出版社一九九二年，第一四五頁。

（註四）陳子善編：《作別張愛玲》，上海，文匯出版社一九九六年二月。

（註五）朱西寧：〈論反共文學〉，載《日月長新花長生》，臺北，皇冠出版社，一九七八年，第一〇五頁。

（註六）見「方以直」（王鼎鈞）在《中國時報》發表的一篇隨筆，轉引自陳柏青：〈封鎖線的另一端——張愛玲的〈秧歌〉〉，臺北，《文訊》二〇〇七年八月，第四十五頁。

（註七）曉風：〈淡出〉，載陳子善編：《作別張愛玲》，上海，文匯出版社一九九六年二月，第五三頁。《赤地之戀》刪節本由臺灣費龍出版社一九七八年出版。

第三節　「象牙之塔的浪漫文字」

一、讀葉靈鳳的性愛小說

葉靈鳳的創作，如果從粗線條劃分，可分為上海時期與香港時期。作為海派作家的葉靈鳳，當年是創造社的一位小夥計，其成就和影響不能與郁達夫、張資平相比，但這時期出版的小說集《女媧氏之遺孽》、《時代姑娘》，一時洛陽紙貴，成為二三十年代性愛文學的一束妖豔的玫瑰。

一九三八年移居香港後，葉靈鳳不再寫小說而專寫散文，其《霜紅室隨筆》很有影響，但畢竟比不上他年輕時寫的性愛小說那樣有藝術家氣質。這藝術家的氣質表現在葉靈鳳排斥藝術功利主義，努力追求純美境界，對享樂主義投以豔羨的目光。用他自己的話來說，他的小說是「象牙之塔的浪漫文字」，表現出一股為藝術而藝術的傾向，與「為人生」理論做依託的文學研究會的葉紹鈞們大異其趣。

在葉靈鳳看來，作家應是美的創造者。作品只有優秀與粗劣之分，而無道德或非道德之別。基於這種看法，他向舊禮教舊道德舉起投槍，毫不迴避人慾橫流和性慾挑逗的描寫。如作於一九二五年七月後在《洪水》半月刊發表的《曇華寺的春風》，寫情竇初開的小尼姑偷窺陳四的茅屋中「兩個人的肉體」如何擁抱在一起的情景，以致「經不起這意外的刺激」無法控制自己而意外身亡。按傳統觀念，「出家人以清淨修養為本」，不但不得與外人談笑，更不能讓澎湃的春情淹沒自己。可月諦不聽這一套，大膽地想自己之所想，做了一個又一個少女在春夜裏想做的夢。這夢中所見的男女交歡的景象，都是她在清醒時所希望而又不敢常想，想起來總是要臉紅的事。這種想法和做法並不是什麼犯罪行為，而是人的一種本能，一種正常的生理渴求。可這容不得「男女授受不親」的舊道德，月諦只好躲起來在閨房中自由地想像不受任何拘束地發揮。在這方面，葉靈鳳有一個令道學家皺眉頭的結論，他認為哪怕是高尚的人都難免和月諦一樣存在性幻想，儘管這會使人產生焦慮和羞愧，但這幻想是欲求不能的結果，它豐富了人們的精神生活，使少男少女忘卻煩惱樂在其中。

在強調「性愛的享受」方面，葉靈鳳一點也不比他的「老師」郁達夫、張資平遜色。他的許多小說，如《女媧氏之遺孽》、《處女的夢》、《紅的天使》、《愛的滋味》都離不開男女情欲的描寫，有時候還寫了一些變態心理，如《女媧氏之遺孽》中云：「現代人的悲哀惟在懷疑與苦悶，所以每有反常和變態的舉動，這婦人以中年之齡，忽與一個青年發生戀愛，行動已很可異，事情發現後，她處於三角的關係之下，又復顧左慮右，毫沒有一點決定的主張，我們試看她自己所記，有時心情很安靜，有時又很悲哀，時而要自殺，時而卻又甘於忍辱偷生，猶疑寡斷，雖不能說她可以作現代一部分在戀愛痛苦下婦人的象徵，然至少總帶有幾分世紀病的色彩。」從這最後一句看，葉靈鳳對「反常和變態的舉動」並非一味讚揚，而是有所保留和警惕。

葉靈鳳企圖以非道德的描寫來維護藝術的獨立尊嚴。他反對道德說教，無非是寫尼姑思春，寫紅杏出牆，寫千金的春宵，寫趣史豔事，以及寫「孤單的床，孤單的枕頭，孤單的背影，陪襯著這二十一歲苦悶著的孤單的青年」，這種描寫正好被道學家歸之於享樂主義和頹廢思潮，有人甚至認為葉靈鳳的作品在教唆青年如何偷情，如何手淫。其實，葉靈鳳小說中寫性慾和自慰行為，並不是作品核心部分。即使不得不出現這種場面，也是點到為止，如《曇華寺的春風》，寫小尼姑「屈身閉上雙眼，只覺面部發炎，血液循環率加快，她用兩手掩住胸部，胸部皮膚表層裏似有無數小爬蟲在搔動著想鑽出。她發了狂似的抱著被在床上反覆地亂滾。」這段文字比起當今流行的「下半身」描寫來，葉靈鳳的筆調要含蓄得多，文字也要衛生得多。

在創造社諸君子的文藝理論中，無論是郭沫若、郁達夫還是張資平，都把本能衝動強調到一般人難於接受的程度。這種看法畢竟不合時宜，因在當時的歷史條件下，即使是神經不正常的人也知道性愛是一個完全私密和丟臉的東西，但為了「創造」，郁達夫們大膽地描寫紅得比畫箱中的玫瑰還要鮮豔的雙頰和人的隱私。所不同的是，葉靈鳳的審美傾向及其創作並沒有完全重複郁達夫和張資平的「沉淪文學」，如葉氏不似張資平那樣把男女間的私情緊緊與性慾相連，或用獵奇的方式描寫性心理，而是更注意將情色與人生的優美渴望聯繫在一塊：

> 我的愛，我願以水晶的心，冰雪的手，將明淨的天空作紙，用晚霞抒寫我的心曲，借天風作我的郵使，不著痕跡的悄悄的向我所要訴的人的心上吹去。

正是這種風流而不下流的渴望，使小說的字裏行間燃燒著反抗世俗的熊熊之火，如《處女的夢》寫浮滑青年常常尾隨靚女，莎眉討厭這種輕薄行為，她甚至想以其人之道還治其人之身：「但願有一天女性也能大膽地跟在你們的後面，讓你們來嚐嚐這個中的滋味。」這對於男尊女卑的封建社會來說，頗有反潮流精神。《妻的恩惠》寫妻子的文學才能比丈夫高，以至丈夫盜用她的名賺取稿費。這裏不僅讚揚了蛾眉不讓鬚眉的女性天賦，而且諷刺了吃軟飯的男子心靈是如何卑微。《拿撒勒人》在情愛故事背後，則對潦倒的知識份子表現了深切的同情，有濃厚的人道主義色彩。

佛洛伊德學說是中國現代文學觀念的基礎，它對葉靈鳳的影響至為深廣。在葉氏小說中，佛洛伊德主義貫穿於人物和情節，這極大地幫助了葉靈鳳進入人性的秘密花園，並有利於他呼應五四時代對「唯小人與女子難養也」傳統觀念的反叛和人格重鑄的社會籲求。值得肯定的是，葉靈鳳在接受這種西方學說時，並沒有全盤照搬，而是十分注意這種學說的中國化，把其內核與東方的人情風俗聯繫起來，如前面提及的《曇華寺的春風》，用精神分析法透視小尼姑的的性幻想及「意淫」行為時，均塗上了一層濃厚的東方色彩：「她偷眼看看師傅不在旁邊，竟將擊木魚的小錘也舉起靠在兩頰上用力地磨擦。」這裏的時空環境和磨擦所用工具，都是中國特有的。它指向的雖不是人體的隱秘處，但讀者完全可以聯想到「小錘」的意指。

佛洛伊德學說對葉靈鳳小說的影響，更重要的表現在潛意識領域的開墾。這一處女地的開發，揭去了少男少女性衝動的面紗，如《處女的夢》：

有時月夜我中宵醒來，望著從窗上瀉進來的銀光，朦朧中我每止不住要生出許多幻想。我彷彿看見一位白衣年輕的天使，捧著一朵玫瑰從窗外悄然飛到了我的床前，靜默的將玫瑰吻了一下放在我的心上，他的臉很熟，但是我記不起是在哪裡見過。我要開口，可是心上醉沉沉的又講不出話來。

這是誰？我知道是他。只有在他的面前我的心才會沉醉的。

莎眉一旦發覺自己的潛意識世界有曝光的可能，便發出「夢，夢，夢，我咒詛你，我詛咒你洩漏了我心裏的幻想，我咒詛你怎不——怎不永遠的做下去不使我醒來！想到這若是事實，自己便感到羞澀，但是一想到這真的是夢，自己又不禁覺得惋惜」的怨語。夢境本是窺探少女內心秘密的窗戶，這促使葉氏的每篇小說都不忘向人物靈魂深處挖掘。葉靈鳳自然不算自覺而系統地在性愛文學中運用佛洛伊德學說的大家，但他這方面的確獲取了成功，並成為吸引讀者眼球的一種重要手段。

在意識到創造社諸君子在性愛描寫所取得的重要成就後，並沒有改變人們對性幻想和性饑渴的不雅看法。這畢竟是一個長期以來充滿禁忌的領域。葉靈鳳不懼世俗的偏見，就像一位精神科醫生拿起小說的「手術刀」，專門「治療」青年男女會導致心理退化的「性倒錯」，用作品中人物的現身說法告誡他們自慰行為多了會傷害身體，尤其是伴隨著漫無邊際的瘋狂幻想會像月諦那樣失卻理智，爬上窗臺「突然跳了下去」，這是「可恐怖的性慾的誘惑！」當然，葉靈鳳更多的是向家長向社會各界人士，說明性幻想是人類心理再正常不過的組成部分，不應用道學家的手段將其殘酷抑制和打壓。性幻想畢竟可以滿足原始的在現實生活中得不到的慾望，可以使身心獲得某種平衡狀態。像《浴》中的露莎在浴室裏幻想一位少男「撲到了她的身上，她覺著他的肉體是異常的沉重而且漲熱。她淩緩地用手去摩摸他的披散的頭髮，覺著他已經用手將她的……」這裏寫的性幻想並非是「迅速手淫」的序曲，更非「無聲的高潮」，它只是性壓抑下的少女一項重要的精神活動，這種活動在保存青春活力方面起到了重要作用。

魯迅曾斥創造社的骨幹們是「才子＋流氓」式的人物，（註一）葉靈鳳無疑也是魯迅的火藥目標之一。魯迅之所以有這種偏激看法，與一九二〇年代後半期潘漢年用「亞靈」的筆名寫的《新流氓主義》（註二）文章有關。這裏說的「新流氓主義」，並不是提倡女人都要做淫婦或男的去做嫖客，而是政治上的：用流氓無產者的方式去反抗舊世界。這種反抗破壞性遠大於建設性，但在那個年代仍有進步作用。正是這種主義，促使葉靈鳳寫了一些「革命文學」的作品，如作於一九三〇年的《神跡》，寫地下工作者寧娜全心全意撲在革命事業上。即使和飛機駕駛員表哥談戀愛，也是利用其身份到飛機上撒傳單。面對上海的高空，人們對這位勇敢的女士喊出「寧娜萬歲」的口號。這種口號內容和發傳單的方式，正是葉靈鳳把自己的「流氓性」浸泡在唯美浪漫的浴缸中的表現。同年出版的長篇小說《紅的天使》，是典型的革命加戀愛且是三角戀愛的作品。男主人公到北京參加革命運動時，愛上了大表妹，後結婚於燈紅酒綠的上海。有醋意的二表妹出於嫉妒心，決心破壞他們的婚姻，煽動在司法部門任職的小夥子去攪局，去挑撥他們的情感，並使用卑劣的告密手段導致男主人公被捕。最後是「善有善報，惡有惡報」，犯罪者不是受到懲罰就是對生活絕望而自殺，而那位革命青年重獲自由後再和大表妹團圓。這裏寫一波三折的情感歷程，尤其是對革命的理解誠然過於膚淺，作者寫革命活動遠不如寫愛情那樣真實和生動，但比起作者過去認為「社會運動和革命工作有何用」來，畢竟是一種跨越。

葉靈鳳是永不滿足現狀而勇於探索新路的小說家。他把性愛題材寫得是如此多姿多彩，不僅每個單篇表現方式不同，而且一篇之內的手法也不雷同。如《時代姑娘》先是用第三人稱敘述故事，後又用第一人稱寫「插曲」，其中《海行日記》將秦麗麗由舉棋不定到最後跌入深淵的變化過程寫得栩栩如生。《菊子夫人》充滿了「貞操與愛是無關的。孩子並不能代表愛。只有因了愛而生出的孩子才能代表愛……相貌與愛無關，相貌是要視愛為轉移的」的警句。《內疚》採用的是內心獨白體。《愛的講座》不是寫哲學講義，而是由充滿智慧的哲學語言所組成：「愛是沒有形象的；同時，愛又是一切的形象。在你的眼中，愛的形象是她；在她的眼中，亞德斯佛，愛的形象是你。愛沒有形象，愛的形象存在你所愛的形象中……你們要作愛的主人。你們不要作愛的奴僕。你們要驅使愛，你們不要為愛所驅使。」《鳩綠媚》「中與外、古與今的時空錯綜，以及骷髏與青春情慾的怪異糾纏，使這篇作品成為二十年代不可多見的奇聞」。（註三）《未完的懺悔錄》，其手法變化之多更是讓人歎為觀止。正如楊義所說：葉靈鳳「在藝術形式上把浪漫抒情小說引向豐富多彩、開闊靈活的領域，而在藝術思想上卻把浪漫抒情小說導入空幻神秘、偏狹暗淡的小胡同，致使他的作品良莠兼雜，瑕瑜並陳，令人迷惘，也令人惋惜」。（註四）

作為唯美浪漫的小說家，葉靈鳳當然不會走平易質樸的現實主義路線。無論敘事、對話、寫景甚至心理剖析，其筆墨均錯彩鏤金，而不似葉紹鈞絕少鋪張揚厲。他這種鋪錦列繡的做法，並無古人說的「雕繢滿眼」的毛病，反而顯得情真意切：

> 誘惑是司春之神的唯一絕技，她把雀兒逗開了歌喉，花兒逗出了蓓蕾，又將溪水引起微笑，枝頭引出新芽，現在更轉向人的方面來了。月諦自春風沿了十里長山吹進曇華庵以後，她的心中更加飄渺起來。

這裏以豔麗的色彩、華美的詞句寫一位獨處閨中的少女懷春的情感衝動。用雀兒、花兒、溪水、枝頭襯托人的心靈波動，極為貼切生動。在別的地方寫女人的身體，顯得濃豔香軟、飛花點翠，使人如覺春入園林，百卉向榮，一派生機。他這種華麗風格，不僅不影響內容的表達，而且還能傳達出美麗動人的境界。

葉靈鳳華麗風格的形成，不僅靠選用大量的形容性詞語，而且靠整齊組合的排比句，以構成形式美與之配合，如《處女的夢》寫主人公的心靈自白：

我知道月亮是為我而圓，好花是為我而開，幸福是為我而有，青春是為我而來，曇華君是為我而存在。

我？我更是為他而存在。

這裏無論是句法、詞性乃至節奏，均兩兩對應，自然而然地產生出一種內聚力和對讀者的吸引力。經過前後映襯，互相補充，最終突出「我更是為他而存在」的主旨。這裏的「而存在」，和上面的「而圓」「而開」「而有」「而來」，最終構成一個整體，一起發出耀眼的夢幻光芒。

唯美浪漫的小說其審美價值體現在給讀者情感上的慰惜和精神上的滿足。這一點，葉靈鳳可說是使用渾身解數，連人物的命名都使人感到像「兩畦猩紅色的美人蕉，豔嬌得使人見了忍不住心跳」。如《浴》的女主人公叫麗莎，《處女的夢》叫莎眉；還有《明天》中的麗冰，《女媧氏之遺孽》的莓箴，《憂鬱解剖學》中的靜嫻、秀珠，這些命名無不有助於作者去展現一個五彩繽紛的世界，去締造一個如歌如夢的意境。

不可否認，葉靈鳳「象牙之塔的浪漫文學」，停留在「紅色，甜蜜，陶醉，玫瑰，幸福」的表層上，思想內涵不夠深刻，反映的生活面過於狹窄，有些描寫格調不高，但作為浪漫抒情唯美派的代表，葉靈鳳的小說無疑具有典範意義。

二、流蕩著濃郁的詩情和哲思

機動船在汶萊河上飛馳，那剪開的水波漾得很遠，竟把附近停泊在河上的小船連累得搖擺不定。我一眼瞅見了，那坐在船中間遲來開世界華文小說研討會的《香港文學》總編輯陶然。他穿著米黃色風衣，正和一位來自中國的大陸學者談稿件中的問題。

當時，陶然手中還拿著剛出版的本地報紙，一邊看風景，一邊指著上面的內容在輕輕地絮談。越是喧囂的環境，他越能脫開現世諸多事物的糾纏煩擾。他一直和浮燥的俗情世界、霓虹燈裝飾的時髦保持著一定距離。他敏感地警惕著生命的鈍化、心靈的衰竭、人性的物化和人文精神的淪喪。筆者和他這樣不同一般的相遇，不只在汶萊。在東京，在萬隆，在曼谷，在澳門，我總看到他目不轉睛地收集寫作素材。他最近由上海華東師範大學出版社出版的「作家看世界叢書」《十四朵玫瑰》，便是在旅途中的賓館裏乃至飛機上、火車上完成的。

對充滿驚喜和冒險的旅程，近年來已有不少作家寫過。陶然的《十四朵玫瑰》不與他人重複，仍有自己的獨特魅力，尤其是有一種濃厚的人文氣息。其可貴之處，在於描繪海外重要景點的同時，又有意識地超越了以旅遊為單一目標的寫作，流蕩著濃郁的詩情和哲思，灑向和平之鄉都是情。

在旅途中做一個有追求的作家並不難，或出訪，或赴會，或會友，或探親，陶然的工作性質也的確給他帶來許多方便，但是，能夠不斷地拓寬自己的襟懷，不斷反思自己的文化身份和人生的意義，把自己的關注投給溫泉，投給海灘，投給陽光，投給雨露，投給綠島，由此不斷豐富自己，充實自己，去玄思去冥想，卻是需要耐性的。對陶然來說，金巴蘭海灘不僅是他吃烤魚烤蝦，再溫一杯熱帶冷飲的地方，也是他一個充滿了自然和生命神往的所在。「回首一望，夜色更深，星星更亮，歌聲更柔，人影更朦朧，這金巴蘭海灘便這樣留在我的腦海裏。」這就需要參悟，也需要心情的調整和身份的改變。關於沙灘，關於海浪，關於溪流，關於晚風，關於日出，關於花店，關於合歡樹，關於燭光晚餐的浪漫情調，在陶然散文中不時可看到，讀者不難從中感受到外出旅行確是人生最美好的一種享受。是的，在休閒聲中，作家們不再蝸居一室，超負荷地與還不清的稿債還有人情債相對。這時不必在螢光屏前加班加點，而是有假可休。但同時，在放鬆中也會做蠢事，像到五月京都的賭場中一擲萬金，或成了穿和服靚女的俘虜。面對這種形形色色的誘惑，就應像陶然書中所寫的那樣重建人文精神，加強對誘惑的抗拒能力，重建人與大自然和諧相處的關係。書中經常可以看到偷得浮生半日閒的陶然，在燈紅酒綠的街道中行走時仍然兩袖清風，在和良辰美景親密接觸時不忘到當地華文書店「聯通」，在那裏吸取新的精神食糧，在琳琅滿目的書架前作「小鸚鵡之間也是弱肉強食，強者霸道，不斷用喙啄逃其他同類，總是想要『獨佔天下』」的人生沉思。還有因航班受颱風影響而延誤只好做所謂「機場半日遊」，只見他「從底層上到四樓，又從四樓跑到底層」，如此來回反覆成了最佳的健身運動，把最無聊的時光當作為生命儲存力量的大好時機度過。

在陶然筆下，萬物是如此有情，眾生是如此平等，「洋和尚」也有騎摩托、打手機的權利，這裏所傳達的是「有福同享」的人情味。

旅行，尤其是飄洋過海去五大洲「到此一遊」，對芸芸眾生來說，那是難於實現的夢想。重要的不僅要有閒，還要有銀子，有了銀子還要用中英文填各種報表，姓名還不能按中國習慣寫，填完後要貼上有特殊要求的脫帽照，再到有關部門乃至領事館、大使館申請簽證，這就使恨不得一步登天的人望而卻步。在這方面，有些人還真的不妨像陶然那樣拿到來之不易的簽證後到馬來西亞檳城選擇自助遊，這比導遊喋喋不休介紹景點聽得人長耳繭要舒服多了。不要求所有人均讀萬卷書，但有條件者不妨行萬里路。對身兼兩個刊物還有一家出版社和文藝團體負責人的陶然，分身無術，令他既不能靜下來手不釋卷地苦讀，亦不能憑個人興趣行路。他深知旅行不易做到，旅遊則與自己業務對口。在他心目中，旅行與旅遊本就不是一碼事。旅行顧名思義重在「行」，或像某些藝術家那樣搞「行為藝術」，其出行路線由自己選定。以到三峽而論，既可做穩坐釣魚臺無任何風險的漂遊，也可做有驚無險的軍事式漂流，或像探險者那樣做充滿刺激性帶一定危險的漂流；而旅遊則非自選而是由旅行社或會議主辦單位操作，自己無任何選擇餘地。作為《中國旅遊》雜誌負責人的陶然，儘管受局限仍力求遊出品位，遊出美感，當然也一定要遊出享受——不僅是物質的，而且也是精神的。為此，陶然遊前精心做各種「作業」：買地圖，翻資料，帶好朋友的電話和自己的著作及刊物，做有備之遊。在對當地歷史蹤影、文化名勝乃至景點位置了然於胸的情況下，哪怕來到「尋夢園」，哪怕夢境飄然而至，哪怕傾聽抒情歌曲後但覺靈魂翻飛，陶然也不會忘記「我是誰」。他總是認為自己是過客而不是「歸人」，這便是陶然真實身份的寫照。

陶然不是狂妄之輩，他從不認為自己天生是當作家的料，但是，能從檳城那山那水那語言那風俗那習慣那伊斯蘭國家的氛圍找到印尼感覺和悟及神性的人，一定有慧眼，有獲得這種由此及彼聯想的獨特能力。當然，這種能力不是從娘胎裏帶來的，而是在東南亞旅遊中所獲取的靈感，還有從編世界華文文學稿件中練就的。《獅城熱帶夜》開篇寫在露天下展開的巴塞隆那酒巴之夜，在歡聲笑語中與來自印尼的黃老闆邂逅，黃氏請他喝印尼也不一定有的愛情果汁，這再平常不過。接下來的感慨，卻值得玩味：

> 在這熱帶島國的炎熱之夜，就讓我喝這杯黃色的果汁，甜甜的，涼涼的，既解暑，又可彌補我以往的錯失。世事就是這般奇妙，迎面而來竟失之交臂，不經意間卻又會撞個滿懷。

這後面三句才是點睛之筆，世事的巧合由此提到了哲理高度，也決定了這篇散文無愧於那片香飄四溢的土地，無愧於「東南亞華文文學研討會」會上會後的豐富收穫。

陶然嚮往通過灑脫的旅行走遍世界。但他還有繁忙的工作，因而更愛和文友們研討文學之餘結伴旅遊。他不滿足於做一位遊客，而更願做一個人生的旅行者。從書中不難看到他最鍾情的是椰子樹、檳榔樹、棕櫚樹、香蕉樹、橡膠樹所組成洶湧的綠潮。那赤道線上的大街小巷，還有那顯眼的華文招牌，是他最愛流連忘返的地方。那裏給他太多的人生記憶，其中有甜蜜，也有憂傷。讀他這些充滿詩情和哲理的散文，既過癮又不過癮。過癮的是通過這些作品我也分享到了他在周遊列國時活色生香的經驗和享受，不過癮的地方是他還有不少遊記限於篇幅和體例未能收進去。作為華文文學研究者，我對小說家陶然寫散文有熱烈的期待。希望他下次不是給我們「十四朵玫瑰」，而是二十三十朵玫瑰。

注：

（註一）魯迅：《二心集・上海文藝之一瞥》。

（註二）亞靈：〈新流氓主義〉，載《幻洲》下部《十字街頭》第一卷第一期。

（註三）楊義主筆：《中國新文學圖志》（上），人民文學出版社，一九八六年，第二二八頁。

（註四）楊義：《中國現代小說史》第一卷，人民文學出版社，一九八六年，第六四一頁。

第四節 「回到個人主義與自由主義」

一、徐訏的新文學史研究

一九四九年後的香港文壇，由於戰亂顯得荒涼，文學論壇尤為寂寞。從大陸來到香港的作家，因謀生不易，再加上發表園地有限，因而只好停筆先求溫飽。能堅持寫作並同時兼搞文藝評論的人，可謂鳳毛麟角。徐訏便是其中之一。他除出版數種創作集外，另出版有：

《在文藝思想與文化政策中》（香港，友聯書報發行公司，一九五四）

《回到個人主義與自由主義》（香港，友聯出版社，一九五七）

《懷璧集》（香港，正文出版社，一九六四）

《小說匯要》（臺北，正中書局，一九七〇）

《大陸文壇十年及其他》（香港，上海印書館，一九七二）

《場邊文學》（香港，上海印書館，一九六八）

《門邊文學》（香港，南天書業公司，一九七二）

《街邊文學》（香港，上海印書館，一九七二）

《現代中國文學過眼錄》（臺北，時報文化出版公司，一九九一）

不是風涼話而是悲涼話的「三邊文學」

《場邊文學》、《門邊文學》、《街邊文學》，合稱為「三邊文學」。魯迅曾說過他的雜文是街邊的小攤，上面有舊瓶舊罐、洋釘小刀，對於有些人總是有用的。《街邊文學》的命名，無疑受了魯迅的啟發，但又與魯迅原意完全不同。徐訏對當前文學有幾種分類，在其心目中，最高貴的是對先聖先賢的讚美、嵌在廟堂的高牆厚壁上的廟堂文學。低於廟堂文學的是有錢人周遊列國回來寫遊記，出版後放在客廳裏任人欣賞的客廳文學。這裏講的「高貴」，暗含諷諭。客廳文學之外，是內容東拼西湊，外表則富麗堂皇的課堂文學。徐訏對經院式的研究表示不屑一顧，於此可見一斑。課堂文學以次，是供少數人欣賞的沙龍文學。對這種貴族式文學，徐訏也是不欣賞的。沙龍文學之外，則是自寫自印的書店文學。「最低等則是街邊文學，那些文章刊在報屁股上，報紙冷落地躺在街邊的攤上。」（註一）「場邊文學」，也是閑文雜學之意。「門邊文學」，係針對「文學入門」一類的書而言，意即不是高頭講章，而是「旁門左道」的東西。徐訏在大學任教多年，但他的作家身份遠遠大於學者身份。再加上他未有博士學位，使他無法升教授，哪怕當了文學院院長。正因為他始終無法與學院派融為一體，一直以學院的局外人、「街邊」和「場外」人自居，故他十分瞧不起那些理論脫離實際的學院派，並將自己的作品以「三邊」命名，以示自己不相信天下文章都在大學英文系、中文系中。校外也有文學，文學知識也可以從「偏門左道」獲得，這是徐訏的一個重要文學觀點。

「三邊文學」大多數為雜文，與文藝有關的只占其中一部分。這些文章短小精悍，一針見血，如《文學的墮落》，反對「文學墮落成為招貼或標語……成為商人或政客的隨從」，便表現了徐訏作為一名獨立作家的骨氣和傲氣，是當年胡秋原「文學自由論」的再現。《方塊文章》，認為香港的方塊文章不同於魯迅的「花邊文學」，言而無物的多，稱其為雜文可以，但「絕對不是什麼文學」。雜文當然是文學，問題是這種頗具香港特色的「框框雜文」算不算文學？這是一個有爭議的話題。還在一九七〇年代初，徐訏就表示過自己的看法。不過，這有自謙成分在內。徐訏的「框框雜文」，無疑屬文學作品，有的還是極為精彩的文學短論。只不過比起那些小說、詩歌來，「框框雜文」處於「街邊」、「門邊」的位置罷了。

徐訏的文藝雜文，和他過去以「東方既白」筆名寫的《在文藝思想與文化政策中》一樣，十分關注大陸的文壇動態，尤其對大陸清算胡風、丁玲、馮雪峰一些「革命同志」，他十分反感。為此他說了不少風涼話，曹聚仁曾批評他這類文章充斥陳腔濫調。徐訏在《悲涼話與風涼話》（註二）中，認為自己說的不是「風涼話」而是「悲涼話」。徐訏諷刺「曹聚仁年紀比我大，世故比我深，所以知道怎樣泯滅良心，抹殺事實，見風轉舵，投機取巧」。曹聚仁確有「騎牆」傾向，徐訏看不慣這種左中有右、右中有左、邊左邊右、能左能右的文人。同是南來作家，同為不滿大陸新政權來到香港，可他們對大陸文壇的評價截然不同，這也是當時兩種文藝思想碰撞的一個小插曲。現在看來，左右通吃的曹聚仁對革命的看法未免天真些，對大陸極左思潮的危害性認識不足；徐訏雖然充分注意到了，但又借題發揮，將自己的反共意識滲透其間。比如他諷刺艾青的《歡呼集》就有些過分（註三）。寫於一九五五年九月的《悼胡風》，因抨擊大陸心切，使他忘記了核對事實。其實當時胡風未死。

海外常製造一些不確鑿的大陸新聞，徐訏顯然上當了。

《場邊文學》不同於《街邊文學》，它以長文為主，其中與文學有關的有〈兩性問題與文學〉、〈五四以來文藝運動中的道學頭巾氣〉、〈作家的生活與潛能〉、〈魯迅的墨寶與良言〉等。其中〈作家的生活與潛能〉是答復臺灣評論家水晶對徐訏〈悼吉諍〉一文的批評（註四）。徐訏在「悼」文中認為：書屋裏的作品，沙龍裏的作品，襲用些西洋寫作上的新鮮技巧，或描寫些沙龍裏有趣的瑣事與趣聞，可能是可愛的東西，但只是三流的作品而已。水晶用中外文學的許多事例，證明書屋裏的作品和描寫沙龍的作品，不見得就不能成為第一流的精品。「一個作家最重要的，不在生活，而在他的『潛能』」（註五），徐訏認為水晶曲解了他的意見。其實，不是曲解而是兩種文學觀的分歧。徐訏是現實主義作家，他主張「天才是由生活決定的，沒有生活就無從知道天才，所謂某種天才必有某種生活基礎，否則所謂天才所謂潛能只是原始的生命動力而已」（註六）。這兩種看法其實可以並存，因為兩人各執一詞，強調的是不同方面。

在一九三〇年代，魯迅曾與徐訏有過短暫的交往。但魯迅並不是徐訏的偶像，徐訏也不贊同魯迅的思想，尤其是他的階級文學觀。難能可貴的是，徐訏並不因此貶低魯迅的人格。當徐訏看到臺灣的蘇雪林在《傳記文學》上著文辱罵魯迅時（註七），徐訏認為蘇氏「刻薄陰損，似有太過。特別是關於魯迅在金錢上小器一節，我覺得是與事實完全相反的。在前輩的文化界名人中，據我所知，是沒有一個人可以與魯迅相比的」（註八）。徐訏並不認為這是魯迅想用小恩小惠拉攏青年，因魯迅在幫助他人時並不想讓對方知道實情。徐訏這種評價，是一種實事求是的態度，不像蘇雪林那樣完全從偏見出發。

《門邊文學》共收有三十多篇文章，舉凡文學、音樂、電影以及文藝與時代、文藝與政治、中外作家和作品的評論都包括在裏面。寫作範圍雖廣泛，但作者的文學觀與《場邊文學》、《街邊文學》基本一致。此文深入闡述文學的發生和創作過程：首先是作家必須有真實的感受。其次是有所感如骨骾在喉，不吐不快。再次是作家不同於一般人的表達，其任務是把表達化為美妙的文字，超越時空傳達給他人。這裏講的是文學藝術的創造過程，其目的是反對文藝成為政治的奴僕，讓宣傳文學、政治文學去取代真實的文學。

既使人莫名其妙又有先見之明的左聯研究

徐訏曾和李輝英、黃繼持一起在中文大學從事中國現代文學史學科建設的拓荒工作。由於徐訏過分熱衷「街邊文學」，故他的研究成果不似李輝英以系統的教材型著作出現，而體現在分散的評論中。《現代中國文學過眼錄》前半部分所收的十一篇評論，正是他從事新文學研究所結出的果實。

徐訏對新文學史的研究，論題集中在抗戰文藝及左聯文學上。這是他親歷過的時代，當年他還差點成了「中國左翼文化總同盟」下屬的「左翼心理學家聯盟」（註九）的成員。但他的思想和左聯格格不入。他早期信仰過馬克思主義，但很快就否定了共產主義，接著也否定了馬克思主義，由此他被左聯的人懷疑為托派，其實他並未參加過托派也不信奉托派理論，「只是在這許多托派人士被清算時，我同情他們而已」（註十）。以這樣的立場研究左聯及其性質，他自然與大陸的王瑤有完全不同的看法。他認為，左聯「所謂文學活動實在只是特務活動，而左聯也純粹是一種特務組織而已」。這種看法可謂十分大膽，但缺乏詳盡的論證，不足以服人。如果左聯真的是特務組織，那參加左聯的人豈不都成特務了？這與作者在〈左聯分裂的過程與原因〉中說左聯盟員「大多是自由主義者，在政治上是一種理想主義者，他們在國民黨高壓之下相信共產黨所宣傳『解放區』的民主自由，相信共產黨的號召，打倒帝國主義與法西斯主義」（註十一）的說法是相悖的。不錯，「文學在左聯完全看作是一種武器，是服從於革命鬥爭、統戰與宣傳的一種工具」（註十二），但不能由此推論出左聯是特務組織的結論。徐訏在〈左翼作家聯盟及其性質〉中說左聯「是一個革命的地下組織」（註十三），這倒比較符合實際。至於說左聯綱領中有「不許有反綱領的行動」的內容，便說左聯「就有黑社會的霸道氣氛」（註十四），這種比喻同樣不倫不類。任何研究者均可以不同意左聯的文學觀及其所作所為，但作為一個學者，不應把自己降低為近乎「街邊」喜歡咒罵他人的潑婦。徐訏對左聯性質所下的前後兩種不同論斷，使人想到他在唐君毅去世後所寫的追悼文章中，對唐的評價所採取的過於輕率的「隨便」態度，如說唐氏「完全莫明其妙，完全遠離常識的近乎離奇」（註十五）。此話還給他對左聯的評價，倒像是夫子自道。

即使這樣，徐訏對左聯的研究仍取得了一定成績。比如他對左聯分裂原因的探討就值得重視。他認為左聯的解體周揚負有重要責任：

> 周揚是解放區的領導人物。他到了上海似乎把左聯看作解放區的幹部，認為可以用在解放區的方式來領導左聯，這自然就受到阻力。而五六年來左聯所遵循黨的策略，也可謂無微不至，今忽然派另一個人來領導，這自然是不為左聯的骨幹分子所接受的。（註十六）

事實上確如徐訏分析的那樣，上海的左聯盟員與解放區來的文藝幹部，在許多地方存在差距。周揚把解放區那一套搬到左聯來，就難免實行關門主義與宗派主義，胡風等人自然不買賬。這種分析，儘管還不是左聯分裂的全部原因，但仍不失為一家之言。

〈關於反左聯的文學理論的幾種說法〉，不僅論題新穎，而且不少見解亦值得重視。徐訏認為，國民黨官方操縱的，由朱應鵬和王平陵等人發起的「民族文藝運動」，本應標榜三民主義——民族主義、民權主義、民生主義的文學才對，可他們竟「將三民主義縮成民族主義」，其中奧秘徐訏作了令人信服的分析，可謂是發人之未發。大陸的學者，很少有人在這方面深究過，在這裏，徐訏對「政府對日本則要老百姓忍耐」（註十七）的批評，也體現了徐訏的愛國主義立場。在〈服務於抗戰的文藝〉一文中，他還為梁實秋的所謂「與抗戰無關論」翻案。他認為，當年左翼文人攻擊梁實秋提倡「寫與抗戰無關」的作品，是斷章取義，曲解了梁氏在《中央日報》副刊上所寫的〈編者的話〉（註十八）。梁氏原文中有「與抗戰有關的材料，我們最為歡迎」的句子。梁氏反對的是「空洞的『抗戰八股』」，所主張的是題材多樣化，曾得到沈從文、施蟄存、朱光潛等人的支持。孔羅蓀、巴人、宋之的等人當年圍攻梁實秋（註十九），是出於一種政治偏見。這種看法後來已為大陸學者所接受，可見徐訏在這些問題上早就有先見之明。

「回到個人主義自由主義」的徐訏，其文藝思想較為複雜。比起他一九五〇年代寫的批判中共文藝政策同時滲透了政治偏見的文學短論來，他後來寫的三十年代文藝研究的文章更具學術價值。他還有共約三十三章的〈十八年來之大陸文壇〉（註二十），可惜只在報刊連載過一部分，未能寫完和出版。

二、侶倫《向水屋筆語》的史料價值

作為中國現代文學的一個分支學科「香港文學史」，與大陸文學有不少共同之處，但因學科誕生背景與大陸不完全相同，又使其充滿歧義性。比如香港新文學應從哪裡開始？文壇前輩侶倫有個影響甚廣的說法：《伴侶》「是香港出現的第一本新文藝雜誌。它不但純粹登載新文藝作品，就是雜誌本身也表現了香港出版物中前所未有的新風格……當時就有人寫過一篇推薦這本雜誌的文章，稱《伴侶》為香港新文壇的第一燕」。(註二十一)這「有人」的出處雖然一直未能找到，但這裏稱香港新文學的萌芽出現在一九二八年，還是十分明確的。鑒於侶倫的文壇前輩身份，故他這一說法得到不少香港學者的認可，如香港大學的黃傲雲（黃康顯）指出：「一九二八年是一個香港文學的新階段，因為就在這一年內，純粹的新文藝期刊開始出現，本港的青年作家，亦在以後的幾年內，旋仆旋起地登上文學的戰場」。(註二十二)小思（盧瑋鑾）女士認為「二十年代中葉，可以說是香港新文藝萌芽期，也可以說是本地化的新文藝運動的開始。」(註二十三)顯然，小思與侶倫的看法略有差異，她將香港文學的誕生提前到「二十年代中葉」。而作為《香港小說史》的作者袁良駿，卻考證出一九〇九年七月一日傳教士馬禮遜創辦的英華書院下屬刊物《英華青年》，才是香港新文學的源頭(註二十四)。袁良駿的說法比侶倫提前了一九年，然而不可否認，侶倫的說法為袁良駿的考證起了引路作用。

改革開放後，香港文學研究和臺灣文學研究一樣，成了一門「顯學」。後來為配合「九七」

回歸，官方需要研究者按國家意志解讀歷史，因而無論是修香港思想文化史還是香港文學史，都要強調殖民統治的罪惡，要突出香港同胞在建設香港、繁榮香港所起的主人公作用。具體到香港文學史編寫中，強調左翼文化對香港文學發展所做的重大貢獻，拔高魯迅在香港演講所起的作用，突出「南來文人」的「主導」或「領導」作用。這在第一本香港文學史即謝長青所著的《香港新文學簡史》（註二十五）中，表現得特別明顯。而侶倫儘管受過左翼文學的影響，但他畢竟不在大陸的體制內，因而他敘述香港文學史所強調的不是左右翼文人為爭奪意識形態陣地所作的生死搏鬥，如他在談香港最早出現的經營新文藝書籍的書店，既非左派也非右派文人所開；香港的第一個出版機構「受匡出版部」，其主持者孫壽康並沒有什麼政治背景，他只是一個講究實利的商人；香港的第一個新文藝團體「島上社」，不是受政治主張影響的產物，成立後也不受任何黨派的支配，它「只是幾個對新文藝有共同興趣的年輕朋友一種精神上的結合」，是「搞刊物慾」和「寫作慾」支配他們從事文藝工作，從沒有人指揮他們要去和「反動文人」爭奪輿論陣地。

侶倫的《向水屋筆語》不是文學史著作，但第一輯《文壇憶語》涉及香港文學的許多重要問題，如三十年代有哪幾個新文藝刊物，這些刊物「年輕夭折」是政治原因還是其他原因，以及「文藝茶話會」與刊物《新地》、香港早期詩刊有哪些、什麼時候香港才有話劇、三十年代初期和中期的重要刊物內容、「島上社」的成立經過和主張、《時代風景》的創刊經過……他寫這些文壇往事，並非是應文學史編寫者之約而寫，而是個人的主動選擇。這種選擇，是侶倫不自覺地由小說家轉為香港新文學史料專家，由此實現了一次相當成功的角色轉換。儘管他後來還寫了黃谷柳、柳木下等人的印象記，但都沒有〈香港新文學滋長期瑣憶〉這篇文章影響大。

隨著時代風雲的變幻，中國新文學史以及在香港文壇活動過的人物，在日後風雲詭秘的政治運動中載沉載浮，從把葉靈鳳打成「反動文人」，再到穆時英被當作漢奸釘在歷史的恥辱柱上，其過程可謂驚心動魄。可在侶倫筆下，葉靈鳳是既不反動也未「落水」，而是嗜書如命，關心文友，賣文為生，過著清貧生活的一位普通作家。至於一九三〇年代在上海文壇出盡風頭的穆時英，侶倫認為他「能夠忠於太太，竟不能夠忠於國家民族」。通常人都認為穆時英是漢奸，其實，在一九七三年十月香港出版的《掌故》月刊上，曾登過一篇題為〈鄰笛山陽——悼念一位三十年代新感覺派作家穆時英先生〉的文章。作者嵇康裔，浙江湖州人，為陳立夫的親戚。當時他代表國民黨親自安排穆時英回南京：表面上任汪偽國民黨宣傳部新聞宣傳處處長，暗中為重慶刺探日方情報，所以當他聽到穆時英遇刺被害時大吃一驚：

> 我怔住了，不覺暗然久之。死了，我無法補救，我只能就擺脫他的漢奸罪名上想法子。但是，人家已經邀了功，我們又如何去補救？一種無法的內疚，只有犧牲了穆時英，也只有讓穆時英死不瞑目，他是成為雙重特務制下的犧牲者了。

這裏講的「雙重特務制」，係指國民黨特務系統中的「中統局」與「軍統局」。穆時英正是這兩「統」派系鬥爭的犧牲品。刺死穆時英為戴笠任局長的「軍統」特務所為，而派穆時英打入敵偽內部者為「中統」系統。當嵇康裔安排穆時英的秘密工作時，朱家驊任中統局長，實際操作者則為徐恩曾。徐氏曾因工作中的過錯被戰後的南京最高當局解職，並批示：「永不錄用」。而當時的戴笠聲望和實力遠遠超過朱家驊。刺死穆時英便為「軍統」記了一大功。在「中統」失勢的情況下，穆時英一案無法翻過來，以致他長期含冤地下，廣為各種文化史、文學史所載，打入「落水文人」的另冊。這就難怪嵇康裔在該文中為穆氏鳴冤叫屈：

……穆時英死了！他死得冤枉！他蒙了一個漢奸的罪名而死了！但他不是漢奸。他的死，是死在國民黨的雙重特務制之下。他是國民黨中央黨方的工作同志，但他卻死在國民黨軍方的槍下。國民黨抗日先烈的名字中，沒有他；國民黨遺屬撫恤項中，也沒有他，但他確確實實為國民黨中央工作的，他死得實在冤枉。死得年青，死得熱情——忠於國家的熱情。

侶倫寫此文時，嵇康裔的翻案文章已發表多時，《掌故》也在香港出版，侶倫可能沒有看到，但司馬長風的《中國新文學史》（註二十六）有明確的記載，侶倫居然沒有讀過，以至以訛傳訛，這是令人遺憾的。

香港文學史作為中國現代文學史的一門分支學科，在一九八〇年代開始起步。到了新世紀，這門分支學科已有三十年的歷史，但仍然年輕，還未成熟。對於學科的不成熟，可以從不同角度解讀，如《香港文學史》的編撰者清一色來自大陸，他們常用大陸文學的框框去套香港文學，給人削足適履之感。香港本地學者除小思、黃維樑等少數人外，多半對香港文學研究不屑一顧，認為這裏沒有學問。另一個重要原因是作為香港文學研究對象的作家，較少寫回憶錄，而《向水屋筆語》，正好在這方面滿足了研究者的要求。該書不僅有《香港新文學滋長期瑣憶》這樣的宏觀文章，還有對同時代人司徒喬、戴望舒以及不知名的溫濤等人的追憶，對自己生平的詳細披露，其中有些史料彌足珍貴，如早期出版商為何把標點符號叫「新文化」，《伴侶》所出現的抄襲事件，潘漢年早年在香港的活動，「國防電影」當年的盛況，麗尼筆名的由來，曹聚仁用原稿紙卻從不依格寫作的習慣，葉靈鳳第一次到香港的時間和目的，詩與散文月刊《紅豆》的創辦史，《島上》雜誌封面圖像，徐遲在香港和侶倫等人的合影，一九六〇年代流行出版「叢刊」式的個人合集，《文藝世紀》的辦刊宗旨和風格，特別是《四〇年代的光與暗》所敘述的香港文壇狀況，填補了空白，是研究香港文學難得的第一手資料。

《向水屋筆語》不僅史料豐富，而且史識精闢，如認為「有了刊物不就是新文藝的活動開始的標誌，事實是，在刊物出現之前，香港已經有好些人在靜靜地進行著新文藝的開墾工作了。」《向水屋筆語》的風格，就像「向水屋」的命名那樣樸素無華，如下面一段文學：

> 書籍對於我是這樣一個知己朋友：在消沉的時候它使我興奮起來，過分興奮的時候它使我平靜下去。它告訴我生命是什麼東西，一個人活下來就應該怎樣活下去。它永遠是象徵光明的沈默的伴侶！

《向水屋筆語》最大的特點是真實，而不像某些人藉回憶吹噓自己或貶低他人。「記憶文學」本是回憶錄新上市的一個怪烘烘的標籤。它在回憶錄和自傳體小說之間騎牆。「記憶」可能有誤可能遺忘，「文學」卻允許虛構允許想像。早早立起這兩道阻擋批評之火的防火牆，他就可以躲在牆後把回憶錄當成幻想小說來操弄了，給自己簽發的一張制假許可證，而侶倫這是給自己簽發的是真實許可證。他在第三輯《逝水回流》是在寫傳記而不是寫小說，更不是在創作「記憶文學」，而是視真實為生命，容不得半點編造和虛假。還有三十八則的《藝壇俯拾錄》，貌似野史，其實裏面有許多被文學史家遺忘的細節，如曾今可與魯迅的交往及魯迅寫給他的退稿信，柳木下為了擺脫窮困而向友人強行推銷皮鞋和舊書的故事，還有廖子東寫日記的習慣，謝冰瑩一九三五年途經香港所住的地點和所用的假名，均別人聞所未聞。現在出版的各種文學史，均追求「大敘事」，把生動的細節過濾掉，概括有餘而豐滿不足，是一種無故事的文學史。這種學者如能將《向水屋筆語》披露的有關材料補充上去，一定會增加文學史的可讀性，改變香港文學史的敘述過於乾癟的狀態。

注：

（註一）徐訏：《三邊文學•自序》。
（註二）徐訏：《街邊文學》，第二七六—二七八頁。
（註三）徐訏：《街邊文學》，第一一九頁。
（註四）載《明報月刊》一九六八年十一月號，總第三十五期。
（註五）水晶：〈一個相反的看法〉，見《場邊文學》（附錄），第一〇九—一一二頁。
（註六）徐訏：《場邊文學》，第八〇頁。

（註七）蘇雪林：〈魯迅傳論〉，臺北，《傳記文學》第九卷第六期（一九六六年十二月）、第十卷第一期（一九六七年元月）。

（註八）徐訏：《場邊文學》，第二二六頁。

（註九）徐訏：《現代中國文學過眼錄「附錄」‧我的馬克思主義時代》，第三七七頁。

（註十）（註十一）（註十二）（註十三）（註十四）（註十六）（註十七）徐訏：《現代中國文學過眼錄》，第三八〇、一〇一、七七、六九、一〇一、七三頁。

（註十五）吳甿：〈如何認識唐君毅先生和中國文化運動——徐訏先生「憶唐」「公開信」兩文讀後〉，香港，《明報月刊》一九七八年，第九期。

（註十八）刊於一九三八年十二月一日。

（註十九）孔羅蓀：〈「與抗戰無關」〉，重慶，《大公報》一九三八年十二月五日。孔羅蓀：〈再論「與抗戰無關」〉，《國民公報》一九三八年十二月十一日。巴人：〈展開文藝領域中反個人主義鬥爭〉，《文藝陣地》，一九三九年四月十六日。宋之的：〈談「抗戰八股」〉，《抗戰文藝》，第三卷第二期。

（註二十）原名《大陸文壇十年》，「自由談」副刊連載了第一章至第九章，從第十章起為丁友光續寫。

（註二十一）侶倫：《向水屋筆語》，香港，三聯書店，一九八五年。

（註二十二）黃傲雲：〈從文學期刊看戰前的香港文學〉，《香港文學》創刊號，一九八五年元月。

（註二十三）盧瑋鑾：〈香港早期新文學發展初探〉，收入《香港文綜》，香港，華漢出版公司，一九八七年。

（註二十四）袁良駿：《香港小說史》第一卷，深圳，海天出版社，一九九九年，第三六頁。

（註二十五）廣州，暨南大學出版社，一九九〇年。
（註二十六）香港，昭明出版社，一九七五年。

第五節　以史學家的眼光看文學

曹聚仁未及整理的文稿，多為散落在各報刊上文談詩話一類的文字。《書林新話》是曹聚仁生前親自編定的集子，一九八〇年代還由北京三聯書店再版。後來他一發不可收拾，先後在各類媒體上寫了《書房一角》、《書林漫步》、《書林又話》的專欄，可惜都來不及結集。曹聚仁的女兒曹雷幫其父整理遺稿時，便很自然地想起以「書林又話」的欄目做書名，結集後由上海書店出版社於一九九九年九月推出。

為了煮字療飢，曹聚仁不可能像在香港中文大學教書的李輝英那樣去寫系統的《中國現代文學史》專著。曹聚仁對中國現代文學史上一些重要作家的評價，除體現在《文壇五十年》外，多半表現在書話一類的短文中。比如對胡適，同是自由主義者的曹聚仁對其十分尊敬，這可以他勸胡氏「組織一個推行民主政治的政黨，我們都來入黨」（註一）這點可看出。但他對胡適並不是盲目崇拜，惺惺相惜，而是批評其對現實政治的妥協性以及他對抗日態度的模糊（註二），尤其是後一點，曹聚仁無法贊同。當然，胡適在學術上的貢獻如他所介紹的「歷史的方法」，曹氏認為不能一筆抹殺。不管哪一派批判胡適，都不能一鍋端，而必須分清其精華和糟粕，這體現了曹聚仁評價歷史人物的實事求是的態度。

曹聚仁對中國文學和現代作家的研究，多為微觀但也有宏觀性的論文，如收集在《書林又話》

第五輯中的〈梅蘭芳的戲曲藝術〉、〈從《雷雨》、《日出》到《家》〉。即使是宏觀研究，曹聚仁也不似學院派寫得一本正經，而是通過漫談的形式體現其學術觀點和立場。〈韓素音的小說〉、〈蔡思果的散文〉，亦不是系統的帶創作道路勾劃的研究，而是感興式的短文，其特點是句句實在，毫無套話。在寫作方法上，曹聚仁不僅從文本的細讀出發，而且注意和同時代的作家比較，從複雜的歷史語境和具體的創作氛圍出發，以求有根有據地評介歷史人物。如有「幽默大師」之稱的林語堂，曹氏覺得他並不真正懂得幽默：「林語堂，可以說是所有作家最猶太、最現實的人，許多人可以舉出實證來。過於猶太的人，如何會幽默呢？」（註三）又如徐訏，曹聚仁並不因為他是老朋友而筆下留情，而是認為善於講故事不等於懂愛情。因為徐訏「所講的，乃是現代的天方夜譚，其中人物，卻是不真實、不存在的。他談的都是愛情，其實他是不懂得『愛情』的。」（註四）曹聚仁這種評價，也許會遭到徐氏粉絲的反彈，可在曹氏看來，那些一天到晚喊愛情偉大的少男少女，其實都不見得懂愛情的真諦，「徐兄的小說，恰巧合上了她們的夢幻之境。」（註五）

希望成為作家的知音，始終是批評家追求的目標，但要真正做到這一點，談何容易。讀者滿意地看到，曹聚仁批評的根系，正建立在歷史的眼光和「好處說好，壞處說壞」這一批評原則上。據此，多年來他不斷地給一些重要作家做出不避鋒芒的評價。所謂不避鋒芒，是指寥寥數語而鞭策奇重，不是七分成績三分缺點，把各項維度打磨得光光溜溜。比如他認為臺灣文士的一大通病是「博古」而不「通今」。這不「通今」，與文士們的政治偏見有關：不是客觀使然而是主觀有意，是故意為之。如「平陵兄一直做文化特務的工作，他的歪曲事實，或許事非得已，實在他既要寫史書，那就不必那麼顛倒是非了。」（註六）曹氏對其同學王平陵的惋惜，即在於此。對於另一臺灣學人陳敬之寫的《文苑風雲二十年》（註七）也就是現代中國文學史話，曹聚仁也認為著者出於非歷史的立場在顛倒是非，抹殺事實，如寫「五四」新文學運動思潮，有蔡元培、胡適、錢玄同、劉復，而沒有陳獨秀、魯迅甚至周作人，「豈不笑煞天下人？即算如陳西瀅那樣和魯迅成為冤家對頭，他推選『五四』以來十大小說，也還推許魯迅的《吶喊》為首卷。」（註八）可陳敬之就沒有這樣的度量和歷史眼光，因而使其著作的學術價值和文獻價值大為縮水。

臺港文學的關係，一直是研究者關心的題目。一般認為，大陸文學與臺港文學有質的差異，而臺港文學同質性太多：兩者一直在淡化乃至沒有約束創作自由的文藝政策，出版商業化和自由度均比大陸高，另還有余光中、葉維廉、蔣芸這些臺灣作家加盟香港文學。其實，臺港文學同樣存在質的差異：且不說香港文學有殖民地背景，單說作家隊伍臺灣就比香港強大，文學資源也豐富得多，所取得的成就也大。但曹聚仁並不這樣認為。作為一個從大陸移民的作家，他以大中原心態藐視臺灣文學。他第一個開刀對象是「文藝總管」張道藩：「國民黨領袖的幕府中，未始沒有人才，大多數是奴才；而奴才氣氛最濃的，便是張道藩。」（註九）另一開刀對象是一九三〇年代的老作家胡秋原，認為魯迅未出版的《五講三噓》集的對象「有梁實秋，有楊邨人，據我所知，並沒有胡秋原呢！這當然也是一種悲哀，即如張若谷，就被認為不值一噓呢！」（註十）再以臺灣女作家論，曹氏認為「如瓊瑤、孟瑤和郭良蕙，她們都還不夠格，不在我評論之列。徐訏兄讚許了於梨華，自比那幾個女孩子高明一點。我真正佩服的只有徐鍾珮一人：我跟她並不相識，可是，她的集子，我差不多都看過，夠得上『言之有物』的水準。」（註十一）這種看法，也許還有可商榷之處，如郭良蕙在當時寫性心理就顯得十分大膽和可貴，但曹聚仁基於傳統的史學觀點不看好她。一般讀者可能認為曹聚仁太挑剔，但世上本沒有平衡文章的天平秤，曹氏只是如實道出自己的觀點，並不想博得別人的喝彩聲。就是對胡適、夏志清大力表彰過並在臺灣有「祖師奶奶」之稱的張愛玲，曹氏也坦言：「我實在看不出一點好處來」（註十二）。這不是說曹聚仁將臺灣女作家一棍子打倒，比如以研究楚辭著稱的蘇雪林，他就非常尊敬，「只不知蘇小姐為什麼那麼跟魯迅過意不去。」（註十三）

曹聚仁對臺灣作家的看法否定多於肯定，與其史家的眼光和立場有極大的關係，那位「優而仕則商」的大老闆王雲五，曹氏認為其雖控制了一家大書店和出版社，《東方》雜誌還用四號字刊登他的文章，但文章的傳世不能靠權勢和地位，故這位大老闆充其量只是老闆而不是文學家而已，哪怕這位顯赫人物三個月寫出五十萬字，一年生產一百五十萬字，「也不會寫出一部稍有價值的著作來的；王老闆寫了那麼許多書，我看不到哪本是可以傳世的。」（註十四）對曾任國民黨中宣部部長的任卓宣即葉青，曹聚仁更是嗤之以鼻。當他在九龍書店看到兩本如《孫中山言論集》、《蔣總統言論集》那樣如磚頭般厚的「巨」著《任卓宣言論集》、《任卓宣評傳》（註十五）時，他非常吃驚：這樣的「妖孽」和黨棍，還「有什麼言論可集，有什麼德行可評，不禁為之長歎息不已。」（註十六）任的文章，當年被當成三民主義的宣傳樣板發給許多單位學習，但在曹聚仁看來其文不過是「屬於高山滾鼓之列，真是由、夏不敢贊一詞呢」（註十七）。其實，歷史地看，任卓宣的文章也不完全是文宣材料，如他有關論漢字簡化的論述（註十八），並非應景之作，而是很有學術價值。曹聚仁的評價，未免情感取代了理智，走向另一極端了。

曹聚仁是一個「豬八戒照鏡子」兩邊不討好的文人。他不認同大陸新政權，解放初從上海「逃」到香港，但這不等於說他就是反共文人。他在〈南來篇〉中，不止一次地讚揚過大陸的變化，並多次使用「解放」、「前進」字眼及在《書林又話》中多次稱毛澤東為「毛主席」。在〈毛澤東詩詞〉一文中，他認同牛津大學某教授的看法：「毛主席的散文，非常理智，而詩詞富於感情。毛的詩詞都寫於軍事勝利那一時間，所以充滿了樂觀主義」（註十九）。曹聚仁還認為毛澤東有很高的文學修養，青年時代就能純熟駕馭詩詞的技巧。其詩詞，「都有內容，而富有想像力；他敢在李杜蘇辛神位前翻觔斗，舊瓶中裝的真是新酒，這是曹操以後功業與文學兼勝的新人」。（註二十）這種看法均可說明這位自由主義者並不完全與左派對立。當年聶紺弩利用自己任香港《文匯報》總主筆之便，在《週末報》的〈今日隨筆〉專欄中，不斷敲打曹聚仁，未免太過分了。

《書林又話》的學術價值還體現在為我們研究曹聚仁提供了許多有價值的史料。書中最後一部分〈阿濤叔父——一個教書匠的童年故事〉，在一九五〇年代的香港文藝刊物上連載過。這個故事寫童年時的遭遇，是著者最早作的自傳。這個童年故事的末尾，正好接上他的另一自傳《我與我的世界》。此外，《書林又話》還多次提及自己是史人，而不是文人，這對文學史家如何定位他，提供了一個新角度。〈書架〉、〈書架的災難〉、〈「紅樓夢一箱子」〉，對我們瞭解曹聚仁生活的困境提供了最生動的細節。至於他訂的是什麼刊物和報紙，乃至有多少種，書中也有詳細的記載，寫曹聚仁自傳乃治香港文學史者，不可不讀。

書話的寫作，極為自由。《書林又話》的一大特點是不拘一格。許多短文，只是包容一點事實（如〈「文星」的風格〉），一個觀點（如〈我與文藝〉），一點掌故（如〈「南星書店」〉），一段史料（如〈伯夷，叔齊與鹿〉），一點抒情氣息（如〈讀《浮過了生命的海》〉）。當然，也有的像〈擺江〉那樣借題發揮，像〈孔夫子的門徒〉著重於掌故的聯綴，像〈再談抒情小品〉側重文體的論述，像〈數字詩〉那樣專談小技巧的賣弄，像〈汪靜之的情詩〉那樣專談詩人的某一風格。但不管怎樣，《書林又話》許多篇章均顯得短小雋永，耐人咀嚼。

作為散文之一種的書話，其特點在於以情感人。為了感人，曹聚仁常將自己擺進去，如寫書房，不忌別人笑話亂七八糟：既沒有木書架，更沒有藤書架，裝書所用的不過是火油木箱外加奶粉木箱。這種自嘲，使文章驟然生動起來。在另一篇談借書的文章中，引用葉德輝的名句「書與老婆不借」，亦增添了諧趣。

曹聚仁是一個有鮮明個性的作家。《書林又話》另一特色是以少勝多。書話本屬小品一類，小品的魅力在於寓有限於無限。像《康白情》，本是可以寫一本書的題目，但曹聚仁只用史人的筆法——「康白情先生，由詩人而官，而商，慢慢地從一般人的記憶中消失掉了。」(註二十一)就將其創作道路及對後世的影響說清楚了。又如在《詩人之詩》中，他這樣談對詩的看法：「詩可以分許多種：有的是哲人之詩，有的是詩人之詩，有的是詩匠之詩。」(註二十二)並由此論及本地詩人：

> 香港所謂詩人，大部分都是詩匠；詩匠的詩不一定壞，也許工力頗深，卻缺少一種「生命」與「靈魂」。詩人之詩，他就是有生命，有靈魂，也許高山流水，只寫給一個人看。陳儀（公洽）生前，也曾和我談到這一點。魯迅不以詩人名，他的詩卻寫得不錯。(註二十三)

像這種不溫柔敦厚的見解，表現了著者作為史學家的深刻洞察力和藝術鑒賞力。

注：

（註一）（註二）曹聚仁：《書林又話》。上海書店出版社，一九九九年，第一五七頁。
（註四）（註五）同上，第一六七頁。
（註六）（註八）同上，第一三四頁。
（註七）臺北，暢流半月刊社，一九六四年。
（註九）同（註一），第一三三頁。
（註十）同（註一），第一〇二頁。
（註十一）（註十二）（註十三）同（註一），第一七七頁。
（註十四）同上，第十七頁。
（註十五）臺北，帕米爾書店，一九六五年。另有《任卓宣評傳續集》，臺北，帕米爾書店，一九七五年。
（註十六）（註十七）同（註一），第一五四頁。
（註十八）葉青：《簡化字答客難》，臺北，《大道》，一九五四年七月十六日、八月一日。
（註十九）（註二十）同（註一），第二七五頁。
（註二十一）同上，第二六八頁。
（註二十二）（註二十三）同上，第二八〇、二八一頁。

第六節　有香港特色的文學研究

一、《香港三及第文體流變史》

在二十世紀四十年代、抗日戰爭後至五十年代間，有一種由文言文、白話文、粵語所組合而成的文體。到了八九十年代則演變為由白話文、粵語和外語混合而成的「新三及第」。對這種文體及至七十年代開始風行的漫畫語言，「衛道之士」莫不口誅筆伐，斥其破壞了祖國語言的純潔健康，是「泥沙文字」，是「混血語言」。基於這種看法，一些以白話文為正統的文學史家，對用三及第文體寫成的作品，不是不屑一顧，就是視為大逆不道。即使稍帶一筆提及，也是貶多於褒。香港作家協會出版的《香港三及第文體流變史》，不贊成這種對具體問題不作具體分析的偏頗態度，由此展開對三及第文體演變、社會影響和它的語言風格的研究。在香港文學史的寫作全由大陸學者包辦的情況下，這本由港人寫的香港文體分類史，確是打著燈籠都難找的力作。

作者黃仲鳴是香港著名小說家，從事新聞工作多年，以研究文學中的語言問題自娛。不久前他到廣州暨南大學攻讀語言學博士學位，這本書便是他在畢業論文的基礎上修訂出版的。這是研究香港語言發展變化必備的書，同時也是研究香港文學極為難得的參考書。

撰寫時間跨度將近百年的文體研究著作，從確定選題到查找資料再到全書殺青，都飽含著極為艱辛的勞動。如沒有這種勞動，就不可能體現出如此鮮明的學術個性。《香港三及第文體流變史》的價值和意義正在於：

學術性。該書第一章花了許多篇幅對三及第進行釋名、界定，其他各章也沒有局限在三及第文體在香港文壇的種種表現，而是正本清源，從該文體的產生，講到該文體的發展流變，使讀者能對這種文體從發生到衰落的過程中獲得較完整的認識。這是該書最具學術價值的部分。以第二章〈尋根記〉為例，作者對三及第的源頭廣府歌謠及形成過程中起過重要作用的粵劇、粵曲和說書等眾多資料進行嚴密的考證，為三及第訂謬，鉤沈出它幾乎要湮沒的面貌，同時還論及三及第走向沒落的內外原因，以及對有代表性的四部文本的剖析，無不有助於讀者欣賞三及第這種方言文學，並且對深化香港語言及文學史研究，有重要的學術價值。

現實性。作者不是為研究歷史而研究歷史，而是十分注意語言發展的最新動向。在第七章〈越界語言〉中，作者注意到了新三及第中的「汀血現象」，即它不避英文，成副「雞腸」放落在文字鍋裏，打亂了中文語法上的結構。至於香港青少年最愛看的漫畫，其語言更為「離經叛道」，完全罔顧漢語的文字結構，自造新字、新詞、新義，形成一股風暴，勁吹於一些漫畫書刊中；更有所謂「大雜燴」，即是將一把文字如標準漢字、方言字、英文字、日文字一鍋煮，非常受青少年漫畫發燒友的喜愛。對這種鋪天蓋地使用，並強迫讀者接受的現象，有人批評說「外地人不懂得欣賞」、「妨礙交流」，可《小男人周記》每集曾銷到五萬冊以上，對彈丸之地的香港出版商、作者來說，還有什麼要求呢？還有人批評這種文體「不能走向世界」，可香港本身就在「世界」之中。有這多讀者、作者組成的三及第「世界」，出版商也就滿足了。基於這一點，作者對此現象沒採取簡單粗暴一棍子打死的態度——事實上，早已有大陸學者一再呼籲阻止這股語言濁流的漫延，可不僅阻止不了，反而有「北伐」之勢，這說明新三及第語言有的還富有生命力。作者並不反對對此現象加以引導和規範，相反，他視日文、英語充斥漢語的現象為「謬種」，認為亂造新字、新詞的漫畫語言的確不能提倡。他反對的是把大陸的語言政策生搬硬套到香港來，因為這種做法無視香港中西文化並存、語言變異快速的特殊情況。此外，媒體為了生存，逼得迎合大眾，而市民又的確喜歡看這類文字，因而取締粵語用字是不可行也不可能。作者由此建議採用香港中文大學一位教授講的在必要時設立香港「語言特區」，這種看法值得有關部門重視。

工具性。作者是辭典專家，出版過《另類辭典》、《不是辭典》，這本《香港三及第文體流變史》是研究著作，當然不是辭書，但卻又包含有辭典的成分在內，如第六章《獨樹一幟——三及第的辭彙和語法特點》，對新老三及第作品中的人稱代詞、疑問代詞還有眾多像「畀、俾、予」等廣州話作了詳細的闡釋，完全可當工具書或粵語辭典讀。此外，作者還對三及第作品中的方言虛詞旁搜博采，其系統性令人歎為觀止。

資料性。任何學術研究都必需佔有資料進行整理，然後才能進行判斷、鑒別，從而做到論從史出。黃仲鳴正是這樣做的。該書以史為綱，史論結合，同時採用了統計學方法，收集的資料包羅萬象，主要有三及第作家資料，含傳記、年譜、生平考證等項。二是著述資料，包括各種序跋和版本。三是評論資料，包括前人對三及第的文體研究，其中海外部分最難搜求，可作者硬是下笨工夫，差不多將其一網打盡。大陸出版的許多香港文學史，對三及第的作品哪怕寥寥數語的評價，也被作者收集到，並作出一一訂正和糾謬，如對曾獲國家圖書獎的鷺江版《香港文學史》的批評，就很有說服力。由此可見，那種認為資料工作沒有學問的看法，是一種偏見。

作者在「序論」中說：「『三元及第粥』和『三及第文體』都是地道的廣東產品」。黃仲鳴這本研究著作也是地道的「廣東產品」或曰香港產品。這不僅是因為該書的研究對象是香港特有的語言現象和特有的文體，還在於作者香港的本土立場，使他對那些不瞭解香港社會及語言文學發展實際的大陸學者敢於說「不」。

作者在「後記」中說三及第文體研究完成後，還將有第二個勞動成果問世。對此，筆者倒有熱烈的期待。

二、在香江追蹤錯別字

黃仲鳴的《追蹤錯別字》（香港星島日報出版社），開篇便氣勢不凡：在〈自序〉中一下逮住號稱用香水寫作的美女作家林燕妮，指出其作品《化蝶生涯》中有錯別字：

> 他已愴痛莫名，第三次說時，他變得精神彷彿了……
>
> 「愚兄告辭了。」梁山伯精神彷彿。

黃仲鳴批曰：「彷彿」是錯的，應是「恍惚」。因「彷彿」與「似乎」、「好像」、「類似」

意思相近，與精神狀態沒有關係。「恍惚」有兩種解釋，一是神志不清，二是記得不真切，或看得不清楚。在林書中只能用「恍惚」而不能用「彷彿」。

甚為暢銷的某大報在一九六九年九月一日「港聞版」中，出現這樣的頭條大標題：

十六歲慘綠少年討百元被拒，半夜三更橫刀搶母親金鏈

黃仲鳴指出：「『慘綠少年』在這裏用錯。這詞正確的用法是指風華正茂、意氣飛揚的少年人。」作為擁有大量讀者的知名作家和發行量極廣的媒體，如寫錯字或用錯成語，必然有損中國語言的健康，以至貽害無窮。

黃仲鳴長期在香港報刊擔任總編等職，現為香港作家協會主辦的《作家》月刊總編。他最恨錯字病句，一經發現，就像眼睛裏摻了砂子不舒服，非清除不可。

《追蹤錯別字》為黃仲鳴第三本「說詞解字」的書，前兩本是香港「次文化堂」出版的《不是辭典》和《另類辭典》。三本書置於案頭當有助於作家、報人、讀者用詞遣句，少寫甚至不寫錯字。

中國的字太多太難認，有些是偏旁不同而引起誤用，如「矇矓」與「朦朧」，通常認為可以通用。對這兩個很多人都「朦朧」不清的詞，黃仲鳴引經據典說：「矇矓」，特指眼睛不明；「朦朧」，則為景象模糊不清。香港某些報刊常出現「月色矇矓」、「海港大霧繚繞，矇矓一片」的句子，顯然用錯了。至於「漫罵」和「謾罵」，其含義相同，可以並用。

《追蹤錯別字》內容豐富，有對詩詞的考證、詮釋，有對錯字的糾正，有對簡化字利弊的論證，有對病句的診斷，有對同義詞的辨析，有對同音之誤的說明……其中最吸引我的，也讓我大開眼界的，還是有關給文化名人挑錯的篇什，如《董橋搞錯了》指出董橋把「一小撮人」簡化為「一撮人」，欠妥；「一小撮」係貶義詞，現在把它當褒義詞用，也不規範。可見這位「《明報》前任老總，中英文都頂呱呱」的名作家，也偶有失手的時候。

又如金庸在《書劍恩仇錄》中云：

那姓瑞的道：「這個我們怎麼知道？上頭交待下來……」。

黃仲鳴指出：「交待」應為「交代」。前者指把錯誤或罪行坦白出來，後者指囑咐，或把事情、意見向有關人員說明，兩者不可混淆。

像這種似是而非的詞語，稍不留神便會出錯。如媒體上常見「擠身於上流社會」的句子，「擠」應為文言詞語「躋」，其意為「登」、「升」，與「身」相連，帶褒義。黃仲鳴後來在廣州暨南大學攻讀漢語博士學位。其實，從他給金庸、董橋等人挑錯看，他在一定程度上已具備了「博士」的資格，與當下某些靠文憑而不是靠本事「躋身」高級知識份子的人有所不同。找錯字、找病句在我國古代有悠久的傳統。漢代有「善書」之說，這「善」包括無錯字和病句。張之洞提倡「善本」，其中一個重要條件是「無錯無訛」。可現在急功近利的人太多，再加上行業人員文化素質降低，以致出現了「無錯不成書」的尷尬局面。

從事媒體工作人員，如果沒有捕捉錯字的本領，不具備咬文嚼字的才能，就不能做好本職工作。現代出版史上的一些文化名人，都非常重視校對和勘誤，如鄒韜奮提出編雜誌就要編出高水準，要做到「沒有一個錯字」。可校對如掃地，再怎麼掃總會發現灰塵仍在，再精心校對也難保不出錯字，這就需要一種耐心、恒心，用黃仲鳴的話來說是要有一種「追蹤」精神，如報章常出現「新來的她是我們同事中的姣姣者」的句子，這就要查字典，才能發現此「姣姣」應為「佼佼」，前者指外表漂亮，後者不僅指貌美，還有高人一等的意思。

另有一些錯字是因繁簡轉換造成的，如「剪綵」與「剪彩」。「綵」，綢也。「彩」，色彩也。色彩當然不能剪，要剪的只能是綢緞。故「剪彩」是百分之百的錯。大陸之所以這樣用，是因為簡化字將兩個字合二為一，即已停止使用「綵」，可使用繁體字的香港媒體也跟著「彩」個不休，便錯了。

黃仲鳴對詞語有獨特的研究，對別字有精湛的見解。他追求乾淨、明朗的文風，重人文關懷，對用詞之精確的營造有時使人感到近乎苛責。本文之所以多處徵引原文，為的是讓讀者親炙其謦香，以管窺中領略其校勘認真負責和一絲不苟之風采。他謙稱自己「不是教授」，但其知識之淵博決不亞於某些讀錯字的文化名人。筆者幾次和他在香江夜談，只見他談起文字學來頭頭是道，充滿了敬業精神，更有一種成竹在胸、指點江山的氣度。

最後要說的是，《追蹤錯別字》每篇文字短小精悍，深得詩話、詞話、小說評點之三昧。他追蹤錯別字，既是一種批評方法，也是一種學習途徑。任何文字產品都要講究質量，都不能出現「煌煌巨著」（應為「皇皇巨著」）一類的錯誤，否則中國文化的品位就會直線下降，而現在這種「下降」，已日益嚴重，因而筆者特向廣大讀者、編者、作者推薦這本知識性與學術性結合得甚好的

《追蹤錯別字》。

三、《香港傳記文學發展史》

一九九九年在九龍召開的香港傳記文學研討會上，當我讀到寒山碧的長篇論文〈六七十年代香港傳記文學的發展特色及其影響〉時，我曾當面建議他在此基礎上寫一部香港傳記文學發展史。當二〇〇三年底我訪問臺灣經過香港時，見到位於灣仔的「天地圖書公司」書架上擺著一部磚頭般厚實的《香港傳記文學發展史》（香港傳記作家協會、東西文化事業公司二〇〇三年版），我毫不猶豫買了回來，連夜翻讀，覺得很有嚼頭。我頭一個感受是，香港傳記文學終於有「史」了，且這部「史」不是出自大陸，而是「本港製造」，更令人欣喜不已。

關於香港文學能否寫史，學術界一直有不同意見。有人認為，香港文學史料還未整理出來，連大事年表都沒有，怎麼可以寫史？還有的學者認為，缺少時間的距離，眾多文學現象還在發展之中，不少規律性的東西還未充分顯現，許多作家也還健在，遠未達到「蓋棺定論」的地步，匆忙地為這些文學現象作歷史敘述和為作家定位，就有可能掩蓋還未理解到的真相，遮蔽住更為本質的東西。更重要的是，當代人寫當代史固然有感同身受的一面，寫起來不容易「隔」，但由於寫作者親歷了這些文學運動和文學現象，就有可能帶著主觀偏見去敘說，很難做到一碗水端平。

這裏不妨回顧一下人們對對傳記文學的認識過程。曾有不少學者認為，香港的傳記文學，尤其是政治人物傳記，係政治讀物，不屬文學範疇。也有人認為香港的傳記文學多半有「傳記」無「文學」或少「文學」。亦有人認識到香港傳記文學從生產到傳播的重要性，但由於傳記內容與政治貼得太近太緊，因而只好逃避它，以免不慎踩到地雷。到了上世紀末，人們的文學觀念有了新的變化，尤其是香港傳記文學研討會召開後，傳記文學的重要性已被越來越多的有識之士所認識，使得我們有可能對香港傳記文學來一番全面的審視與檢閱，而寒山碧從一九七〇年代開始一直在傳記文學領域中耕耘，在耕耘時不忘資料的收集和理論的探討，後來還寫有傳記文學斷代發展史的論文，又主持過研討會並主編過論文集，可以說他是寫香港傳記文學史的理想人選。他本人也認識到寫傳記文學史的緊迫性與重要性，因此他花了一年多的時間完成了這部巨著。

在寒山碧的《香港傳記文學發展史》出版前不久，黃仲鳴也出版過一部《香港三及第文體流變史》（香港作家協會二〇〇二年版），這同樣是香港人寫的香港文學文體史。這一切均表明，香港人寫香港文學史的時代已經來臨，而且可以預見，香港當代文學史的寫作被大陸學者所壟斷的情況將一去不復返。如果這種預見不致於癡人說夢的話，那無論是黃仲鳴還是寒山碧所作的香港文學分類史寫作的嘗試，在香港文學研究史上均有不同尋常的意義。

黃仲鳴和寒山碧的香港文體史寫作，沒有龐大的編寫組，均是一人獨立完成，屬私家治史。這種寫作方式能充分發揮個人的獨立見解，成書後有統一的風格，不似「百納衣」那樣不是前後自相矛盾，就是文風不一致。這兩本書的著者，均不是高校中文系教師，其著作自然不需擔負教科書的功能，講些人人皆知的知識，因而學術性極為突出。如果說，黃著的關鍵字是「三及第文體」，那寒著的關鍵字則為「香港傳記文學」。寒山碧在敘述香港傳記文學發展史時，十分強調香港是自由港，那裏言論自由，不像海峽兩岸的文學均要為不同的政治服務。寒山碧的「導言」用的就是「自由孕育和造就了香港傳記文學的輝煌」的標題。「自由」二字，同樣是畫龍點睛之筆。著者在《自序——信言不美，美言不信》中云：

> 近半個世紀以來，海峽兩岸不能流通之書籍資料，香港可以自由查閱；海峽兩岸不能撰寫之現當代人物，香港可以自由臧否；海峽兩岸不能發表和出版之文章，香港可以自由披露，是以造就了香港傳記文學之輝煌。

這段論述，抓住了香港文學的生態與特徵：那裏沒有按黨派組織力量建立起來的高度一元化、一體化的文學制度，它從文學的生產到讀者的接受均不是計畫化而是高度自由化的。就香港傳記文學的寫作來說，那裏沒有規範化的文學秩序，作家寫作要麼出於商業利益，要麼就是為適應讀者的需要和市場的需求。當然，香港也不是真空地帶，如一九五〇年代出版的翻案傳記和為漢奸文化服務的回憶錄，就有明顯的政治功利性。即使到了一九九〇年代，政治人物傳記也不可能是「純文學」作品，只不過作家們不是服膺於兩岸政權的利益，而是站在香港這個中間地帶評說是非、臧否人物罷了。筆者在《香港傳記文學存著、發展著》中有云：「香港的政治人物傳記作者對大陸的政策雖多持批判態度，但他們與臺灣的反共文人不能完全劃等號。如司馬長風當年為臺灣報紙撰稿時，要他稱鄧小平為『鄧匪』，他就沒答應，並由此罷寫。寒山碧的《鄧小平評傳》在臺灣再版時，封面上亦赫然有一個『匪』字，寒山碧就曾打電話去抗議。這說明香港某些傳記文學作家與臺灣文人在表現形式上還是有分別的。他們習慣站在『邊緣』的立場上寫作，不過某些人有時又錯作

『邊緣』為『前沿』，連某些臺灣文人也感到做得過分。」

總括起來，寒山碧的《香港傳記文學發展史》有如下幾個特徵：

一、在觸摸香港傳記文學史時有鮮明的歷史現場感。著者在把重點放在對傳記作家作品評價的同時，不過多去闡述傳記文學理論和傳記文學發展趨勢，而是努力把各個不同年代的傳記文學放在歷史情境中去審視，如在談一九七〇年代富豪傳記時指出：「還不是雇傭文學、奉命文學。作者與傳主還保持相當距離，其地位也還是平等的。作者只是根據資料而寫，事先既無須得到傳主的同意，也不希冀從傳主處得到任何好處」；「作者對傳主的成就雖然多作肯定，但還未出現太難看太肉麻的吹捧辭語」，這與一九九〇年代的富豪傳記「不僅把傳記寫作變成一種世俗職業，而且變得不知羞恥」大不相同。這裏先不談對富豪傳記的具體評價，而花精力去考察富豪傳記產生的背景、歷史依據、淵源和變異。這樣寫的目的，是為了達到歷史的真實，增加讀者瞭解、靠近歷史的可能性。

二、面對這樣一種高度自由化反規範化的傳記文學，寒山碧在重讀作品時雖然也有對李谷城等人的尖銳批評，對筆者的《香港當代文學批評史》有關曹聚仁的評價也提出過商榷性的意見，但作為一位傳記文學史家，作者把主要精力放在香港傳記文學繁榮背後所存在問題的探討上。因而，作者在關鍵處常指出香港傳記文學受商風干擾所出現的種種硬傷，如一九九〇年代富豪傳記由富豪出錢雇用作家寫，借傳記文學吹捧自己，把過去幹過的錯事、醜事儘量掩蓋和修改。又如指出冷夏的近三十萬字的《金庸傳》只展覽傳主光鮮亮麗的一面，只說傳主想說的話，這就把自己變成傳主的答錄機、攝影機，「或者只是傳主的宣傳部主任，而不是能夠獨立思考具有獨立意志的傳記作者了。」另一種情況是傳記作者之間為追逐名利而鬧矛盾引發出糾紛，如《中國當代作家小傳》不同版本的出現，便是突出的例子。作者詳述了幾位合作者友誼破裂的過程。在這裏，作者用的均是第一手資料，可信性甚高。尤其是書中評述的許多重要著作乃至一般回憶錄，作者都有版權頁和開本的介紹，有時還輔之於書影，這說明作者均見過和讀過這些書，而不是憑二手資料拼湊而成。這種紮實的學風，在學術界普遍浮躁的今天，顯得更難能可貴。

三、寒山碧在評價傳記作家得失時，既包含著對寫作時代背景和社會狀況的瞭解，又不躲避歷史嚴峻的一面。用這種原則對待一九五〇年代「綠背文化」催生的傳記文學，有一定的難度：要麼用拿洋人的錢為洋人的反共政治服務的尺子而粗暴地否定其價值，要麼從文本出發，從客觀效果出發分析，不因美國人出錢就簡單地推斷這種傳記文學因附庸和依附政治而毫無價值可言。寒山碧對美國新聞處出錢催生出的傳記文學，正是從文本出發評價的。他不否認「美新處」資助的書有許多是反共的，但也認為有的書內容並不反共只是「非共」或保持中立的態度。如曾受過魯迅尖銳批評的黃震遐在香港出版的《中共軍人誌》，雖然是「綠背文化」的產物，但觀點卻是個人的，他盡可能做到摒棄黨派偏見，保持客觀中立的立場。

從寒山碧評價的傳記文學作品看，有一部分屬純文學範疇，如第二章〈曹聚仁和他的傳記文學〉、第十二章〈八九十年代中國作家研究〉和第十三章〈港臺作家傳記研究〉所評述的《我所認識的三十年代作家》、《香港文學作家傳略》等作品，可為香港文學史及其批評史補缺。必須指出，寒著有眾多評述對象文學性嚴重不足。如果要說「文學性」，也是從「大文學」而非「純文學」角度取捨的。鑒於像張國燾《我的回憶》等著作，更多的屬於歷史，故寒山碧這本書並不是作為「文學」史，而且作為文學「史」寫作的。也就是說，他更著重的是作品的史實史識部分，而非文筆部分。他這種入「史」標準和敘述方法，人們不一定贊同。該書材料也顯得有些蕪雜，複述作品內容過多過長，個別段落還有重複之處，這都留下了李商隱《無題》詩中說的「書被催成墨未濃」的痕跡。

從這個意義上說，寒山碧這本《香港傳記文學發展史》，也只是他研究香港文學的初試啼聲之作。他自然不會滿足於對傳記文學的研究，我們有理由對這位既寫詩、寫小說又寫評論的作家化的學者有更高的期待。

第四章

世華文學

第一節　二十一世紀華文文學研究的前沿理論問題

三十年前，當以臺港文學為龍頭的華文文學在中國大陸登陸時，人們才驚覺到在大陸的社會主義文學之外還存在著一個複雜而豐富多彩的文學空間。這種與大陸文學不同的書寫為人們打開了一扇瞭解海外的視窗，它的審美範式為廣大讀者從世界的角度來認識與研究中國文學提供了一個新的參照系。目前，華文文學研究在大陸已有近三十年的歷史。在這三十年裏，召開過十六次華文文學國際研討會，出版過眾多專題研究著作和文學史、類文學史以及工具書，經歷了華文文學的命名及其空間的界定，華文文學學科的性質、特徵及其研究對象、研究方法的探索等重要問題的討論，進而轉入《世界華文文學概論》等教材的編寫。進入二十一世紀後，華文文學這位「千面女郎」的風姿，曾令研究者幾度尷尬，遭遇到數種不同命名所帶來的牴牾及引起的一系列學術難點，這都是有待釐清和探討的前沿學術問題。

是華文文學，還是華人文學？

這是二十世紀華文文學研究未解決的問題，最近又被加拿大一位學者重新提了出來。（註一）

華文文學的稱謂最早在東南亞地區出現。它和華人文學是兩個既有聯繫又有區別的概念。有的研究者在使用時將其混淆，這不是一種嚴謹的治學態度。從最開始命名的原由看，華文文學的「華文」即中文，更確切的說法是漢語。全球不論何種國籍的作家，只要用漢語創作的表現華族或其他民族生活的作品，就是華文文學。這是與英語文學、法語文學、西班牙語文學、阿拉伯語文學相並列的語種文學，主要從語言、文字方面進行規範，其內涵比中國文學豐富得多，即中國文學除用藏文、維吾爾文等少數民族語言創作的作品外，它僅指中國大陸及臺港澳作家用漢文創作的文學，而華文文學另包括中國文學之外的海外華文文學。

中國文學當然是由中國作家創作，而華文文學作者卻不一定要加入中國國籍，也不一定是華人或華裔，因而華文文學並非像有的學者所定義的「華人作者為華人讀者創作有關華人世界的華文作品」（註二）。華文文學也有非華人作者，這主要是漢學家和政治活動家，如：美國的葛浩文、德國的馬漢茂、韓國的許世旭，還有越南的胡志明和黃文歡，日本的山本哲也、蘇聯的費德林，等等。儘管這些人寫的文章反映的不一定是華人的生活而是居住國的社會面貌、人文自然景觀和特有的生活習俗，但由於它以華文作為表達思想感情的工具、符號，故其作品雖不是中國文學但卻是華文文學。也就是說，只要用漢語作為表達媒介，哪怕其內容並無中華民族意識及其鄉土情結，當然也更談不上海外華人的歸屬感，仍應將其視為華文文學。有人不這樣理解，將華文文學的「華文」詮釋為中華文化，這就縮小了華文文學的版圖，勢必把上述許世旭等人用華文書寫的作品剔除出去。

華人文學又是另一種概念，其「華人」在種族上泛指炎黃子孫的後代，在文化上則是指享有共同的思想文化資源及其歷史記憶、文化風俗的族群，它以創作者的國籍及族別作為界定的標準：不僅包括華僑、華裔、華人用華文作為表達工具寫出來的作品，也指他們用移居國語言作為表達工具寫的篇章。即是說，是從作為創作主體的華族血統的身份出發，其種族血緣關係是認同的惟一依據。和華文文學比較，華人文學是總概念，華文文學是屬概念，或者說華文文學是華人文學的一個分支。

具體來說，華人文學由兩大部分構成：一是海外華人用漢語創作的作品；二是指海外華人用英文、法文、荷蘭文、西班牙文、馬來文、印尼文、日文……書寫的文本。這類作品說遠一點有林語堂用英文創作的《京華煙雲》、《唐人街》，說近一點有美國湯亭亭的《女戰士》、譚恩美的《喜福會》、哈金的《等待》，加拿大李群英的《殘月樓》、丹尼思鍾的《侍妾的兒女們》，英國張戎的《鴻》，荷蘭王露露的《蓮花劇院》，法國戴小捷的《巴爾扎克與中國小裁縫》，等等。這些作者大多數不是第一代移民和受過系統華文教育的華僑後代，而有相當一大部分是掌握了移民國語言的土生華裔人士。據美國華人學者王靈智的介紹，華人文學還有許多處女地有待開墾，如中國、秘魯混血作家佩特羅・S・朱倫的詩歌，菲律賓的知識份子作家們的「革命書寫」，還有歐亞混血作家「水仙花」（伊蒂絲・伊頓）用輕快的筆觸書寫十九世紀華美移民滿含血淚的故事。（註三）

不可否認，華人文學與華文文學有時較難區分，它們時有交叉和重疊之處，但兩者仍有自己的楚河漢界。如從文本角度來說，華文文學不需查戶口國籍，只要作家以漢語為書寫工具就認可，這是從語種文學著眼。而華人文學，是指散居於世界各地的炎黃子孫，既用中文又用母國以外的不同語言文字書寫的篇章，這是從種族血統作為分界線。

由於華文文學或華人文學是一個開發不久的領域，故對它的命名世界各地出現的情況不一樣，如華人文學，在美國稱為「美國華裔文學」，還有的將Chinese American Literature譯為「華裔美國人文學」、「華裔美國文學」和「美國華裔英語文學」等。較為科學的說法應該是「美國華裔文學」，因為在這一概念中它首先強調的是美國文學，然後才加以限定，即華裔文學是整個美國文學的一個組成部分。另方面，按照漢語的表達習慣，應該是涵蓋面大的在前，首先強調的內容在前，因而Chinese American Literature的中文譯名應是「美國華裔文學」，這和廣泛流行的譯名「美國猶太文學」、「美國黑人文學」相一致，各屬於作為一個整體的美國文學的組成部分。（註四）

在美國，最近還有「是華裔文學，還是美國文學」的「趙、湯之爭」。華裔女作家湯亭亭在上世紀七十年代發表的小說塑造了花木蘭的形象。她筆下的花木蘭已不盡是母國流傳已久的花木蘭，而是被湯氏按異國情調加以改造，因而被趙健秀責之為這個花木蘭已成了「一個白人優越論創造出的中國式的女人，被禁錮在醜陋的中國文化中並成為其犧牲品。」這種寫法，表明湯亭亭是「偽華人」、「偽作家」。（註五）

湯、趙兩人的分歧，在於如何看待中華文化，華人作品應如何承載中華民族文化資訊。其實，兩人均沒有互相指責的必要。因為無論是湯還是趙，都是炎黃子孫，都熱愛中華文化，只是在如何處理中國傳統、民間故事的方式上各人的著眼點不同。湯亭亭既然是美國華裔而非中國本土作家，她寫的花木蘭當然不可能原汁原味，難免會打上西方文化的烙印。如果要求湯氏照搬中國本土作家的花木蘭形象，或像其父輩那樣用傳統的眼光去看待東方文化，那華裔作家也就不成為其華裔作家了。新一代的華裔作家，用全球化的眼光去超越傳統文化認同的固有主題，仍應視為華人文學或華裔文學，而不應動輒給人戴上「偽華人」的嚇人帽子。

為了擴大華文文學的文化研究內涵，大陸學者應自覺地把華人文學研究納入視野。漠視它的存在，或用一刀切的二分法，那就忽視了這些華裔文學的成長土壤仍是離不開中華文化，也忽略海外華人的種族認同，漠視了他們的創作成績。這在客觀上會挫傷海外華人創作的積極性。（註六）另一些學者不把華人文學作為自己研究的對象，除思維定勢在作祟外，還因為自己外語水平較差，或懂英語而不懂法語、德語、日語……有關。現在已出現了一些懂數種外語而非出身中國現當代文學研究隊伍的年輕學者。相信他們在研究華文文學的同時，一定會把華人文學當作增長學術生長點的一個重要對象。最近出版的《美國華裔文學研究》（註七），便體現了一批外語系出身的學者對美華文學的重視，以及如何使華裔文學從被忽略到被重視，從邊緣逐步向主流進軍的過程。

是海外華文文學，還是世界華文文學？

海外華文文學的命名，在中國大陸始於一九八三年。隨著改革開放大潮的洶湧澎湃，隨著對外交流的視窗越開越大，大陸學者不滿足於「香港文學」、「臺灣文學」的命名和研究，提出要擴大研究範圍，關注中國大陸、臺灣、香港、澳門以外的華僑、華人、外籍人士用漢語為表達工具，反映華人在其居住國生活或以母國生活作背景的作品。於是中國大陸從一九八六年召開的第三屆研討會開始，將「臺灣香港文學研討會」更名為「臺港暨海外華文文學研討會」。這不僅表明了研究範圍在空間上的擴大，而且表明研究者已開始注意到了臺港文學與華文文學的差異性。

顧名思義，海外華文文學的「海外」是指中國本土之外的地域，「華文」指漢語，「文學」則是反映生活的一種樣式。但具體使用海外華文文學這一概念時，有時會發生歧義。一般認為，中國大陸及臺港澳文學屬「海內」，而中國以外的文學屬「海外」，因而海外華文文學屬於外國文學。但也有個別人認為，「海外」係相對「大陸」而言，因而海外華文文學實質上是中國大陸以外的華文文學，包括臺港澳文學在內。這個看法值得質疑。因按絕大多數中國人的地理常識，中國四面環海，故中國境內稱為「四海之內」，簡稱為「海內」；國外稱之為「四海之外」，簡稱為「海外」。千百年來，人們均習慣把中國以外的東南亞、美洲、歐洲、澳洲、非洲等地區稱之為「海外」，因而把中國領土的一部分臺灣、香港、澳門稱之為「海外」，顯然不恰當，由此把臺港澳文學算作是海外華文文學的一個部分，更會引起極大的混亂。為了更精確地區分「海內」和「海外」，從八十年代開始有關部門新創了「境外」一詞，故與其把臺港澳文學稱為海外華文文學，不如稱作「境外華文文學」來得更精確一些。（註八）

海外華文文學作家的創作是非常寂寞的。他們得不到居住國政府、政黨的支持，出版社對他們也不感興趣，娛樂機構對這些華人作家更是嗤之以鼻，故他們的作品只好出口轉內銷，返回中國大陸或臺港澳地區發表和出版。即使這樣，仍應將其和中國文學嚴格區分開來，因為它們是作者居住國文學的一個組成部分，係相對「海內」而言的外國文學。不久前，北京有關部門製作的「國家社會科學基金」和「教育部人文社會科學規劃」課題指南，均把海外華文文學納入中國現當代文學研究範圍，這是不科學的。海外華文文學雖然與中國文學有交叉之處（如白先勇的小說，既是海外華文文學，又是臺灣文學），海外華文文學也深受中國五四以來的現代文學包括臺灣文學、香港文學的影響，但在第二次世界大戰後，殖民地國家紛紛獨立，那些「化外之民」已加入僑居國國籍，不再是中國公民。他們由「葉落歸根」轉變為「落地生根」，經歷了從華僑到華人身份的轉換。他們與中國的聯繫不再像過去那樣緊密，中國文學對他們的影響力也逐漸減弱。他們逐步擺脫了中國文學的創作軌跡，寫的作品本土色彩在增強，因而這時的海外華文文學已不是僑民文學，其創作的作品也就不能看作是中國文學的留洋和外放，而應視為所在國文學的一部分。

海外華文作家與中國作家不同之處在於，具有「他者」的雙重身份。相對於中國作家來說，他們的作品是海外華人文化的載體，而非母國文化在海外的簡單移植。這種與中國文學的異質性或曰差異性，對母國文學而言，無疑是「他者」。而相對於居住國的主流文學而言，作家用異民族的文字即中文寫作，這種外在的、另類的「客體」，同樣屬「他者」。（註九）如美國華文作家，大多數人均自覺意識到自己美國華人或華裔的雙重文化身份和民族屬性及「他者」地位，用這種身份和地位去描述華人移民美國的艱難創業過程，並表現了一代又一代的華僑、華裔所經歷的中西文化交流的碰撞，這便使他們寫出不同於臺港澳文學的具有異國特色的混淆性文本。

不可否認，海外華文文學的命名是從中國視角或曰從中國本位出發的。把華文文學分成「內」與「外」，不少海外華文作家對此不理解或反感這一稱謂。在他們看來，海外華文文學的命名預設了中心／邊陲、內／外的二元對立。這不僅是地理因素造成的，也有價值觀念在內。在這種對華文作家見「外」的稱呼裏，中國大陸、臺灣、香港是理所當然的華文文學中心，而「海外」則永遠無法改變邊陲的命運。（註十）作為海外的「他者」，永遠是綠葉，是中國文學這朵大紅花的陪襯。為了改變中國文學是主力軍，海外華文文學是同盟軍這種狀況，有的東南亞學者提出「多元文化中心論」，認為中國大陸文學固然是華文文學中心，東南亞也有自己的華文文學中心，如新加坡華文文學中心、馬來西亞華文文學中心。（註十一）這種看法糾正了把新華文學、馬華文學看作邊緣文學或中國文學一支流的偏見。

海外華文文學的命名另一負作用還表現在它常常與不同性質的臺港澳文學協商地共存，如汕頭大學主辦的刊物有很長一段時間叫《臺港暨海外華文文學》，大陸許多研究機構也叫「臺港澳暨海外華文文學研究中心」。這不是名字過長、不便於記憶的問題，主要在於它把國家認同與文化認同不一樣的文學混淆在一起，這容易產生誤會。因而從一九九三年起，中國大陸學者在廬山會議上便將「臺港澳暨海外華文文學」改稱為「世界華文文學」。

世界華文文學命名並不是中國學者首創。還在一九八六年七月，美國威斯康辛大學劉紹銘和德國魯爾大學馬漢茂在德國萊聖斯堡舉辦了一個「華文文學大同世界國際會議」（International Conference on the Commonwealth of Chinese Literature），這裏的「華文文學的大同世界」意指「華人共和國聯邦的文學」，亦即「世界華文文學」。（註十二）世界華文文學主要由兩大板塊組成：中國文學與海外華文文學。前者指中國大陸暨臺港澳文學，後者指東南亞華文文學與歐、美、澳、紐等地的華文文學。有人認為，世界華文文學是一個想像的社群，「其實並無世界華文文學這回事，它是想像的、建構的結果」。（註十三）這個說法不完全對，在新加坡八十年代就曾不止一次舉辦過國際文藝營，廣邀全球華人作家、學者參加。在臺灣，一九九二年還成立了一個來自全球七大洲總計五十七個國家參加的「世界華文作家協會」。遺憾的是，這個協會政治大於藝術。這從成立時「總統」頒獎、「行政院長」參與閉幕可看出這一點。更致命的是這個號稱「世界」的作協，並無中國大陸團體或個人參加，使這個協會失去了最起碼的代表性，成了「一個封閉的意識形態共同體」。（註十四）大陸雖然沒有成立世界華文作家協會，但在二〇〇二年成立有「中國世界華文文學學會」。這個學會的成立，標誌著華文文學已由過去的課題性研究轉變為一門獨立學科的研究。這對中國文學與世界文學的交流和弘揚中華文化，有直接的促進作用。世界華文文學的命名，也不能片面地理解為名稱的簡化，因為這種命名提升了過去對臺港澳暨海外華文文學研究的品位：「它把臺港澳暨海外華文文學，作為一種世界性的文化和文學現象，置諸於全球多極和多元的文化語境之中，使『臺港澳』暨『海外』的華文文學，不再只是地域的圈定，而同時是一種文化的圈定，作為全球多元文化之一維，納入在世界華文文學一體的共同結構之中，使這一命名同時包含了文化的遷移、擴散、衝突、融合、新變、同構等更為豐富的內容和發展的可能性。以這樣更為開闊的立場和視野，重新審視臺港澳暨海外華文文學，便更適於發現和把握臺港澳暨海外華文文學置身複雜的文化衝突前沿的文學價值和文化意義。世界華文文學的命名，體現了鮮明的學科意識，和對這一學科本質特徵的認識。」（註十五）

世界華文文學作為一門獨立學科，既有全球性，又有本土性；既有延續性，又有交融性。但它的命名也有尷尬之處，即它沒有把華文文學作家最多和作品最為豐富、讀者市場又最宏大的中國大陸文學納入自己的研究範圍。有的論者認為，中國已有一支龐大的研究大陸文學的隊伍，用不著華文文學研究者去插足。另一方面，大陸文學與臺港澳暨海外華文文學性質不同，也不方便放在一起研究。事實上，中國世界華文文學學會已默認了這一觀點。它主辦的刊物和研討會，均沒有把中國大陸文學列入研究對象，最多是在兩岸三地文學比較時聊備一格罷了。如此一來，丟棄了中國大陸文學研究，世界華文文學研究便變得名實不符。不過，這個顧慮隨著時間的流失，將會逐步消失。因為在很多情況下，人們說「世界」（如「中國文學走向世界」），並沒有包括中國。北京還有一個老牌雜誌《世界文學》，就不刊登中國作家的作品。國務院學位委員會所設定的「世界文學專業」，其研究方向也不包括中國文學。故為了使其名實相稱，當務之急不是要找到一個比世界華文文學更科學的名稱，而是要把中國文學以外的研究做大、做好，使人們承認世界華文文學是一門獨立於中國文學之外的新興學科。

是語種的華文文學，還是文化的華文文學？

「一門學科如同人一樣，有自然死亡，有他殺，有自殺」。（註十六）「世界華文文學」作為一門新興學科，如前所說其歷史只有二十多年，遠未達到自然淘汰消失死亡的階段，但確有「自殺」的可能。

這可能表現在：世界各地的華社在日趨複雜化，新的華文文學創作現象層出不窮，而這支研究隊伍卻在老化，知識也明顯滯後，不少華文文學研究文章內容陳舊，顛來覆去就那麼幾個關鍵字，很難找到新的生長點，以致成為圈內人自娛的遊戲。

有識之士呼籲：應對過去的研究進行深刻的反思，不宜再滿足於文學現象的描述、區域文學史的編纂，外加作家作品評論，而應有人花大力氣去探討這門學科的基本觀念、研究方法和存在的理論基礎問題。在這種背景下，汕頭大學一群青年學者寫了〈我們對華文文學研究的一點思考〉（註十七），感到他們有開闊的理論視野，有批判的實踐精神，這充分說明世界華文文學學科的理論意識在增強。所謂這門學科會「自殺」云云，不過是危言聳聽而已。

但讀了「我們」一文後，筆者感到他們擁有靈活的分析方法的同時，也附屬有一種以文化作介入的權宜策略——至少「文化的華文文學」這個新鑄造的術語值得爭議，其學科的規範性質讓人質疑。首先是學科名稱是叫「世界華文文學」，還是去掉「世界」二字，變成「華文文學」？「我們」一文的作者及其所服務單位，正像他們辦的刊物一樣，一直在凸現「華文文學」。不使用「世界華文文學」的全稱，這自然是一家之言。因為「世界華文文學」必然包括中國大陸的華文文學，而「華文文學」卻是指「大陸以外的用漢語言創作的文學」。這裏沒有加「海外」二字，大概是為了力求站在一個平等的地位與各區域的華文文學作家對話，而不以中國大陸為世界華文文學中心自居。這種用意無疑值得肯定。問題在於此文具體論述時，卻把開宗明義講的「華文文學」所包括的臺港澳文學排斥在外，大談特談海外華文文學作家的生命、文化、生存，以及文化學領域內的喜怒哀樂。這樣一來，概念前後就不甚周延了。如「我們」一文認為華文文學是一種「獨立存在的自足體」，其創作不是他屬的。可依筆者之見，華文文學既然包括臺港澳文學在內，這臺港澳文學就不可能是「他屬的」，其存在的理由就更不可能「不被歸於輝煌偉大的中國文化」。就是部分海外華文文學，如旅美的作家白先勇、於梨華、歐陽子等人，其「創作尊嚴」無疑有一部分甚至一大部分「得自遙遠的母國文化的恩賜」。白先勇的《臺北人》，就是大家熟知的例子。故籠統地談「華文文學是一種獨立存在自足體」，未免過於寬泛。這寬泛還表現在〈我們〉一文論海外華文文學尤其是東南亞華文文學時，談個性遠多於共性。其實，共性是一種強大的存在，是迴避不了的。以臺港澳文學來說，「文化不確定性」的現象雖然有，但臺港澳文學再怎麼不同，仍與中國大陸文學同種同文。居然如此，還不如把華文文學定義為海外華文文學更名副其實。要是把臺港澳文學都算進去，那作者們對「族群主義」的批判便落了空。

應充分肯定，「文化的華文文學」觀念的提出有一定的理論前瞻性。它對改變「語種的華文文學」觀念的一統天下，尤其是改變目前世界華文文學研究停留在淺層次上，只滿足於對華文文學的外部情況作判斷和亂貼標籤（如把華文文學創作中存在的鄉愁、尋根現象當作「放之四海而皆準」的真理到處宣揚、鼓吹），以致使華文文學研究水準難以提升，是有啟發意義的。但文章作者在質疑「語種的華文文學」這一觀念時，也留下了不少盲點。比如華文文學的存在與華族、華人生存狀況之間的關係到底應如何理解？作者們認為：華文文學的出現、存在、發展乃至最終在某一區域內消亡，「其根據完全在文學本身」，即文學本身存在的危機造成的。這裏用「完全」一詞，過於絕對化，未免有把「內部」與「外部」原因割裂之嫌。其實，「內部」危機往往離不開「外部」原因，如社會的或族群存在的問題。試問：如果在某地區華人銳減，新移民又不斷返回中國，這華文文學還存在得下去嗎？反過來說，是華人作家在異國他鄉艱苦創業，融化於當地社會以至脫掉僑民的帽子成為該國公民的歷程，決定著華文文學的獨立價值取向和生命、生存與文化的原生狀態的發展前景。這樣思考問題，不是文化民族主義膨脹，而是因為皮之不存，毛將焉附？如果華文作家不努力融入當地社會，總以漂泊者、過客、局外人自居或華族本身都不存在了，那這個地區的華文文學肯定會消亡。故單純從內部規律作解釋，就難以說清華文文學與海外華人作家命運息息相關的互動關係。

應該承認，我們對世界各地文化上有著千差萬別的華文文學的內在本質研究得太少，有的甚至還沒入門。但不能由此反過來，為了研究內在的本質特徵，就把外在的種族問題完全拋開。華文文學或曰世界華文文學，決定其存亡最終起作用的還是外部原因。如印尼華文文學幾十年來陷入困境，比新馬泰華文文學發展嚴重滯後，這不是印華作家不努力，或印華作家未按文學規律從事創作，而主要來自種族歧視，來自印尼當局長期壓制華人，扼殺華文文化。這樣說，決非把「民族主義的文化因素和時代情緒」不恰當地強化和情緒化，而是因為作為一種特殊的少數民族族群文學，華文文學的發展不能不受大環境的制約。新加坡華文文學算是例外，它不屬少數民族族群文學，但它近年來的創作遠不如過去活躍，以致作為新加坡公民與作家的方修研討會要到馬來西亞去召開，這在一定程度上與新加坡當局不重視乃至壓制華文教育有一定的關係。用內部規律去解釋這種現象，就難以服人。

從中國大陸的世界華文文學研究看，一九九〇年代比一九八〇年代取得了更豐碩的成果，在整體水平上呈直線上升。尤其是汕頭大學華文文學研究中心諸君的努力，如他們編輯出版的高質量的《華文文學》雜誌及其共同編寫的卷帙浩繁的《海外華文文學史》，其成績是大家有目共睹的。但這門學科在整個學術界、思想界乃至在中國現當代文學學科中，所佔據的位置和發揮的作用極有限，與我們的期望仍有很大的差距，有不少人甚至不承認世界華文文學是一門新興的學科，或把它仍附屬在中國現當代文學學科的名下。這裏有不少理論問題值得探討。我們也的確不應陶醉原有的成績，應有汕頭大學青年學者那樣的學科建設的緊迫感與危機感。但探討時最好讓不同的學科觀念展開競賽，而不要搞「東風壓倒西風」。以〈我們〉一文來說，作者們在質疑「語種的華文文學」時，認為這種「觀念充其量只是一種常識化的觀念」。其實，依筆者看來，這不過是五十步笑百步而已，因「文化的華文文學」是從人們過去十分熟悉的文藝社會學（即從社會文化歷史的背景中來審視和考察文學現象、文學作品）中衍生或改造過來的一種觀念，並不比「語種的華文文學」觀念高深多少。作者們主張「文化的華文文學」其初衷是把華文文學放在文化的大視野中去審視，可這種從近年流行的文化思想史走的研究思路，並未對這種觀念存在的現實基礎及其特性，以及發展變化軌跡作進一步深入的論述。尤其使筆者不滿足的是，它未充分突出華文文學的根本特徵，因英語文學或別的語種文學，無不是該民族「以生命之自由本性為最後依據的自我表達方式」。〈我們〉一文只說到了共性，未涉及或很少涉及到個性，而要從個性上區分，只有從表現工具這一最明顯的特徵入手。當然，正如〈我們〉一文所說：光「入手」不夠，還應進一步探索其文學發展的內部規律。但切入點必然是外部，這也是「語種的華文文學」這一觀念為什麼會流行、為大家所接受的一個重要原因。

「我們」一文的作者為了擺脫世界華文文學的研究困境，提高這門學科的研究水平，更重要的是為了使自己的理論體系嚴密，還把「文化的華文文學」與文化批評區別開來。這是必要的，因後者是具體操作方法，前者卻是一個全新的觀念，但有觀念必然有相應的批評方法，而「文化的華文文學」這一觀念正來源於文化批評方法。故實際運用起來，兩者恐怕是同多於異。何況文學自身的基本問題，文化研究固然可以擴大文學理論的版圖和疆界，但它卻無法取代文本的研究。

「我們」一文不用學術論文通常採用的注解方式，其批評的論點一個出處也沒有，這固然體現了他們不想傷人的謙謙君子態度，不過，依筆者之見，挑戰權威，對世界華文文學界的主流觀念提出質疑，就應有對手，至少在行文末尾注明出處，這才方便讀者閱讀。學術爭鳴本不應該過分講究客氣的。另方面，作者們還一再表示自己不存在有「褊狹心態」，可行文中卻企圖以自己提出的

「文化的華文文學」去取代「語種的華文文學」，即文中所說的要大家「放棄『語種的華文文學』觀念，走向『文化的華文文學』」，這未免過於性急了些。還是先不要「放棄」、取代，至少讓兩種觀念共存互補，互相競爭吧。

注：

（註一）（註六）梁麗芳：〈擴大視野：從海外華文文學到海外華人文學〉，《華文文學》二〇〇三年第一期。

（註二）杜國清：〈世界華文文學研究方法試論〉，載第八屆世界華文文學國際研討會論文選《世紀之交的世界華文文學》，《臺港與海外華文文學評論和研究》增刊，一九九六年版。

（註三）蒲若茜譯：〈「開花結果在海外——海外華人文學國際研討會」綜述〉，《華文文學》二〇〇三年第一期。

（註四）王理行、郭英劍：〈論Chinese American Literature的中文譯名及其界定〉，《外國文學》二〇〇一年第三期。

（註五）羅四鴒：〈是華裔文學還是美國文學？——國內學者介入「趙、湯之爭」〉，《文學報》二〇〇四年四月二二日。

（註七）程愛民主編，北京大學出版社二〇〇三年版。

（註八）陳賢茂：〈關於「海外華文文學」一詞的使用規範〉，《世界華文文學》二〇〇〇年第六期。
（註九）劉俊：《從臺港到海外——跨區域華文文學的多元審視》，花城出版社二〇〇四年版。
（註十）（註十四）黃錦樹：〈在世界之內的華文與世界之外的華人〉，臺北，《文訊》一九九三年一月號。
（註十一）（註十二）黃潤華：〈從亞洲華文文學到世界華文文學的大同世界〉，載《從新華文學到世界華文文學》，新加坡潮州八邑會館叢書一九九四年版。
（註十三）李有成：〈世界華文文學：一個想像的社群〉，臺北，《文訊》一九九三年一月號。
（註十五）劉登翰：〈命名、依據和學科定位〉，載第十二屆世界華文文學國際學術研討會論文集《新視野新開拓》，復旦大學出版社二〇〇二年版。
（註十六）這是王富仁的一段話。出處待查。
（註十七）吳奕錡、彭志恒、趙順宏、劉俊峰：〈華文文學是一種獨立自足的存在〉，《文藝報》二〇〇二年二月二六日。

第二節　世界華文文學研究新貌

一、《中華文化母題與海外華文文學》

楊匡漢是一位具有前衛學術視野和較深厚理論功底的文學評論家，迄今已出版有關當代文學、詩學原理、文學評論等多種著作。在楊氏琳琅滿目的著述中，臺港澳暨海外華文文學也是他耕耘的重要領域。他繼主編《揚子江與阿里山的對話》、《中華文化中的臺灣文學》後，最近又奉獻出他獨著的《中華文化母題與海外華文文學》（長江文藝出版社二〇〇八年）。此書以他對華文文學關注的滿腔熱情與執著、縝密的思辨與邏輯、獨到的審美鑒賞與評價，獲得學術界同行的好評。

具有開闊的學術視野和獨到研究方法的《中華文化母題與海外華文文學》，從文學中母體的意義與價值、雙重邊緣性與母性的聲音、海外華文文學中的文化母題、母題的藝術變奏等四個方面，緊緊圍繞著中華文化母題的沉積與遠行問題，探討了境內外、海內外作家如何「把漢字釘入鞋底走路」的文化實踐。這是一部具有理論深度和歷史厚度的著作。概而言之，這部書稿具有如下特點：

其一是全球目光。在世界華文文學國際研討會上，楊匡漢多次呼籲研究世華文學要有全球目光。〈中華文化母題與海外華文文學〉正是他全球目光的實踐。作者沒局限在海外華文文學，而是把從中國文學分流出去的臺港澳文學納入自己的研究視野。如第二章〈海外華文文學中的文化母題〉，便分析了余光中作品所表述的「鄉愁也是一種國愁」的主旨。在〈古典的與現代的〉中，又把琦君的書寫當作鄉土性的典型個案剖析。此外，楊匡漢還把以錢鍾書《圍城》為代表的大陸文學作為臺港文學的對照組加以論述。這雖然是陪襯，不是該書主幹部分，但在楊氏眼中，中國大陸文學顯然也屬世界華文文學的組成部分。目前，世界華文文學應不應包括中國大陸文學，是一個有爭議的話題。楊匡漢以自己的研究實踐表明：研究世界華文文學既然要有全球目光，就不能將研究對象僅局限於臺港澳暨海外華文文學，還應把大陸文學包括進去。不應用「習慣提法」或「約定俗成」的看法遮蔽大陸文學。所謂「世界華文文學」，它本應是「世界」的：包括陸港澳臺暨海外；它當然是華文的，用中文或漢語創作的。如果把同是用華文創作的大陸文學擯棄在世界華文文學之外，這樣的研究必然是跛腳的。

其二是文化視野。多年來，世界華文文學研究者所沿用的大都是歷史批評和審美批評方法。楊匡漢不放棄這些方法，但他更重視用文化視野去探討世界華文文學。在他看來，世華作家的作品，不僅具有歷史價值、審美價值，同時也深具文化價值。基於這種看法，他嘗試以主題學、類型學與原型批評相結合，從母題研究入手，著重探討海外華文作家對祖邦母語文化傳統所實踐的範式，這無疑有助於他以文化認同增強漂泊他鄉的作家的文化歸屬感。在〈母題的民族性與人類性〉、〈文化負載者的陽關〉等章節中，他還用民俗學、神話學、民間文學去研究華文作家作品。關於這類研究，過去在中國小說領域裏較常見，而運用在海外華文文學中，楊匡漢可說是開風氣之先的學者。這是一種跨學科、跨文類的探索，該書有些地方引用「他山之石」的論述雖然有牽強之處，但總的說來是成功的。尤其應肯定，作者沒有以文化研究取代文學研究，如對聶華苓《千山外，水長流》的美境與美語的分析，以及對新加坡詩人周粲《滴入唐詩的水》、菲華詩人和權《千島》的剖析，堪稱知音的品評。

其三是理論深度。當下的華文文學研究，參與者多半是從事現當代文學研究的學者，較少有從事理論研究的教授參與。楊匡漢雖然是當代文學研究出身，但他的理論水平為許多人所公認。他的許多論著，均不是就作品論作品，而是從作品分析提升到創作規律高度來認識，像〈因果母題〉對林語堂、湯婷婷、哈金等人創作的分析便是這樣做的。對別人論述過的放逐詩學問題，楊氏也能層層拓進。〈同一文化母題的文本變奏〉，其拓進呈「扇形展開」，從因視點不同而變異、因情態不同而變異、因認同有別而變異、因時移境遷而變異四方面深入開掘，有力地說明了隨著時空變化和人類精神自由的發展，同一文化母題在敘述過程中如何產生的種種藝術變奏。

楊匡漢在〈中華文化母題與海外華文文學〉後記中稱，他這本著作有四個著眼點：著眼傳統，著眼整體，著眼文本，著眼「和而不同」。這四個著眼點，均以問題意識帶動，並結合華文作家古今中外的創作特徵及其衍變進行探討，從而打破了各佔據一領域，各守一種文體的慣常研究狀態，不愧為跨學科、跨文類研究的一次有益實踐。

二、《從臺港到海外》

劉俊的新著《從臺港到海外》（花城出版社二〇〇四年版），在一定程度上反映了青年學者的研究特點。在若干重要方面，則反映了世界華文文學作為一門學科的某些面貌和研究走向。

和其他學人一樣，劉俊研究世界華文文學，首先從較易取得資料的臺港文學入手。鑒於臺港文學史或類文學史的著作出版過不少，還由於世界華文文學研究的體系建立和一些基本理論問題的探討不可能一蹴而就，故他把工作定位放在作家作品的個案解剖方面，老老實實地從一磚一瓦入手去建構自己的學術殿堂。

在臺港作家中，劉俊最先選擇的是白先勇研究。具體說來，在這本新著中，它包括兩方面的內容：一是在《悲憫情懷——白先勇評傳》的基礎上，進一步對白先勇小說中的意象群落、小說的語言藝術和別人容易忽略的散文創作作細讀式的研究，對一些重要的藝術手段進行更細緻和更深入的把握。二是對大陸學術視野中的白先勇（一九七九－二〇〇〇）作出評述。這評述，不是把各家的觀點羅列在一起，而是在肯定成績的基礎上指出研究的盲點，作為今後改進的參考。由於作者本人對白先勇有深入的研究，故這篇評論之評論評得到位，有一定理論深度。

也許筆者是從事批評史研究的緣故吧，故對劉俊《臺灣文學研究在大陸：一九七九－一九九九》有濃厚的興趣。這方面的文章，別的學者也寫過，但他別出心裁選取「以『人大複印資料』為視角」作切入點，這本身就有一定的新意。可以看出，作者花了極大的伏案工夫寫這篇論文。除作了詳細的統計和分類外，還對如何深化臺灣文學研究提出許多建設性的意見。這些意見，有可能成為新的學術生長點。

大陸的華文文學研究在發展形態上，是從「臺港文學」到「海外華文文學」，再到「世界華文文學」。劉俊所走的也是這條路線。他在白先勇研究取得一定成績後，再把視野擴大，在研究空間上躍入海外華文文學。最能顯示劉俊在這一領域取得理論深度的是《論海外華文文學的總體風貌和區域特徵》。它首先明確了海外華文文學的性質和特徵：針對中國文學而言，海外華文文學其實是一種「外國文學」。乍看起來，這沒有什麼驚人之論，但一想到北京有關部門做的國家級課題指南，至今仍把海外華文文學算在「中國現當代文學」的名下，就會感到這種論述有現實針對性。此外，劉俊在海外華文文學的區域性、不平衡性、多樣性和複雜性的論述基礎上，對東南亞華文文學與北美華文文學的區域特徵作了深入的分析，從而使讀者感到海外華文文學作為一個集合體不僅其構成成分上複雜多樣，而且在文化構成上也顯得豐富多元。這種論述比起某些作者在「全球化」或「環球性」外衣下做大而空的論述，要紮實得多。我就看到過某些學者大談特談華文文學的文化身份或文化指歸，可給人的感覺是「高空作業」，脫離華文文學的實際，無非是在兜售自己的理論，而不像劉俊的論述是建立在閱讀大量作品後所得出的結論。

從一踏入華文文學研究領域開始，劉俊就以接觸原始資料作為研究起點，堅持論從史出的實事求是的學風，這和他長期的嚴格學術訓練有密切關係。但他並不單純從文藝社會學的角度進行研究，而是注意運用敘事學、文體學、文化語言學等理論來分析文學現象和作家作品。除此之外，他還引進後殖民理論來深化自己的研究，如《「他者」的存在和「身份」的追尋》，在對美國華文文學的解讀方面，就有一定的創意。這說明劉俊時時警惕研究視角的老化，注重理論思維的更新，這就難怪他對海外華文文學的研究路徑不完全與人雷同，並在不斷超越自己。

重繪世界華文文學地圖，首先要打破隨眾意識，另闢蹊徑開拓自己的獨特研究領域，此外要設立新的論述方式。在這兩方面，劉俊均在努力追求。以美國華文文學中的留學生小說而論，這是別人論述過多少次的題目，劉俊亦能說出新意。在《論美國華文文學中的留學生題材小說》中，他在時間上從六十年代跨越到世紀末，從於梨華的情緒論述談到嚴歌苓的灑脫敘事，便涵蓋了二十世紀後半葉美國華文文學中留學生題材的小說發展史。另方面，對於梨華、查建英和嚴歌苓三人進行比較，不僅看出這幾位作家的作品如何深深地打上了隸屬於她們各自時代的歷史烙印，而且更注意到這三位作家中的個人風格。這種論述和風格的強調，對她們各自在美國華文文學中的歷史地位和貢獻的評價，顯得十分及時和必要。這裏雖然重繪的是留學生的文藝地圖，但窺一斑可知全豹，可看出劉俊在這方面所作的努力。

進入新世紀後，世界華文文學研究不再是死水一潭，而是有了理論交鋒。正是在思考、爭論和探索中，劉俊的華文文學研究在穩步中前進，並不斷取得新的學術成果。像這種跨區域的華文文學的多元審視，其實是一種學術邊界的開放，以圖打破現有的封閉研究格局。正因為世界華文文學研究領域有像劉俊這種顯示著某種研究潛力的青年學者的介入，才使新世紀的華文文學研究在向前發展的同時，還能顯示出更強勁的發展勢頭。筆者深信，《從臺港到海外》問世之後，劉俊又會有新一輪的開始。

三、《世華文韻》

記得是十多年前，我正為一本新書校對弄得老眼昏花，突然一位陌生女士的電話打斷了我的思路。她問：「你是古遠清先生嗎？」答：「我就是，你是……」，她自我介紹說：「我叫周萍，供職於山西省社會科學院文學研究所，我剛複印了你在《南方文壇》上發表的一篇論世界華文文學走向的文章，我有幾個問題要向你請教。」從此以後，我們之間的聯繫逐漸多了起來，尤其是初次見面在重慶召開的新加坡作家尤今作品研討會上，我們互通資訊，天南海北聊了許多。現在我正快馬加鞭為臺灣出版的《古遠清文藝爭鳴集》校對，周萍又跟我打電話，說她要出版一本新書，邀我作序，我毫不猶豫地答應下來。

這幾年，周萍活躍在世界華文文學研究界，每兩年一次的世界華文文學國際學術研討會，均可以看到她的身影和論文。在她寫的眾多文章中，我最感興趣的是她對世界華文文學基本問題的探討。像《世界華文文學研究的文化視野轉變》，這是踏入世華研究領域的人很難迴避的問題。她不像有些人那樣要麼繞道，要麼淡化，而是從「語種」是構成世界華文文學這一人類文化現象的基礎、「鄉愁、尋根」是世華作家內在文化環境建構的自覺、世界華文文學具有的特殊文化屬性三方面作正面強攻，這種勇氣很使人佩服。《兩難　悖論　多元》，是有關世界華文文學學科定位的再思考。作者從生態環境的兩難處境、有悖於純粹的中國文學研究、多元框架的文學場三方面切入，有自己的理論構架，其中不乏獨立見解，可見作者在世華詩學研究上所下的伏案功夫，以及超越同行的研究深度。

《世華文韻》離不開文本的研究，離不開世界華文文學作家作品韻味的探討。「文」，當然可以理解為文采，但周萍的原意是文本，這是對世界華文文學的微觀把握，正好與前述的宏觀研究互為補充、參照。這種文本剖析，在周萍論文中占了大多數。她之所以這樣做，是為了避免以論帶史，是為了把世界華文文學的研究工作做得更為紮實，同時也是為構建世界華文文學這門新興學科的理論框架提供更有力的支撐和佐證。這裏要強調的是周萍所選取的嚴歌苓《金陵十三釵》一類作品的標本意義。海外新移民作家近年來湧現了許多，其中嚴歌苓是重要的標本人物。她的作品，反映了新移民文學的新特點，其作品表現了無法自救的靈肉和宿命，是人性最完美、最自由的張揚。此外，《金陵十三釵》的意象敘事張力，達到了相當的高度，因而周萍分析《金陵十三釵》不僅僅是一篇作品的解剖，同時是對一位新移民作家創作道路的檢視。周萍從不同方面還原了「吟唱過客的聖歌」者的創作追求和藝術特色。

在世界華文文學研究隊伍中，有一支不可忽視的方面軍是女性學者。如果說饒芃子、白舒榮、趙遐秋等人為第一代世界華文文學女性學者的話，那鍾曉毅、樊洛平等人則屬第二代，還有李娜這樣更年輕的第三代。按年齡和加入世界華文文學研究行列的時間算，周萍無疑屬第二代。以產量而言，周萍的論文曝光率並不高，但她一步一個腳印，走得十分踏實。尤其是近幾年，她的謬思忽然活躍起來，竟然在各地報刊寫了不少論文和訪問記，獲得了空前的豐收。不管是「減產」還是「增產」，周萍總是以質勝，而不是以量勝。像〈不同文化與人性的雙重審視〉、〈東南亞華文文學特色試析〉，均是值得反覆研讀的。另一些篇章，如〈臺灣女作家的另一面〉，還可看出作者不同於男性評論家的視角。我猜想她的追求是：研究世界華文文學，不是男性評論家的專利，女性評論家理所當然要發出自己特別的聲音。不管是哪一種視角，周萍均遵循評論自由的原則，取相容並包主義。這在某些人看來是常識，然而在周萍那裏是身體力行貫穿這一點，這反映出她開闊的學術視野：不僅研究世界華文文學詩學問題，而且研究具體的作家作品；不僅研究旅美華文作家，而且還關注東南亞華文文學現象；不僅研究海外華文文學，而且不遺漏臺港澳文學，文體則不限於小說，還有散文、新詩、評論等等。開闊的眼界和灑脫的敘述，充分體現在她《直面余光中》、《情滿三峽》等篇什中。當下世界華文文學研究面孔過於嚴肅，難得周萍以逸態閒情寫世界華文文學作家的清標傲骨，以率真樸實的筆墨為讀者獻上心靈饗宴。

周萍加盟世界華文文學隊伍，不過短短十多年，其研究方向及其體現的批評特徵，卻有一定的代表性，尤其是在山西這種邊遠地方，缺乏世界華文文學研究的地利，能切磋的同行又如此之少。正是在這艱難的條件下，周萍承受著別人難於承受的困窘，一直堅守自己的研究崗位，這無疑需要極大的毅力。最後，希望周萍今後能進一步確立自己的主攻方向，在世界華文文學領域「遊牧」的同時「深挖」，努力尋找新的突破口，在世華領地打出「一口井」來。

第三節　世界華文微型小說管窺

一、微型小說的道德主題與懸念設置

談到東南亞的微型小說，鄭若瑟是一位不可忽視的作家。據筆者的觀察，像他這樣高產且專心寫作的並不多見。他前後出版了四本以「情」字命名的微型小說，即《情解》、《情哀》、《情味》、《情結》，最近又由香港獲益出版公司出版了《情債》。

然而，弔詭的是：這樣專門創作微型小說的作家，卻未曾寫過一篇有關微型小說的理論文章。每次在東南亞各國舉辦國際研討會，他都參加，主持者都會請他代表泰國發言，可他總是把時間留給別人。沒有作家的創作自白作參考，作者只好根據文本說話，就作品論作品。

鄭若瑟微型小說的選材，主要有兩方面：一是來自中國大陸生活。如《換人》寫在天天喊萬歲的年代裏，一位出身不好的青年如何受到「紅五類」欺凌：只許規規矩矩，不准亂說亂動。即使談戀愛，也要讓「紅牌出身」的同學領先。鄭若瑟以「文革」為題材的作品，不論在中國還是在東南亞，均有一定的現實意義。從歷史學的角度看，「文革」早已進入了博物館，然而作為一種精神文化現象，「文革」至今仍活在某些人的頭腦中。現在許多年輕人，均不知道「文革」為何物，「四人幫」是哪四個也答不上來，這種「集體遺忘症」，是很可怕的。因為忘記過去，就意味著背叛。更重要的是「文革」是一種封建文化，它的生長土壤至今仍然肥沃，因而有必要通過各種文藝形式把「文革」的荒謬性及其危害性揭露出來，以讓世人警惕某些「文革」現象或余秋雨式的「文革」人物捲土重來。

鄭若瑟的微型小說另一類是以泰國故事為背景，時間落在當下的曼谷社會。它們主要取之於作者從商的生活經驗和對各種社會現象觀察。如《緣份》寫出生在泰國第三代的偉洛和單身女人因買賣「陶豪」而引發的故事。《欠債》所寫「駕轎車，擺闊氣，捐款僑團，買理事長名銜」，也不是發生在中國的社會現象。這類作品說明作者的精神雖然屬於「文化中國」，但由於作者已融入當地社會，完成或正在完成從華僑到華人身份的轉換，故它不但與中國微型小說有所不同，而且與入籍國的友族文化也和而不同。這表現在作者用漢語寫作，而非用泰文創作；雖然用漢語，許多篇章寫的卻是發生在中國以外的故事，反映的是居住國的生活狀況和民俗風情，還適當摻合了諸如「陶豪」、「禍拿闍」的泰語，故又不等同於中國文學，而是地地道道的海外華文文學。

鄭若瑟根植於泰國生活的微型小說，所傳達的資訊不限於《欠債》所寫的現代版東郭先生和狼的故事。就其道德教化功能來說，可分為四類：

一是教育人們不要賭博，要憑自己的真本事賺錢。如《有救麼？》寫頌猜因為賭球，愛妻不原諒他而離家出走。她走後，約束更少，頌猜賭得更厲害，居然幸運地贏了上千萬，可禍從福中來。贏了大把後因討賭債被債主槍擊成重傷。這篇小說不雷同他人在於寫主人公不是因為賭博而害得傾家蕩產，而是因為賭贏了產生了意想不到的悲劇。由此可見賭博是一把雙刃劍，無論是輸贏都很難給人帶來幸福，甚至還可能惹上殺身之禍。鄭若瑟是有使命感的作家，他深知小說教化的作用，但這教化作用不是通過說教而來，而是從曲折的故事情節中流露出來，由此做到寓教於樂。

二是教育讀者為人要坦誠，要誠實，切不可看風使舵，投機鑽營。《佔便宜》寫牛連法不靠勤勞而靠「偷工減料，剋扣拖欠工人工資，拖欠建材公司買貨款從中取利」而發家致富。可就是這樣一位聰明過頭的人，到後來「聰明反被聰明誤」，被他的至交董換名暗算，自己和家人的大批會頭錢落得血本無歸，這真是賠了夫人又折兵，其不義之財也得到報應。作品中寫的「月蘭會」以及用高利息請君入甕的手法，均寫得活靈活現，十分自然。在泰國生意場中，像牛連法這樣的掮客不算少數，由此可見這一形象的典型意義。

三是教育讀者做人不要勢利。處理複雜的人際關係，絕不可以「官本位」作為準則。《她是誰》寫一位仗勢欺人的局長，在還不知道護士的家庭背景之前，盛氣凌人地說「你把那個護士叫來，我要把她撤職」，可一旦得知她是黨委書記的女兒時，立即換了一副表情，前後判若兩人。「官本位」，是一種落後的封建文化，不僅在中國存在，而且在東南亞各國也多有滲透。批判這種文化，對建設現代的文化人格，無疑有一定的意義。

四是教人要有孝行，要回報年邁的雙親，而不應忘恩負義。《潤雨》寫一位父親無微不至地關懷被電擊傷的孩子，「恨不得把愛兒的痛楚移在他身上」。他甚至說：「只要醫好兒子，自己就是死了也不悔」。同房的「他」看了後深受感動，由此反省自己「對沒有給他傳下財富的老父親看得有點礙眼，有時甚至見解不同發脾氣，聲大不尊，父親唯唯，不敢吭聲，自己還沒有消氣。」這篇小說的對比手法用得比較成功。潮諺「厝簷水點點滴滴」的運用，也增添了作品的地域色彩。

鄭若瑟微型小說的道德主題還可以歸納出一些，但從以上四點中，已可看出鄭寫微型小說時不但在娛樂自己，也在娛樂別人，並在娛樂別人時開導別人如何正確對待生活，對待事業，對待家庭，如何待人接物和為人處事。

鄭若瑟同時又是很注意經營敘述結構的作家，尤其注意懸念的運用。這裏講的懸念，中國古代章回小說俗稱「扣子」。所謂「扣子」，就是在情節發展中繫上一個「結」。這個「結」，能造成一種「弓滿欲發」的緊張情勢和「引頸相望」的期待，使讀者對故事情節發展的趨勢和主人公命運的歸宿的可能性，產生出一種異常關注的心理狀態。在微型小說創作中，作家們常用這種「扣子」使情節發展出人意料，人物性格鮮明突出。

寫懸念，繫「扣子」，必須首先向讀者交代故事發生的時代背景、人物活動的典型環境，以及中心事件的主要線索和人物之間的關係，以便為製造懸念打下基礎。《換人》便做到了這一點。作品一開頭，就交代了創生因寫「反動口號」而坐牢。這「反動口號」四字，便使人聯想到這故事發生在抓「思想犯」的中國大陸，發生在以階級鬥爭為綱的年代。不過，創生是冤枉的。他最後能獲釋或平反麼？作者一直對此事秘而不宣，以便讀者為主人公的未來命運擔憂，為其愛情的結局擔憂，為其能否過上好日子焦急，由此造成「使人想不到，猜不著」的情勢，形成曲折多變的情節，以利於懸念站住腳。

運用懸念必須不違背生活常識。如果違情悖理，讀者就不願意再跟從作家在他創造的藝術境界中留連。鄭若瑟刻畫人物時很注意這一點。他運用懸念與那種脫離主題，脫離人物，脫離生活而追求曲折離奇的情節有本質的不同。就拿他在《緣份》中寫的偉洛來說，他的「王老五」生活到了盡頭的可能是完全存在的。一是單身女人賣陶豪是因為她與偉洛的表妹有金錢上瓜葛，她做這一筆買賣是為了籌錢打官司。二是在閒談中得知這個單身女人的生辰八字與偉洛不謀而合。這種外在和內在的機遇結合在一起，便構成了這對男女的緣份，而一直相信緣份的偉洛自然對此不存懷疑，這便可以預見偉洛的獨身生活有改變的希望了，由此讀者便隨著懸念的獲釋和主人公一樣感到柳暗花明又一村，從而取得了疑而後信、驚而後喜的藝術效果。

運用懸念必然要寫釋念，這是矛盾對立的統一。懸念是引人入勝的藝術手段，釋念是說明問題的真相，使讀者產生「原來如此」、「頓開茅塞」的感覺。如果為了賣弄噱頭，耍弄技巧，只寫懸念不寫釋念，只留「扣子」不解「扣子」，必然會故弄玄虛，叫人丈二和尚摸不著頭腦。不過，這對矛盾的統一並不是無條件的。《換人》中寫的囚犯之所以會由創生換成陳機，是因為作者事先埋了伏筆，為釋念作了鋪墊。創生坐牢原就是 個冤案，是陳機為了搞掉情敵而陷害對方。陳機後來被捕是因為他犯了誣陷罪，故這篇小說的懸念「懸」得出人意外，「釋」得入人意中。

「長虹也覺直無味，故曲腰肢讓人看」。情節處理最忌「直無味」。一般說來，像巷子裏趕豬直來直去的情節，是缺乏藝術魅力的。運用懸念，可以彌補這一缺陷。不過，運用懸念要視內容的需要而定，特別是「扣子」要「扣」得緊，「繫」得妙。如果「扣」得鬆鬆垮垮，不能造成凶吉未卜的局面，一種禍福難測的趨勢，一種難以處置的困境，那就是敗筆。《換人》沒有這種毛病。它之所以成功，就在於「換人」到底是換誰這一謎底未揭開之前，作者佈滿了疑陣，用了一系列的曲筆渲染，把讀者引進了作品描寫的境界，使讀者也深信創生有可能把牢底座穿。而一旦條件成熟，作者便撥開迷霧，逕直揭底，使讀者釋疑團而後快，感到「山重水複疑無路，柳暗花明又一村！」

懸念這一技巧的運用，說到底是為刻畫人物的內心世界和精神面貌這一目的服務。創生出獄這一懸念的獲釋，就收到了一舉三得的效果，它寫出了創生的善良，陳機的陰險以及「我」對友誼的忠誠和富於同情心。作者用「審問」靈魂的方法，把陳機落井下石的醜惡靈魂揭露得入木三分，從而使讀者看見「唯成份論」的荒唐並順便給那個製造極左思潮的「四人幫」銳利的一擊。

在如何形成懸念，讓事件的組合關係吸引讀者方面，鄭若瑟也用了各種不同的方法：

一是荒誕設懸。如《換偶》寫的離奇故事，以常理論是不可能兩對夫婦換配的，但按實際情況，為擺脫被指控的尷尬局面只好這樣做。這種歪打正著的做法，正好躲避了被復仇者告上法庭的糾纏。在別無良策的情況下，這種荒誕的換偶設懸，便在讀者大開眼界中認可。

二是倒置設懸。如《換人》打破正常秩序，把被告換成原告，把企圖誣陷別人的陳機繩之以法，這就出乎讀者意料之外，卻又合乎情理之中。

三是連環設懸。如《奇案》所寫的巫壯與妻子商量借種生子時，卻各懷鬼胎，一個懸念扣著一個懸念：巫壯真的肯把自己的老婆「租借」給他人嗎？巫妻到底是想借種生子，還是想追求別一種偷情生活？鍾捷是為了幫朋友傳宗接代，還是想與朋友妻保持情人關係？巫妻後來所生的男孩，其父到底是誰？這種一環扣一環的設懸，使讀者閱讀時欲罷不能，達到一種奇特的效果。

四是隱形人設懸。如《潤雨》中沒出現的「他」的父親，是一個關鍵人物。作品沒有具體展開寫這位父親如何喜愛兒子，也未具體寫到「他」如何對老父聲大不尊，為什麼事情而發脾氣。這種虛寫手法，為的是節約筆墨，使微型小說真正做到微型。

五是複遝迴旋設懸。如《出路》寫一位碩士生，在金融公司工作，月薪五萬。經濟風暴後，公司關門，他當了送貨司機，工資下降為月薪八千。後來又變成餐館服務員，工資更低。這種相似或相同形式發生衝突的設懸法，加強了作品的吸引力。它給讀者的啟示是：「遇境而當，若一味苦等適合的職業，就似坐以待斃，倒不如自尋出路。」

綜上所述，鄭若瑟微型小說的懸念設置法形式多樣化，彩色紛呈，風格各異。相信鄭若瑟在今後的創作中，還會登上一個新臺階。筆者和讀者對他完全有理由有更高的期待。

二、澳洲微型小說的一面旗幟

隨著生活節奏的加快，在海外華文文學創作中，微型小說日益成為作家們開拓的一個領域。特別是世界華文微型小說研討會連續在東南亞各國召開以來，華文小說創作成為世界華文文學的一道迷人的風景線，以日常生活和社會現象為題材的微型小說，更是風靡一時。澳洲心水的微型小說集《養螞蟻的女人》（澳洲豐彩設計製作室出版），就是近年來成功地表現飲食男女、恩愛情仇、欲海浮沉、善惡之緣的都市生活，並有著自己藝術追求的作品。

《養螞蟻的女人》是一部憑感覺把握的微型小說。作者在其精心構思的作品中，提供了豐富的人生感悟，並由此出發，把清晰的回憶，潛意識的道德主題，一波三折的情節及一系列的心理感受，巧妙地組織在夢幻飄渺、陰陽有界以及有關人生思考、社會評價的小小說創作中。

這也是一部表現人性醜陋的小小說集。在經濟飛躍發展的情勢下，慾望、物質等一切世俗的追求全都浮在外表，對人們構成難於抵擋的誘惑。在這種誘惑面前，是潔身自好還是同流合污，每個人都要作出抉擇。心水的創作動機，均與這種抉擇有極大的關係。一些人經不起考驗，像《開會》的主角招進寶那樣不是在各種社交場合中追逐名利，就是在看三級片中消磨時間。他的沉淪，難道不應成為人們反省的一面鏡子嗎？

這又是一部表現華人傳統與西方文化衝突的微型小說集。華人來到西方後，如何適應新的生活環境，和當地的文化是對抗還是交融？這是心水經常思考的問題。如《父子對話》，表現了兩代人的衝突。這衝突，其實也就是華人到了澳洲，在認同當地文化的同時，還能否承續中華文化的優良傳統。母親希望兒子會講中國話，會讀中文書刊，還會用中文寫作，可兒子認為中文太難學，遠沒有英文容易掌握：「我情願不懂中文，我也許會更快樂。」後來父親和阿姨偷情，為達到結合的目的竟殺掉已成植物人的妻子，這更加深了兒子的對抗。由中西文化衝突寫到家庭悲劇，使讀者感到中西文化的溝通如處理不好，會帶來嚴重的後果。《天體俱樂部》，則寫一位不懂外語的留學生，對西方人的生活方式既不去適應也不想去瞭解，以致出了一次洋相：在眾人面前赤身裸體。這種移民社會的眾生相，使我們看到了「華人傳統與西方文化」碰撞後產生的千奇百怪的現象。

《回頭是岸》光看題目就很有警世意味和東方特色。它的藝術力量在於作者提出了長輩應如何教育下一代這一命題。一是華人社會的主流均希望下一代不忘自己是炎黃子孫，對母語中文要做到能讀能寫。最好上大學，尤其是上本地最好的墨爾本大學，以高等華人的身份進入西方社會。於是，學中文的作用自然成了通往仕途的敲門磚。二是該不該對下一代溺愛，比如作品中寫到父親給兒子讀最好的私立學校，要汽車也給他買，這種做法到底是愛還是「害」了他？三是父親是否要言傳身教，以身作則，給兒子做出榜樣。小說中的父親一面教育兒子要努力學習，好好做人，而自己卻天天到賭場玩到天亮。兒子最容易模仿父輩的行為，於是兒子很快染上了不良習慣：抽煙、泡妞、賭博，以和迫他學中文的父親對抗。隨著情節的展開，連名字也帶洋味的邁克最後開快車撞牆而死。這種悲劇結局，不斷喚醒讀者如何處理好兩代人的關係，做晚輩的能否因家庭壓力而自暴自棄，沒有好父親是否就要採取自殘的手段來結束自己的寶貴生命這一系列問題的反思。

作品的份量不能用數位的多少來衡量。鴻篇巨製與「一分鐘小說」各有所長。正如有人所說：「百米奧運冠軍女飛人喬依娜和五〇〇〇米奧運冠軍東方神鹿王軍霞孰長孰短？」微型小說雖然不像長篇小說那樣以宏大敘事刻畫眾多的人物者稱，也不似中短篇小說以塑造典型環境中的典型性格見長，但它通過刪繁就簡的形式，把生活面貌真實集中地展現出來，使讀者能從不同角度去分辨去品嚐其中的韻味。心水深諳此道，故他這些年來利用業餘時間努力去創作，讓自己豐富複雜的人生經歷用一瞬間閃爍的靈感之光表現出來，於是便有一系列作品問世，以至成了澳洲創作微型小說的一面旗幟。

心水的微型小說以寫人為主，歸納起來有三大特色：一是寫人生百態，二是具有教育功能，三富有娛樂性。

《詭計》以其獨到的視角，講述去澳留學女生為償還欠下的旅費和昂貴的學費，到夜總會做攻關小姐的複雜經歷。為了逃避嫖客的糾纏，她先是奪門而逃，後是謊稱自己有愛滋病，可後來真的碰到一位愛滋病患者，這位患者說：

「哈哈！我們正好同病相憐，以毒攻毒；沒找到安全套我本來不會強要的，我雖然被害慘了，卻不願害無辜的人。」他似餓狼般伏上去，妮娜拼命掙扎，兩眼驚恐萬分，在撕裂的痛楚裏淚珠如雨湧瀉……

看似巧合，實為逼真的「偶然中含必然」的藝術濃縮和提煉，道出了移民女學生冒險的謀生手段及其生存困境，為「賣藝不賣身」的不切實的幻想者敲響了警鐘。

任何一位作家在描寫人生百態時，都不可能完全不挾帶個人情感而做純客觀的描寫。不管他自己有無意識到，當他確立寫什麼及如何寫時，都難免會包含對生活的評價和對人物的愛憎。作家表現紛紜複雜的生活現象時，不僅向讀者提供故事情節和人物命運，而且還會告訴或暗示讀者什麼是美的，什麼是醜的，什麼是應該學習的，什麼是應該揚棄的，從而提高讀者的道德情操和精神境界，這就是文學的教育作用。

心水是一個有社會責任感的作家，他的微型小說常常有道德的主題，那就是勸人們不要賭博，不要搞不正當的男女關係，更不要行兇，總之，要遵紀守法，做一個有素質有操守的公民。在《借》中，作者先是寫王敬不斷借妻子的身體發洩獸慾，而不管對方有無生理需要，後來自己卻被另外的女人以同樣的手法玩弄。這篇作品通過情節的逆轉和角色的轉換，告訴讀者無論是男的背妻偷人還是女的背夫偷漢，都沒有好結果。改進婚姻生活質量，彌補夫妻生活的缺陷，不應通過一夜情去填補，而應彼此尊重，互相瞭解，加強溝通。《雙妻命》寫尹振華對愛情不專一，在國內有妻子，在國外又有一個太太，還不斷的亂交以至染上了愛滋病，這是對犯重婚罪者的懲罰。心水這類描寫婚姻家庭生活的作品，對讀者形成正確的愛情觀和規範健康的夫妻生活，以及提高讀者精神境界和道德操守，均有助益。

布萊希特是歐洲戲劇革新派的一個重要代表人物。他提出了一個很深刻的命題：戲劇要把辯證法變成娛樂，要通過娛樂性去啟迪觀眾思考，讓觀眾在藝術欣賞中獲得思考的快樂。心水所寫的雖然不是戲劇，但他的微型小說充滿著戲劇性的轉化，並通過這種轉化給讀者得到愉快和休息。《養螞蟻的女人》，就是這樣一篇娛樂性極強的作品。作品寫丁媚明明知丈夫章弦在外邊沾花惹草，可還是裝著賢良的德性不加計較。她知道自己身體器官的缺陷，胸部平坦如飛機場，不能滿足對方的生理要求，可後來當她知道自己的丈夫被一個胸部豪漲的女人佔領時，積壓心底的怒恨像野火般燃燒起來。她趁丈夫熟睡時——

> 到廚房拿出一罐蜜糖，將蜜漿用手均勻地塗在丈夫的裸體上。章弦沒有醒過來，他死時也莫名其妙，全身爬滿成千上萬隻紅螞蟻，醉中被螞蟻活活咬死的，身上每寸肌肉都被噬嚼過，屍體紅腫。

這種殺人方法很獨特，很好「玩」，但在現實中是否行得通，還有不少疑問：比如章弦剛開始被螞蟻咬時，身體不可能沒有反應，而一旦有反應，就會醒過來或下意識驅趕螞蟻，趕不走還有可能到浴室裏去沖洗，總不至於一咬到底或一咬致死吧？但讀者不會去考慮這些，因為章弦喝得爛醉，已沒有反抗能力，另方面這個女人的仇恨像火山般爆發，一定會想盡千方百計致他以死地。正是通過這種獨特的殺人方法，使讀者反思丁媚明的報復手段不可取。面對好色的丈夫，她應採用批評教育或心理治療的手段，或通過法律途徑解決，而不應該殘忍地消滅對方的肉體。殺人必須償命，作品雖然沒有寫出她的結局，但讀者完全可以猜想得到。

目前，在影視界有「娛樂至死」的傾向。心水的微型小說雖然故事情節帶有娛樂傾向，但作者並不想為娛樂而娛樂，而是寓教於樂，在輕鬆的敘述中隱藏著一個嚴肅的主題，這正是作者的使命感所致。

心水的微型小說也有明顯的不足，如有些細節在不同作品中重複，個別詞語也在作品中一再出現。如何不重複別人，也不重複自己，這是他今後面臨突破的一個重要問題。

墨爾本作為澳洲的一座商業十分發達的國際大都會，在強悍的商風勁吹下，人們對物質的追求有增無減，精神的缺失把純文學創作尤其是華文小說迫到邊緣地帶，微型小說創作的艱難可想而知，但心水始終以堅韌的精神守護著這片精神家園。他不怕華文創作在澳洲讀者甚微，在困境中愈見其精神，其作品不斷見諸於澳洲、美加、荷蘭、德國、新加坡、泰國、馬來西亞及中國大陸、臺灣地區。如此執著自己的文學理想，彰顯出卓爾不群的光芒。

三、洋溢著青春氣息

夢凌的微型小說集《結》（泰華現代詩研究社，二〇〇六年出版），讀起來像是一個經過剪輯的電影鏡頭。這位既寫散文，又寫詩的作家，筆下的人物多少有些不平凡的遭遇並富有民俗色調。

這些故事大都發生在都市的大大小小家庭裏，有大學生，有職員，有老闆，有奸商，也有賢妻，有棄婦，有情人，有負心漢，有冒失鬼。人多了故事就複雜起來，賭博、偷情、吵架、自殺，還有半夜打錯電話。家庭的長短糾紛和社會萬象，隨著夢凌生動筆調的描述，背後隱藏的要遵紀守法、要有道德良知的主題便突現起來。

夢凌的微型小說所寫的題材，常常離開通常的軌道，往悖論方向走。她好似在輕意描寫一個人處在人生轉折關頭，由於責任心和對家庭和諧的維護、對愛情的忠貞而面臨生死抉擇，並在激烈的內心鬥爭中作出最後的去與留。《結》所寫的無可奈何的婚姻悲劇，無論是男主人公，還是女人、孩子，都值得同情，也使人扼腕痛惜。作者沒有用線性思維的方式，把見異思遷的男子寫得從頭到腳壞得流膿，而是寫他還有良心發現，把一人疊鈔票給結髮妻子帶回中國，可見這位養二奶男子的內心矛盾。主人公「她」的懷疑心也寫得非常合理，幾個自然段就像小鏡頭，把每個人的性格和命運表現得栩栩如生。這是夢凌最有特色的一篇作品，難怪她用其做書名。

《燈蛾》也是一篇有份量的作品。作品巧妙地設置了人物的各種關係：來自遙遠中國的她，與貿易公司副經理在一家高級餐廳裏共進晚餐，目睹了身邊一對青年男女在爭長吵短的醜劇。這些人物關係的組合，好似有戲劇性的巧合和偶然，然而偶然中有必然：他剛看到的悲劇，正是自己未來生活的寫照。結尾尤其富於詩意：「今夜，月亮分外慘白」，這慘白不僅是寫月色，同時也是寫人的表情和感受，真正做到了言有盡而意無窮。

夢凌其他小說均注意放在時代大背景中去展現，這就使阿狗嫂一類的人物命運有了現實依託。《妙計》中寫「過來人」施妙計使老婆聽丈夫使喚的方法，也有了浮世繪的特徵，整個故事從頭到尾都瀰漫著都市的生活氣息。小說通過不同文化背景的人物命運，歌頌了人道主義、友誼與法律的力量，鞭笞了賭博一類的醜惡現象，揭示了社會發展的必然趨勢，這就使夢凌的微型小說有一定的思想深度。她的另一些作品，像《名人》，均有中華文化情結，細節生動感人。《長髮女孩》洋溢著青春氣息：「陽光在笑，微風在笑，連路邊的小草也在跳著快樂的舞蹈」，這簡直是散文詩。將散文和詩的長處與小說聯姻，正是夢凌作品打動讀者的一個原因。

在中國，在遙遠的揚子江畔，我遙祝夢凌寫出更多更好的作品。

四、「他有一顆比金子還亮的心」

上個世紀末，華文文學領域微型小說異軍突起，研討會從新加坡開到曼谷，又從汶萊開到河內，還由上海開到香港。在這種局勢下，東南亞華文作家奮起直追，不讓這種文體在中國陸港臺獨佔鰲頭，使它在南洋生根開花。泰國的夢凌是遲到的一位，但後勁十足，《戲裏戲外》（江蘇文藝出版社），便是她新近交出的成績單。

夢凌致力於微型小說文體的創新，其作品有的短小而豐富，有的單純而厚重，還有的淺直而含蓄。這些審美取向，不僅豐富了夢凌所締造的藝術世界，而且最終將這種文學景觀從東南亞尤其是湄南河畔的天幕上明亮地顯現出來，從而成為一個既有新移民特徵又不乏南洋風味的存在。

筆者過去也讀過夢凌的微型小說，這次讀突出的感覺一是每篇作品字數比過去稍長，二是作品反映的生活面更為寬廣，三是人物形象更為豐滿，四是常常有出人意外的神來之筆。

夢凌微型小說的文本建構不是追求剎那間的「快感」，或文化速食式的商業性品味。雖然市場幽靈一直揮之不去，但夢凌並沒有跟著市場走，而是努力經營思想境界崇高的藝術之作。《油漆工》就是這樣一篇建立在藝術真實基礎上別具感染力的作品。小說寫一位油漆工為郵政局退休職工搞裝修。雖然對方雙目失明，看不到裝修完工後淺藍色的牆，深藍色的陽臺是如何賞心悅目，但他還是一絲不苟完成任務。油漆工節儉，不占別人的便宜，一再婉拒男主人公共進午餐的請求。最後結算工錢時，油漆工只要了其中的一半。原來這位退休職工也和油漆工人一樣，心靈非常美麗，他省吃儉用領養了三個孤兒，油漆工退還的工錢便是給孤兒的生活補貼。

如果故事僅止於此，那《油漆工》仍難逃一般化之嫌。出乎讀者意外的是，郵局職工是殘疾人，油漆工也是同病相憐，「他只有右手臂」。至此，這兩位殘疾人的美好精神境界——「他有一顆比金子還亮的心」得到昇華，作品由平面而立體，由自在而自為的審美取向得到了淋漓盡致的表現。

微型小說由於篇幅短，寫好人好事的情節難於展開，更重要的是寫這類作品容易平板無味，因而許多作家寫微型小說，均不取歌頌性而追求諷刺性和批判性，夢凌也寫過這類作品如《招牌》，但她用良知和激情挖掘「好人」心靈世界的作品，顯得更為成功。《親戚》又是一例。作品寫來自中國潮汕到泰國探親的陳平，家裏人對這位不速之客敬而遠之，一開始就嫌他礙手礙腳，飯量又大，尤其是林大嬌的珍珠項鏈不見了，全家人均把目光指向陳平，後來峰迴路轉：小偷是保姆，而親戚陳平這時才有機會亮出底牌：他不遠萬里，是給林大嬌夫婦送美元、項鏈和首飾而來——

「兄弟，我錯怪你了，請原諒！」林大嬌流下了眼淚。

「大嫂，是你們不瞭解中國，現代的農村人也富裕了，我並不是來跟大哥要錢的，而是來送錢的。」

這裏既歌頌了陳平富裕了不忘記幫助親戚的崇高品德，同時又讚揚了中國的改革開放，真可謂是「一石二鳥」。過去在潮汕地區長期流行的是南洋客給家鄉人送錢的故事，現在倒過來了，是鄉裏人給城裏人送錢，是中國人給南洋人送錢，真的換了人間。可這一題旨，並不是硬塞進去的，而是自然流露出來的。夢凌的其他作品，在懸念的設置、運用先抑後揚的手法方面，同樣顯得老到。這種以情動人的藝術效果，在夢凌作品中絕不是偶然的例子，而是一種有如杜詩所說「潤物細無聲」的審美潛質。

我和夢凌相識將近二十年。多年來，因為與夢凌亡夫子帆的關係，曼谷《中華日報》成了我海外發表作品的一個重要園地。後來，夢凌接棒，我仍是該報的中國作者之一。在國內外的研討會上，我常和夢凌不期而遇。我知道她喜歡自己的教育工作，業餘時間常舞文弄墨，她對海內外的作者非常熱情和誠懇。我比她年長不少，但我對她的編輯素質和人品一直非常放心，並深為敬佩。然而多年來，我對她微型小說所蘊藏著的巨大的創作能力，估計不足。這一回，讀她在中國出版的《戲裏戲外》，讓我大開眼界，真是士別三日當刮目相看。我曾評過不少海外作家的微型小說，但以讚揚為主調的作品能寫得如此有藝術魅力，我還是少見。總之，夢凌的微型小說，詩性醇厚，這大概和她寫詩有關吧。至於細節的精妙和佈局的匠心，還有曉暢的語言，耐人尋味的結尾，使人感到她在處理微與著、藏與露、直與曲、溫與火之間，無不恰到好處，特向她鼓掌。

五、《放逐天涯客》序

婉冰在墨爾本出版的微型小說集《放逐天涯客》，寫的是海外華人的各種生活世相。這其中有「遊子心」，也有「情義結」；有良好市民，也有陰險的毒販。生活場景有「楓林道上」，也有「夕陽哀歌」，真可謂是琳琅滿目，多彩多姿。

我與婉冰相識在十多年前，場合大多數在海外舉辦的微型小說研討會上。平時交往不多，也很少通信，但我時時留意著她的創作。二〇〇六年到汶萊出席世界華文微型小說研討會，我提交的論文是評婉冰先生心水的《養螞蟻的女人》。為了活躍氣氛，我故意讓婉冰與我互動，問她有沒有養過螞蟻之類，引發聽眾一陣陣笑聲。她配合得非常默契，給我留下了深刻印象。

我欣賞婉冰創作的路數，可能與我欣賞其夫君的微型小說有連帶關係。他們都有本職工作，可業餘時間一直對文學創作有濃厚的興趣。這對文學伉儷，都有一個共同創作路數，即寫新老移民在海外發生的中西文化衝突，但兩人角度不同，婉冰著重寫的是男人——從女人眼中看男人，故有自己的特色，如《天網》中寫的「油光擦亮禿頂，肥頭大耳，容貌鈍如豬樣的那位中年男士」，就令人過目難忘。這自然是漫畫手法，但從這手法中不難窺見作者的愛憎。當然，作者並不是見男人就醜化，見女人就讚美，如這位中年男士「抱著的那位妖媚妙齡女郎的肩膀，她突然伸出染血紅寇丹的手，嬌嗲地也圍繞肉柱般的頸撒嬌說」……這是作者對當今社會流行的「男財女貌」所繪製的一幅諷刺畫。

《放逐天涯客》中的人物差不多都是世俗男女。婉冰給自己定下的創作原則是：第一，不寫領袖式的偉人或英勇就義的戰士，二是不寫轟轟烈烈的社會事件。當下的小說，歷史似乎均變為英雄或烈士的歷史。談起那段歷史，給人印象最深的不是英雄造時勢就是時勢造英雄，形成一種公式化的語境，而在海外婉冰的小說中，是找不到這種模式的。像《天網》中的丁總，臨死前「浮現在眼前的是汶川，那倒塌的房屋和學校。那呼妻喚兒，覓母尋夫的悲慘狀，恍若數以萬計的冤魂在空際飄浮，齊齊向他伸手……」。這裏的丁總似乎是一位憂國憂民的英烈，其實他是發橫財的商人。他被情婦掠走的大量美金和珠寶，全是來路不明。他臨終前出現的幻覺，是「人之將死，其言也善」的體現，並不表明他是位慈善家。

在那眾多鮮為人知的《雲開見月明》或《情陷甲骨文》等故事中，婉冰並沒有顛覆我們所熟悉的母女關係的倫理教義，作者更著重的是人性本身，如《稀客》中的高太太先後請道士和神父為女兒驅鬼，其行為看似荒唐，但其中所體現的是一份濃濃的母愛。她的行為和心態，在海外華人中具有一定的典型性。

微型小說寫人物，寫事件，通常給人們的印象是浮光掠影式。婉冰《稀客》寫凌神父手持十字架和《聖經》驅魔，也屬走馬觀花式，但由於婉冰事先做了充分的案頭準備，對迷信風俗的大致過程尤其是中外的差異做到心中有數，故「處處黃紙飄飄，各門窗仍貼著靈符。神父口中呢喃經文。」寥寥數筆，就讓讀者如聞其聲，如入其境。

婉冰是一位生長期不算短，成熟期也不算晚的作家。雖不能說她的成熟期是以《放逐天涯客》

為標誌，但從小說敘述學的角度看，真正屬於她自己的人物、事件、對話和氛圍描寫，已達到自如的境界。回頭看看，她比較有新意的作品都收集在此書中，特向她祝賀。

第四節　離散族群的邊緣心境

一

在馬華文壇中崛起的林幸謙，屬年青一代的「六字輩」。儘管他在蕉風椰雨中降生，後遠離溫暖而教人眷戀的熱帶雨林來到寶島讀碩士學位，再到浮華香江摘取博士桂冠，但他並不是中國的臺港作家，而是馬華作家——說確切一點，是漂泊世界的華文作家。

馬華作家的「華」，既是指「華文」，又是指「華人」。林幸謙用華文寫作，又在馬來西亞出生成長，當然是馬華作家，但又不是一般的馬華作家。他這十多年來所體現的多元文學特質和國際化視野，如對文化知識界主題的反思、國際城市書寫、性別論述和五四／文化課題的表現，均使人們對他這位從「馬華」來又超越「馬華」的作家刮目相看。

林幸謙浪跡天涯的經歷，與另一位從馬華出走的武俠小說大家溫瑞安極為相似：吉隆坡——臺灣——香港。但兩人從臺灣出走的原因不同：溫瑞安是因為介入政治而被臺灣驅逐出境，後流落到香江，而林幸謙是因為留台學歷不被馬來西亞政府承認只好到第三地香港繼續深造。同為認同中國的溫、林兩人，在認同方式和程度上也有重大差別：溫瑞安不僅在身體上而且在精神上徹底回歸中華，在中馬未建交時還一度把臺灣當成中國的代表，以僑生的身分求學、寫作。而林幸謙卻讓海外華人的本土意識擠兌中國的僑民意識，以「海外華人」的身份取代「華僑」，所書寫的不是「僑民文學」，而是「海外華人文學」。他雖然也以文化中國為自己的精神原鄉，無時無刻不在嚮往長江長城，但身體所處畢竟不是故鄉而是他鄉。

在林幸謙看來，人類原本就沒有家鄉，鄉園只是一種無可理喻的幻影。以出生地而論，他雖然吃馬來米長大，但說的卻是漢語，寫的又是中文，其祖籍為中國福建，故大馬的膠園棕櫚並不是他真正的故鄉。相對於用馬來文創作的馬來西亞「國家文學」，用中文寫作的馬華文學只能是邊緣文學。而中國作家認為林幸謙最難割捨的是婆羅洲雨林，他當然是華人而不是中國人，難怪崑崙、黃山在林氏看來是他鄉。至於他生活過的臺灣，現在的工作地香港，並非是中國的主體，而是境外，這就使他的創作註定要被邊緣化。在這種「雙重邊緣」的情況下，林幸謙自然信仰「本體論的流放」，不承認有實體的土地和可指認的家鄉（註一）。此話看來似不合邏輯，可仔細一想：鄉愁確是隨著船票、車票出現。也就是說，離開故土才感到家鄉的可貴，才會想起故鄉井水的清甜。而漂泊南洋，是林幸謙的祖輩無可奈何的選擇。就是到了南洋，也只能望洋興嘆：故園何其遙遠，什麼時候才能親炙生我養我的土地？這就不難理解：中國對林幸謙來說，只是一種文化身分的象徵，與血緣和文化有關，卻與國界無關（註二）。

林幸謙繼《狂歡與破碎》之後出版的《憤懣的年代》（註三），便以「尋找回家的路」為主旨。就文類而言，它無疑屬散文。就性質而言，是後現代散文。就內容而言，是永遠生活在「祖邦成了異邦，他鄉成了家鄉」的邊緣人所作的邊緣思考。就手法而論，是真實與魔幻、慾望與壓抑、狂歡與哀愁、重構與顛覆的雙重書寫，其走向的是史學與心理學的曖昧領域。他這些名曰不分行的散文，其狂野的語言有時像一首激越悲楚的現代詩，詭譎地滴落在讀者心中的盆地裏，染濕了海內外華人讀者的夢土。

夢土向來比地理學上的鄉土更具有激動人心的魅力，這就是林幸謙不滿足於寫實俘虜讀者的地方。林氏之所以鍾情於夢土，追尋人類心靈上的文化故鄉，緣於他生活在一個自我放逐與流亡的年代。每當他從維多利亞港的暮色中回家時，常有一種寥落的心緒：說自己到了夢魂牽繞的中國，卻是遠離中心的邊境。這就難怪他在這本散文集中，謝絕民族的困惑，以雨的心事訴說在待整的天國之外所出現的憂傷。他無論是學習還是工作，均體驗著另一種離散族群的邊緣心境，冷漠地和海外炎黃子孫共睹分裂的視野。難怪他有濃郁的邊陲情結，心頭有一片任你狂喊的文化海岸。像所有邊緣人一樣，他身後的風帶著滿滿的思鄉葉子，穿過人群，越過城市。他對「南洋近於失根的新生代，對生命、社會、時代和文化的反思」，比同時代作家有更堅誠的勇氣。這種「從生命的哀悼情緒到時代深沉的思索」，以及從壓抑的歷史中找到巨大的精神創傷，別人也書寫過，但像林幸謙那樣用狂暴的異質性文體表現得如此濃烈，並不斷輸入「向大海訴說被隔絕的孤獨」的元素，這可能就是他的獨到之處了。正如陳鵬翔所說：「倘若我們能從離散漂零文學的視角來解讀林幸謙的詩篇，我們當會發現，他詩中隱藏了不少這一類文字質素：孤寂、疏離、破碎、失落、流亡、漂泊、異化、陰晦和鄉愁等等。由於在成長、受教過程中受到排擠被邊緣化，詩人很自然的就以隱喻的修辭把其感觸外化，例如在〈獨處馬大中文系〉起始那一節還奢言要『撐起／大漢的圖騰』，可到了第三段第一節卻寫出此岸／彼岸的對比……」（註四）

現在是詩歌被遺棄而散文受寵的年代。散文要寫得有新意，有紛繁蒼駁的意象，在表現手法上要讓讀者眼花繚亂，並不容易。林幸謙的散文之所以能將華裔世界的馥郁表現得耐讀，將歷史的荒唐而又真實的憂傷情境表現得耐看，就在於他的記憶之石蘊藏著幻象與現實的種籽，他所採用的是反類比的書寫模式。他在浮動的宇宙與追思的陽光中，在寓言與實錄中任意穿梭，將亦人亦魔的印象和亦真亦幻的記憶加以昇華、純化和詩化，以傳達神與魔在日常生活和歷史文化中的對話。他無論是寫溺河魚的傳統，還是寫人到中年的魔之孤寂；是寫斯芬克司的死訊，還是畫薄暮的風雨圖，或對詭譎的人生探索，其所表現的憂傷情緒均超越了各種範疇的心理學，也超越了各類詮釋學的範疇，具有典雅性和高貴性，有相當的濃度和深度。

作為主體的自我意識被肯定後，抑制不住內心狂喜和自傲的林幸謙，向尼采和魯迅借鑒了詩化哲學的隨筆手法，其文字是抒情與議論的結合，現實與幻覺的融合，激情獨白與哲學思辨的混合。像《癲癇之路》，由敘事而抒情，轉而帶出「所有一切人性的扭曲迫害和心理的憂鬱，都是名副其實的反動分子」的議論。《相思樹下的晚宴》，在具有詩神血液的同時，兼及「不管縱欲或禁欲，生命的悲情就在其中」的知性獨白。通常說來，一篇散文如果全是哲學思辨，就會變得索然寡味；如若純是「個體的哀傷」式的抒情而缺乏敘事的成份，就會變得空泛或淺薄。而林幸謙的散文相容真實的夢幻和荒謬的現實，相容寓言與小說、哲學與自傳，還有魔鬼與天使，膠園與小草原。這裏有無規則的跳躍，又有悲豪的幻想；既有錦密細緻的筆致，又有輕倩靈巧的構思，在海外華人散文創作中可謂獨具一格。

馬華散文經歷了從寫實到傾向於現代主義的過程，而到林幸謙手裏則鍾情於後現代。他和別的作家不同的地方，在於不僅努力探索後現代精神憂鬱症的特徵，而且還注意用創作實踐去反思工業文明時期現代性的一些偏至和弊端。本來，理論與實踐難免有相牴牾之處，但林幸謙具有當代人新的精神追求和文化觀點，善於將學術探討與文體實驗圓融一體，不愧為同道中的高手。

《憤懣的年代》的出版在昭告海內外文壇的讀者：挺立在我們面前的是一棵壯偉的合歡樹。他紮根在華社雨樹下的故土裏，擁有先知般的智慧和歇斯底里的憂思情結。他敏銳地意識到在後殖民語境下海外華人的身份焦慮和價值困惑，並以他充滿魔幻的抒情才能，解構自己被放逐的靈魂的創作實驗，添加了當代（海外）華文文壇散文創作中的邊緣人形象和離散文學體質。在他那沈鬱悲切風格的後面，蘊藏著濃烈的憂患意識與人文關懷。

二

林幸謙同時經營詩與散文兩大文類，這主要不是受同鄉前輩詩人余光中的影響，而是從海德格那裏得到啟發。海德格說，詩的反面不是散文，真正的散文從來就不是沒有詩意的；散文和詩一樣，都是充滿詩素的鮮見文體。這樣的看法，很能說明林幸謙的文學觀，故林氏進一步說：「我的詩，有時可以為我的散文做注，或者說，我的一些散文，可以成為詩稿的注釋。」（註五）的確，他的詩和散文內容有相似的一面。

為人謙和／性格剽悍／語言狂野／情緒亢奮／境界雄渾／詩風悲壯的林幸謙，其盛名既來自小說家白先勇、評論家劉再復、詩人瘂弦的推薦，也來自他運用女性主義和拉崗心理學建構寫成的張愛玲研究專著，同時來自他的「香港經驗」，即「充分地利用了他的出生背景、教育背景，把語言與個人、國家、政治、身份、神話、權力揉合起來，分析或呈現它們之間的關係，有詰問、有質詢、有內省、有沉思、有性與暴力……」（註六），同時對邊陲化、漂泊離散、族群差異、文化鄉愁和軀體與欲望關係作出探討。

和這種探討有關的是爭論不休的老話題：馬華文學是不是中國文學的支流？一種意見認為，馬華文學用的不是馬來文，作者也不是馬來原住民，因而這種文學不能稱為馬來西亞文學，而只能是「在馬來西亞發展的中國文學」。溫瑞安就認為馬華文學「不能算是真正的馬來西亞文學」，它只是「中國文學的一個支流」而已，原因有三：第一，「沒有中國文學，便沒有馬華文學」；第二，馬華作家使用的仍是標準的中國文字；第三，馬華作品中的傳說和神話，乃至心理狀態，仍是中國的。（註七）溫瑞安最強調的是第二點。他認為「馬來西亞華文」的本質「仍是中文的本質，如果用它來表現馬來西亞民族思想、意識及精神，那顯然是不智而且是事倍功半的事」。顯然中文如果要「表現馬來西亞的民族精神和意識」，便得脫去「中文的本質」而「馬來西亞化」，把「本質異族化」。可是這會導致如下後果：「既喪失了原有的文化價值，又無法蘊含新的文化價值」。故他的結論是：「華文難以表現別種國家的民族性反之亦然。」（註八）另一種意見認為，不能光看使用的文字和寫作源頭，還要看作品的內容和發表出版地等項，像眾多馬華文學作品所反映的並不是北京、上海的生活而是馬來西亞的社會現實，發表和出版處也多半不在中國而在馬來西亞，故這種文學當然不是中國文學。

為了使馬華文文學具有主體性、獨立性，有人提出馬華作家要「三反」：反奴役、反收編、反大漢沙文主義，要與中華文化「斷奶」（註九），至少要與中國文學劃清界限。林幸謙沒有參加這場討論，他只是以自己的寫作實踐證明：馬華文學姓「馬」，它不是中國文學，但馬華文學又離不開「華」，尤其是是離不開中華文化，他去年在臺北出版的新著《叛徒的亡靈》（註十），便向讀者報告了他的「五四詩刻」，披露了他的創作生命力的源泉來自於中國「五四」的新文學傳統。

該書共分九卷：沈從文圖、魯迅圖、郁達夫圖、蕭紅圖、徐志摩圖、林徽因與張幼儀圖、張愛玲圖、盤古圖、女媧圖。讀者通過這九「圖」，即可領略到這位華文詩人豐富多彩的作品中有這麼多歸鄉路線，這麼多紅塵血肉，這麼多生死場外，這麼多遺稿殘卷，以及觀音咒語、聲色蝶舞乃至提琴葉片。這就無怪乎他以自己的獨步之姿，不僅走進東南亞華文文學史，而且走進世界華文文學史了。

由於國家和民族的多難，還由於政治的干預，中國新文學史是一部充滿著憂傷和苦難的文學史。它的每一頁，不是記載著出走和逃亡、無序和紊亂、苦難和掙扎，就是記載著破街暗巷、悲劇神曲，迫得作家在「生活中，一個永遠的敗北者／把靈魂深處一切髒醜臭／全部挖出來。」（《獨白》）。這是缺乏歡樂的文學，這是引發人不快記憶的文學。這就難怪在林幸謙筆下，新文學導師魯迅得了「厭世病」，病情不是把他「變成一種烏鴉」，就是幻化成「一隻憂傷的白象」。這還影響到從沒有享受過春日陽光的「魯迅學派」：「冬從沒有過盡／租界裏獨一無二的季節／沈默著•冷的零度／凝態學派的性格」。把「魯迅學派」寫得這樣陰冷，這樣令人透不過氣來，也許有人會不同意，但魯迅的親密戰友胡風、馮雪峰、蕭軍等人長期生活「在野草叢的冬天深處」的事實，不就是最好的說明嗎？

魯迅曾寫過一篇很有名的小說《藥》。這「藥」，不單純用來治療肺癆，它是革命先驅一直在尋找醫治中國社會痼疾的「藥」。林幸謙深刻領會到這一點，故他筆下的新文學家，差不多都帶有一種「苦」味。像女作家蕭紅的香江異旅，是「人生的苦杯」帶她去飄搖，去流浪。哪怕是最瀟灑的詩人徐志摩，在小園庭裏度過的也是「最哀傷的時光」。一九四九年後，作家們和廣大工農兵一起翻身得解放，日子是否過得甜蜜了呢？未必。像魔鬼夜訪過的錢鍾書，雖然是「世人們讀不懂的一本書」，但像「紅色人間的一本書」，還是可以讀懂的。它所記載的《武訓傳》批判、《紅樓夢》研究批判、反胡風運動、反右派鬥爭，使這本書「不過是個地下鬼／學魔鬼閒行」。姚文元和大大小小的「大批判組」，正是這樣的幫閒文人和「學魔鬼」，它使錢鍾書一類學術權威「受人子的摧殘」，受紅衛兵的批鬥和鞭笞。

林幸謙寫新文學作家的主要藝術特徵是：採用自由詩的形式，短小精煉；善於捕捉人物的主要特徵加以生發，然後定位，如作者將郁達夫稱之為「頹唐派領袖的代表者」（註十一）。這裏從生寫到死，既是抒情的，更是知性的。頭兩句寫郁達夫所處的時代及時代對他的嘲弄，概括性強，還適當運用了「互文」的手法。後面寫對郁達夫一生的評價及其死亡之寂寥，作者所走的顯然不是古典詩詞純然抒情的路線：「頹唐派」演示之外是「走不完的亡命路」的理性指涉，才是該詩的主旨所在。正如瘂弦所說：「讀他的作品你會發現，詩中那些玄思、隨感以及情景設造，只是思想的客觀連繫物或對應物，它們是為了完成思想的知覺化存在的。思想得以凸顯，詩情的釋放才有意義，而形式（儘管有人說藝術的偉大是因為形式的偉大）才有歸宿」（註十二）林幸謙在用思辨的觀點為「五四」新文學名家列傳的同時，還善於選取一兩個重要生活片斷，畫龍點睛地予以評說。如蕭紅，是通過「那一年，歐羅巴旅館的雪冬」去寫其饑饉戀情；寫徐志摩，是通過「想飛的夜晚」去傾訴主人公與戀人分手的哀傷；寫張幼儀，是通過「古城樓中的回音」寫其生的滋味，全在床上誕生；寫張愛玲，是通過「逐蚤而居」寫其漂蕩和荒涼的一生。所有這些場面是典型的，人物形象是鮮明的，語言是生動有力的。

中國新文學史上的作家和詩人燦若群星，值得詠唱者自然不止林幸謙所寫到的沈從文等幾位。不過，進入他創作視野的已有中國文化革命的主將，現代文壇的泰斗，以及詩壇宿將，小說大師，散文名家。但作為一位海外學人和詩人，林幸謙對這些名家的評價與中國大陸學者並不完全相同。像魯迅，他強調的是「憂鬱」和「厭世」（註十三），雖然作者也認為魯迅是舊世界的反抗者，但對其反抗動力的評價顯然與流行說法不同，這便是林幸謙觀察獨特，不人云亦云的表現。

作為學院詩人，其作品特點是書卷氣重，林幸謙的《叛徒的亡靈》也不例外。他的作品，用了不少作家的書名，僅《在老舍的舞臺上》，就有老舍的作品《小坡的生日》、《駱駝祥子》、《老張的哲學》、《貓城記》入詩。這裏用得是那樣自然工巧，即使沒讀過這些作品的讀者，也不妨礙其理解作品的詩意。此外，林幸謙寫新文學作家，每首詩前面差不多都有作家的語錄。這語錄經過精心挑選，再加上分行排列，使散文語言更有詩意，這也是形成林幸謙詩作的藝術魅力之一。

作為一位前衛的華文詩人，林幸謙作品的語言不同於傳統詩歌，其遣詞造句均有現代色彩。像「沒有稿費比紙筆費還少的生活／文藝作家就可以成為不吃飯喝茶的動物」，與固有文法大異其趣。也許有的讀者不習慣這種表述方式，但讀多了便會感到這種寫法有特殊的韻味。正因為林幸謙注意對平常用語及其敘述方式的改造，所以他的作品才放射出異彩。

林幸謙的文路頗寬，除了離散／邊緣土題外，他在《詩體的儀式》（註十四）、《原詩》（註十五）中有不少城市書寫，另有性別、女性主義、男體／父權思想主題，知識份子／文人／作家主體與邊緣課題。顯然，繆思對這位從赤道季候暴雨中走來的寫作人寵愛有加。此外，他還從事學術研究，其抽象思維能力未必輸給形象思維。他不斷地變幻著自己的作家身分與學者角色，且每每有所提升和突破。筆者很早就讀過他蒼昊罔極、天涯作客的作品，但直到二〇〇一年在北京開現代詩研討會時，才有幸結識這位號稱由「魔鬼和靈魂」養育長大的謙謙君子——一位不愛出風頭的年輕人。在那次研討會上，很少看到他在香山拋頭露面。故國的影子雖在海上漂晃，但他沒有像一些功利主義作家在國際會議上推銷他那「恐年華與宇宙同歸」的作品，這與他會後將詩文天女散花地撒落在陸港臺，撒落在亞細亞密密的文林裏所出現的飛花圖大異其趣。

通過上述分析，可看出作為「離散族群」一員的林幸謙所表現的邊緣心境，擁有突出的潛質和後勁，這使他那「探索內心世界的宇宙和永恆的憧憬」創作實績令人刮目相看，並使文學研究工作者對這位來自「馬華」又超越「馬華」的作家未來創作充滿熱烈的期待。

注：

（註一）（註二）林幸謙：《狂歡與破碎》，臺北，三民書局一九九五年，第三十五、三十四頁。

（註三）吉隆玻，馬來西亞圖書有限公司二〇〇五年。

（註四）陳鵬翔：〈政治／他者的偷窺儀式〉，載林幸謙《詩體的儀式》，臺北，九歌出版社一九九九年，第二一一頁。
（註五）（註十二）瘂弦：〈漂泊是我的美學——林幸謙生命情結的文學省思〉，載林幸謙：《詩體的儀式》，臺北，九歌出版社一九九九年。
（註六）黃燦然：〈從本土出發•序〉，載黃燦然等《從本土出發》，香港，香江出版公司一九九七年，第十三頁。
（註七）（註八）溫瑞安：〈漫談馬華文學〉，載《回首暮雲遠》，臺北，四季出版公司一九七七年，第十二—十五頁。
（註九）林建國：〈馬華文學斷奶的理由〉，吉隆玻，《星洲日報》一九九八年三月一日。
（註十）臺北，爾雅出版社二〇〇七年。
（註十一）臺北，爾雅出版社二〇〇七年，第五十二頁。
（註十三）臺北，爾雅出版社二〇〇七年，第三十二頁。
（註十四）臺北，九歌出版社一九九九年。
（註十五）香港，天地圖書公司二〇〇一年。

第五節　王鼎鈞與劉荒田的散文

一

海外有人這樣比較兩岸文學的異同：「臺灣的文學作品令人愛，不能令人敬；大陸的文學作品令人敬，不能令人愛。」（註一）這話自然過於極端，像臺灣作家王鼎鈞的散文，既令人敬又令人愛。這位令人既敬又愛的作家，一共出版了二十五本散文集，另還有十一本論述，其中《兩岸書聲》（註二）可視為廣義的散文。他在抗戰末期輟學從軍，一九四九年五月去台後長期在新聞界工作。從一九五一年起，他開始從事廣播劇、舞臺劇創作，常在報紙專欄發表雜文及小說，但取得最大成就的文類為散文。他的成名之作為「人生三書」：《開放的人生》、《人生試金石》、《我們現代人》，另還有《情人眼》、《碎琉璃》、《左心房漩渦》等集子。

王鼎鈞晚年定居美國，曾歷經七個國家，看五種文化，但沒有變成不思回家的浪子，而是時刻不忘自己是炎黃子孫，其作品具有「令人敬」的中國情結。這種中國情結既是對祖國大好河山的眷戀，對故鄉的思念，也是對中華民族的熱愛和認同。這種中國情結，貫穿在他一生顛沛流離之中，深藏在他「血火流光下的倖存者，冰封雪埋下的幸還者」的閱歷裏。無論是是在大陸還是到臺灣，或漂流到紐約，中國情結在他心中愈來愈濃，濃到化不開。為了治療這種化不開的鄉愁，他把祖國錦繡河山的大大小小的照片收藏了許多，可以說是五嶽俱全，三江皆備。每當自己思鄉時，便望著這些牆上風景照發呆，花一個上午讀全中國地圖。人在異邦的王鼎鈞，就這樣覺得自己與祖國是如此貼近，他從心底呼喊：「中國在我眼底，中國在我牆上」(註三)。

王鼎鈞當然不是餐菊隱士，也非吐霞詩人。在他寫的有關祖國河山遊記中，對人文的興趣大過自然風光。他路過雄偉的華山，烙印在腦海中的不只是天外三峰，仙人一掌，還有那用獨輪車運糧食的農夫。這些赤著上身，貓腰虎步，推車時脊椎隆起微微抖動的農民，便是魯迅所說的「中國的脊樑」。可見熱愛華夏山山水水的王鼎鈞，更惦記的是刻苦耐勞的中國老百姓。他覺得是這些文化不高的農人，養育了自己；也是他們，推動著歷史前進。

故鄉是王鼎鈞永遠寫不完的題材。《年關》、《青紗帳》、《漢江，蒼天給我一條路》，同樣離不開故鄉的山水及人和事。人們評價甚高的《大氣遊虹》，更說明任何人哪怕是將自己放逐到天涯海角，也無法逃離自己的故鄉：

昨夜，我喚著故鄉的名字，像呼喚一個失蹤的孩子：你在哪裡？故鄉啊，使我刻骨銘心的故鄉，使人捶胸頓足的故鄉啊！故鄉，我要跪下去親吻的聖地，我用大半生想像和鄉愁裝飾過雕琢過的藝術品，你是我對大地的初戀，註定了終生要為你魂牽夢繞，但是不能希望再有結局。我已經為了身在異鄉、思念故鄉而飽受責難，不能為了回到故鄉、懷念異鄉再受責難。(註四)

在王鼎鈞筆下，風光美麗動人的故園同時也傷痕累累。他用各種比喻形容各省的形狀：「山東仍然像駱駝頭，湖北仍然像青蛙，甘肅仍然像啞鈴，海南島仍然像鳥蛋」（註五）這裏就沒有一個省像鳳凰，一個地區像玫瑰。面對因內戰造成不是「鳥蛋」就是「啞鈴」的神州大地，王鼎鈞顫抖地呼喊：

> 中國啊，你這起皺的老臉，流淚的苦臉，硝鏹水蝕過、紋身術污染過的臉啊，誰夠資格來替你看相，看你的天庭、印堂、溝洫、法令紋，為你斷未來一個世紀的休咎？（註六）

對某些只會唱讚歌的愛國主義者而言，王鼎鈞這些話讀來使人洩氣。但是，王鼎鈞敢於把祖國這「起皺的老臉」描繪給全世界人看，為自己也為其他親歷內戰的人作心靈的見證，這需要極大的勇氣。這種恨鐵不成鋼的情感，誰敢說他不愛國？寫愛國畢竟不能滿足於空洞的讚美，而必須感應到時代的憂患，用自己的創作來為民族存亡把脈。

和濃烈的中國情結相聯繫的是，王鼎鈞散文有豐厚的歷史感。不少華文作家表現故鄉人故鄉事，只是一定的時間長度和過程的描寫，缺乏豐富的人生體驗和對歷史的把握，而王鼎鈞的散文不同，如前述的《大氣遊虹》，時間追溯到三十九年前，從八年抗戰寫到大陸的十年浩劫，從青山老屋寫到美國的月亮，時間的含義通過空間來拓展，不同時空豐富了歷史感，甚至於強化了我們對於彼此血管連著血管，神經連著神經，但就難於合而為一的感歎，以及同是祖國山河，可「這一衣帶水使人血冷」的理解。《有書如歌》，從童年時在大陸所唱的「在上海，在南京，我的朋友在這裏」，到臺灣新竹後歌詞改為「在臺北，在新竹，我的朋友在這裏」。這裏所寫的漂泊感，放逐感，只是冰山一角。表面上看，不過是一首兒歌的改寫，可其中包含著多少滄海桑田的變化。這種從大陸到臺灣的經驗傳遞，在王鼎鈞筆下表現為吞嚥下的苦澀，有些段落連吞嚥的聲音也發不出來。作者的情感歷程就這樣令人黯然神傷，作品的藝術品位和精神衝擊力自然也就不在話下。

王鼎鈞散文給人留下的另一最深刻印象是對精神的追求，尤其是人生哲理的顯示。財富從來都不是王鼎鈞謳歌的對象，而人的意志、品格、精神的突破和哲理，才是王鼎鈞所關注和思考的。這「令人敬」的精神追求和哲理思考，不是概念化而完全喪失了審美特徵的「名言之理」，而是理與情相結合，理與形相融合，如「生命就是上帝派遣一個靈魂到世上來受苦，然後死亡。可是由於這個人的努力，他所受過的苦，後人不必再受。」這理浸潤著濃郁的感情，隱藏在受苦受難的過程中。「社論是報紙的客廳，副刊是報紙的花園」，以及「選家即史家，選家即行家，選家也是教育家」，這是作者多年辦報和讀書的結晶，和讀報評報觀摩各種選集的深刻體會。這樣的警句，成為書評的奇葩，讓讀者在審美過程中獲得理性的啟迪。其睿智的警句極易參與人們的讀書生活，陪伴廣大讀者走向人生的旅途。另有些地方作者原無意於抒寫哲理，而讀者卻從作者一唱三歎中得到啟示，這種哲理係從古詩中轉化而成：「那夜，我反覆誦念多年前讀過的兩句詩：月魄在天終不死，潤溪赴海料無還！好沉重的詩句，我費盡全身力氣才把它字字讀完，只要讀過一遍，就是用盡我畢生的歲月，也不能把它忘記。」這些人哪怕只有國沒有家，或只有居所，只有通信地址，也無法忘卻故鄉。王鼎鈞這些作品，有的論者稱其為鄉土散文，可這不是一般的鄉土散文，而是具有大視野的鄉土散文，從而把只認台島為鄉土的散文推進一個新境界。

散文中的警句，總是與作者對生活的新鮮發現和獨特感受分不開。它是作者從生活的地殼深處鑽探出來的烏金，最能打動讀者的情緒，調動他們的想像。如王鼎鈞說：「宗教是一種突然射出來的亮光，是源源不絕的情，是一種變化更新的能力，也是詮釋人生的新角度。宗教尤能幫助作家正視罪惡，描述罪惡，進而昇華罪惡。」這類警句，也就是劉勰在《文心雕龍》中說的「秀句」。每讀一次，它就似甘美的泉水潤濕心田，給人既使人敬又使人愛的思想啟迪和享受。

從文學史上看，許多作家與宗教均有不解之緣。作為一位在少年受洗入教的作家，王鼎鈞也不例外。他曾這樣比喻文學與宗教的關係：「音樂是上帝的語言，美術是上帝的手巾，文學是上帝的腳印，我們順著腳印，尋找上帝，想像上帝」（註七）。他作品中「尋找上帝」的一個突出表現，是以人生經驗破生存之謎，以及正視現代人的苦難和救贖。論及當代人生存法則的《隨緣破密》，在表現形式上與《聖經》相似，通篇由故事和警句組成，主旨不外乎是對於生命之虔誠心，以及對於正義純潔信念之確認。《唯愛為大》，則是基督教義「愛」的實踐，字裏行間無不表現了博愛這一主題。唯一正面反映作者宗教觀念的散文集《心靈分享》，「其間所涉，有作者信教六十年的心靈路程回顧，有對基督教義的獨特闡釋，有論及文學與宗教的關係，有闡述基督教與其他宗教的關係等等，所述充滿仁者的燭照、智者的透闢和文者的生動。」（註八）

在臺灣，曾有人討論過散文小說同質化的現象。所謂同質化，就是散文寫得像小說，小說寫得像散文，其界線越來越模糊。這種現象，在魯迅小說中就存在，如《一件小事》，就不像小說而像散文。他也是不甘心被文體學束手就擒的作家，常常越區行獵，將小說手法運用在散文之中。用王鼎鈞自己的說法是：「我把心中之情『代』進外在的事件裏，求內心的淨化和寧靜。敘他人之事，抒一己之情，敘事是表，抒情是裏，敘事是過程，抒情是遺響。」(註九)這就難怪他的散文中充滿了「令人愛」的小故事，如《紅頭繩兒》寫一個小姑娘不幸的故事，《武家坡》寫一名看戲的老兵因心臟病發而斃命的故事，《荊石老師千古》中「大老師」反抗世俗精神的故事，《失樓臺》中外婆家悲歡離合的故事，等等。王鼎鈞不僅善於在小說中講故事，而且還善於用散文筆法塑造人物形象，像《我見老D多憔悴》，簡直是一篇人物評傳。劇作家潦倒的一生係用小說手法寫成，它刻畫了一個在痛苦的時代吞嚥苦酒，在艱難困苦的條件下堅守文學崗位，漂泊異鄉而不改愛家愛國信念的文人形象。作者還善於用富有時代特徵和個人色彩的對話去表現主人公的內心世界。在臺灣還未解除戒嚴的時代，D作家從臺灣經香港偷跑到大陸探親臨行前與長官道別時說：「就算回去給他們殺了，或者回來給你們殺了，我也要走這一趟。」這裏無須寫外貌，只以語氣、聲音，就將D的思想和情感表露無遺。在《人緣》中，王鼎鈞還將寓言技巧融入散文。在《鎖匠和小偷》中，又將戲劇手法移植入散文中，讓以敘事為媒介的文體多方聯姻。乍看起來出格，其實自成一格。這種兼采眾體的寫法，即以對話體、寓言體，書簡體、語錄體的獨到運用，拓寬了散文的表現領域。

語言是散文家表現社會生活必不可少的工具。離開語言，作家就不可能把一幅幅鮮明的生活畫面和藝術形象表現出來。正因為如此，王鼎鈞非常重視語言的運用。其語言的一個重要特色，也是他作品「令人愛」的一個重要因素是排比句的運用，如「湖邊還參差著老柳。這些柳，春天用它的嫩黃感動我，夏天用它的婀娜感動我，秋天用它的蕭條感動我。它們和當年那些令我想起你的髮絲來的垂柳同一族類。它們在這裏以足夠的時間完成自己，亭亭拂拂，如曳杖而行，如持笏而立，如傘如蓋，如泉如瀑，如鬟如髯，如煙如雨。」(註十)這種排比句不僅敘事因其層次明晰，抒情因其盪氣迴腸，而且說理因其鞭辟入裏：「由黨的作家到中國人的作家，要經過蛻變。由中國人的作家到人類的作家，要經過擴大，這是中國文學唯一的前途。」（註十一）和排比句相關的，是王鼎鈞的文字具有高度的概括性，如「為了文學藝術，曾人服藥，唐人飲酒，宋人坐禪，明清人和妓女談戀愛，現代人抽大麻……信個教試試有何不可？老D不然，他對宗教全不動心」，（註十二）這簡直是一部文人練邪功的歷史。王鼎鈞幾十年如一日追求語言文字的簡練，追求文字富於民族特色。「中國話簡直成了他的嗜好，中國文字簡直成了他的情人，中國文學簡直成了他的宗教。」（註十三）正是憑著這份癡迷，憑著這份狂熱和固執，使王鼎鈞成為臺灣既使人敬又使人愛的一流散文家。

二

打開《羊城晚報》，在《花地》副刊不時可看到劉荒田從美國郵去的小品。這位作家投稿可謂是「膽大包天」：向全球華文報刊「發射」，不能說百發百中，但很少有失手的時候。雖然遠未做到「凡有井水處就有金庸」，但至少做到了凡有華文刊物處就有劉荒田的文章。可據好事者爆料：他不但沒有上過大學，連「魯迅文學院」也沒見他進修的足跡。對這位投稿「常勝將軍」，中國大陸有位文藝官員頗不以為然地說：「劉荒田要是留在中國大陸，因無學歷在作協編制裏根本無法評上一級作家。不是一級作家，報刊編輯部就很難處處為他開綠燈了。」

有道是：窮則思變。為把「荒田」變「豐田」，他刻苦自學，博覽群書，博採百家，然後懷著和「幹大事」、「成大器」的英雄一樣的豪邁之氣，如急行軍四處惡補文革中被荒廢的歲月和知識。他投稿憑什麼？一不靠學歷，二不憑身份，憑把「胡蘭成的機智、頭巾氣和故作傷感的腐氣」，讓其「遊走在車廂裏雜遝的英語和古龍水的香味裏」的本事去叩響各類編輯部的大門。試讀他《膽大包天的鳥》，用鳥在山茶樹上築巢這件小到不能再小的瑣事，在媒體上炮製他家門口發生的「特大新聞」，讓海內外讀者和他一起分享這一快樂。奉行「鳥道主義」的他，自然不會到土黃色草梗編織的小巢裏去掏碧玉般的鳥蛋，但這回他卻是以公開「告密」的方式，向世人宣告他家門前有鳥巢和鳥蛋的資訊，以引誘淘氣的孩子們到他家去「搗蛋」。不過，如果認真讀他這篇妙不可言的散文，便知道他有一副菩薩心腸：「對小鳥夫妻自是懷著深深的感激。感激它們對我家的信賴，對人類的信賴。我是代表地球村的居民，向這對小鳥表達友好的。」瞭解到他如此憐惜生命的純真情懷，有誰還會到他這個「門可羅雀」——不，應是「門可納雀」的家門口去幹破壞生態平衡的蠢事呢？

在題材選取上，劉荒田也顯示了他大膽的個性。你看，他膽敢毀人財路，將日本某企業家隨便拈一些漢字做成廣告即所謂「對聯」拿出來示眾。他冒著偷窺他人隱私的罪名，在電車上緊盯鄰座所抬起的二郎腿，竟用眼睛去丈量「二郎腿」龐大的便鞋至少有四十七碼。他還私拆別人丟棄在大街上的一疊情書，讀完將書信主人公的隱私寫成《地上的情書》在報刊上曝光。到唐人街郵局寄信，他亦不改「偷窺」本性，利用排隊時間揣摩他人是否給私心愛慕的女子投去試探性的情書，或者給冷戰多年業已分居但藕斷絲連的妻子寄去要求離婚的信，又或者給法庭寄出控告書。他這種做法，萬一被對方發現，說不定會反過來給劉荒田寄送侵犯別人隱私的起訴書，可「劉大膽」管不了這麼多，他又冒著「誨淫」之名《給阿Q當愛情顧問》，告訴這位文化不高的人實行「性過程」時千萬不能太粗魯，比方說沒有刷牙習慣的阿Q「接吻從頭到尾都宜取消」。讀到這裏，讀者難免笑出聲來，相信圖書審查官會也因劉荒田的幽默不再去追究他的「教唆罪」。

大陸有一位著名作家韓石山，出過一本散文集叫《路上的女人你要看》。也許是英雄所見略同，劉荒田也是一位喜歡路上看女人的好「色」之徒。對雜貨店的女收銀員，他不但常開玩笑，而且還試圖探究她「有沒有丈夫和孩子」，說不定想和她拍拖一番做情人哩。不過，「膽大包天」的劉荒田這回卻有「色」心而無「色」膽，所謂「探究」只是紙上談兵，更不敢去和她作過多的對話。正是通過對這平凡、老實、樂天知命的「一位女性」神秘莫測，幻象迭出的描寫，我們才看到中國大陸移民的生活和心態，看到三藩市華洋雜處的眾生萬相。

散文創作要出新，就不能過於謹小慎微，而必須「膽大包天」，寫他人之未寫。在素材提煉上，劉荒田大膽地構思，善於從平凡中見詩意，「把單調到教人發膩、瑣屑到教人麻木的一個日子，便成彩虹一般繽紛的期待」。在文體運用上，「劉大膽」也是名副其實。在不少篇章中，他把小品當詩寫，極注意煉字和詞句的推敲，如《「團工作隊作客」》中說「財大氣粗的老闆捨得砸錢」，這「砸」字就有詩眼之妙。再如《電車上》說讓「大鞋子侵略侵略」胡蘭成的《今生今世》，這「侵略」一語雙關，耐人尋味。在《時間》中，他竟把小品寫成散文詩。在別的篇章則大寫有情有韻的「哲學講義」，如稱時間「就是勝利者的功業或者失敗者低迴的孤影」。有時又向讀者傳授「女人由愛而性，男人由性而愛」的秘訣。

大膽的劉荒田，可貴之處還在於他的小品根本不像出於粗獷膽大豪放者之手，倒像婉約派柳永投胎轉世。其眾多作品，差不多都「有清涼的流水，有甜柔的詩意」。真想不到這位膽大的作家，憑著一肚子「偷窺」壞水，竟能寫出這種「最是一低頭的溫柔」的文字和「亦俠亦狂亦溫文」的佳篇。

注：

（註一）（註二）（註十一）王鼎鈞：《兩岸書聲》，臺北，爾雅出版社，一九九〇年，第八十六、八十二頁。

（註三）（註四）（註五）（註六）（註十）（註十二）王鼎鈞：《一方陽光》，南京，江蘇文藝出版社，二〇〇九年，第一三五、九七、三五、一三六、二二四頁。

（註七）王鼎鈞：《心靈分享》。

（註八）高彩霞：〈踏著「上帝的腳印」追尋永恆〉，載黃萬華主編：《美國華文文學論》，濟南，山東文藝出版社，二〇〇〇年，第一五四頁。

（註九）王鼎鈞：《情人眼•自序》，臺北，大林出版社，一九七一年。

（註十三）王鼎鈞：《文學種籽》。

新銳文叢　PG0728

新銳文創
INDEPENDENT & UNIQUE

從陸臺港到世界華文文學

作　　者　古遠清
主　　編　蔡登山
責任編輯　鄭伊庭
圖文排版　姚宜婷
封面設計　陳佩蓉

出版策劃　新銳文創
發 行 人　宋政坤
法律顧問　毛國樑　律師
製作發行　秀威資訊科技股份有限公司
114 台北市內湖區瑞光路76巷65號1樓
電話：+886-2-2796-3638　傳真：+886-2-2796-1377
服務信箱：service@showwe.com.tw
http://www.showwe.com.tw
郵政劃撥　19563868　戶名：秀威資訊科技股份有限公司
展售門市　國家書店【松江門市】
104 台北市中山區松江路209號1樓
電話：+886-2-2518-0207　傳真：+886-2-2518-0778
網路訂購　秀威網路書店：http://www.bodbooks.com.tw
國家網路書店：http://www.govbooks.com.tw

出版日期　2012年7月　初版
定　　價　380元

版權所有・翻印必究（本書如有缺頁、破損或裝訂錯誤，請寄回更換）
Copyright © 2012 by Showwe Information Co., Ltd.
All Rights Reserved

Printed in Taiwan

國家圖書館出版品預行編目

從陸臺港到世界華文文學 / 古遠清著. -- 一版. -- 臺北市：新銳文創, 2012. 07
面；　公分
BOD版
ISBN 978-986-6094-69-9 (平裝)

1. 中國當代文學　　2. 文學評論

820.908　　101004080

讀者回函卡

感謝您購買本書，為提升服務品質，請填妥以下資料，將讀者回函卡直接寄回或傳真本公司，收到您的寶貴意見後，我們會收藏記錄及檢討，謝謝！

如您需要了解本公司最新出版書目、購書優惠或企劃活動，歡迎您上網查詢或下載相關資料：http:// www.showwe.com.tw

您購買的書名：______________________________

出生日期：________年________月________日

學歷：□高中（含）以下　□大專　□研究所（含）以上

職業：□製造業　□金融業　□資訊業　□軍警　□傳播業　□自由業

□服務業　□公務員　□教職　□學生　□家管　□其它______

購書地點：□網路書店　□實體書店　□書展　□郵購　□贈閱　□其他

您從何得知本書的消息？

□網路書店　□實體書店　□網路搜尋　□電子報　□書訊　□雜誌

□傳播媒體　□親友推薦　□網站推薦　□部落格　□其他__________

您對本書的評價：（請填代號　1.非常滿意　2.滿意　3.尚可　4.再改進）

封面設計____　版面編排____　內容____　文／譯筆____　價格____

讀完書後您覺得：

□很有收穫　□有收穫　□收穫不多　□沒收穫

對我們的建議：______________________________

____

____

____

請貼
郵票

11466
台北市內湖區瑞光路 76 巷 65 號 1 樓

秀威資訊科技股份有限公司 收

BOD 數位出版事業部

(請沿線對折寄回，謝謝！)

姓　名：________　年齡：____　性別：□女　□男

郵遞區號：□□□□□

地　址：________________

聯絡電話：(日)__________ (夜)__________

E-mail：________________